历代诗词分类鉴赏之五

图文本

感遇·言志

谁为表予心

shuiwei biaoyuxin

周啸天 等 编著

凤凰出版传媒集团 凤凰出版社

图书在版编目(CIP)数据

谁为表予心:感遇·言志/周啸天等编著. —南京:凤凰出版社,2009.9

(历代诗词分类鉴赏)

ISBN 978-7-80729-398-9

Ⅰ.谁… Ⅱ.周… Ⅲ.古典诗歌—鉴赏—中国
Ⅳ.I207.2

中国版本图书馆 CIP 数据核字(2009)第 158105 号

书　　名	谁为表予心——感遇·言志
编　　著	周啸天等
责任编辑	李相东
美术编辑	姜　嵩
出版发行	凤凰出版传媒集团
	凤凰出版社(原江苏古籍出版社)
	南京市中央路 165 号　邮编 210009
	发行部电话 025—83223462
集团网址	凤凰出版传媒网　http://www.ppm.cn
照　　排	南京紫藤制版印务中心
印　　刷	南京通达彩印有限公司
	南京市六合区冶山镇　邮编:211523
开　　本	718×1005 毫米　1/16
印　　张	11.5
字　　数	207 千字
版　　次	2009 年 9 月第 1 版　2009 年 9 月第 1 次印刷
标准书号	ISBN 978-7-80729-398-9
定　　价	22.00 元
	(本书凡印装错误可向承印厂调换,电话:025—57572508)

卷首语

立志、工作、成功是人类活动的三大要素。工作随着志向走，成功随着工作来，这是一定的规律。——先立乎其大者，则其小者不可夺也。

马克思说：人所知道的，我都想知道。又说：在科学上面没有平坦的大道可走，只有在那崎岖小路的攀登上不畏劳苦的人，才有希望达到光辉的顶点。

最碍事的性格是志大才疏，最常有的感慨是怀才不遇。不少人都有宏大的志向，却只有少数人愿从身边小事做起。

最好的职业是个人爱好的那一行——然而，有时候是职业选择你。

三百六十行，行行出状元。毛泽东最瞧不起的人，是大事做不来、小事不愿做的人。赵忠祥有一句话值得欣赏——如果叫我打扫卫生，我愿做打扫得最干净的那个人。

从古以来，就有埋头苦干的人，有拼命硬干的人，有为民请命的人，有舍身求法的人——他们就是中国的脊梁。

撰稿人：

周啸天　吴闻莺

（以下按姓氏笔画排名）

丁　颖　丁稚鸿　王　飞　王　涛　张应中　李坤栋

李亮伟　陈　坦　罗　玲　易可情　唐　彦　殷志佳

秦岭梅　郭扬波　梅　红　董志刚　管遗瑞　滕伟明

目录

陈风·衡门

◎《诗经》

衡门之下，可以栖迟。泌(bì)之洋洋，可以乐饥。
岂其食鱼，必河之魴？岂其取妻，必齐之姜？
岂其食鱼，必河之鲤？岂其取妻，必宋之子？

这是一篇“陋室铭”，“此隐居自乐而无求者之词”（朱熹《诗集传》七）。

在诗人看来，人生处世，不要强求，不要攀比；食不求饱，居不求安；便是娶妻，也不要嫌贫爱富；一切随缘自适，维持自我心态的平衡，比什么都强。能够做到这个份上，显然是有精神支柱的。诗人的生活理想，与孔门那个“一箪食，一瓢饮，在陋巷”而“不改其乐”的颜回极为相似，肯定是个以读书为乐的人。

清人崔述道：“‘衡门’，贫士之居。‘乐饥’，贫士之事。‘食鱼’、‘取妻’，亦与人君毫不相涉，朱子之说是也。细玩其词，似此人亦非无心仕进者。但陈之士大夫方以逢迎侈泰相尚，不以国事民艰为意。自度不能随时俯仰，以故幡然改图，甘于岑寂。谓廊庙可居，固也，即衡门亦未尝不可居；魴鲤可食，固也，即蔬菜亦未尝不可食；子姜可取，固也，即荆布亦未尝不可取。语虽浅近，味实深长，意在言表，最耐人思。盖贤人之仕，原欲报国安民，有所建白。若但碌碌素餐，已无乐于富贵；况使之媚权要以干进，被贤人者，肯为宫室、饮食、妻妾之奉而为之乎！恬吟密咏，可以息躁宁神。”（《读风偶识》四）

这段话追溯到贫士的人格，于诗意会心很深。其根据是《孟子·告子上》中一段名言：“是故所欲有甚于生者，所恶有甚于死者，非独贤者有是心也，人皆有之，贤者能勿丧耳。一箪食，一豆羹，得之则生，弗得则死；呼尔而与之，行道之人弗受；蹴尔而与之，乞人不屑也。万钟则不辩礼义而受之，万钟于我何加焉？为宫室之美，妻妾之奉，所识穷乏者德我欤？向为身死而不受，今为宫室之美为之；向为身死而不受，今为妻妾之奉为之；向为身死而不受，今为所识穷乏者德我而为之：

《诗经》，我国最早的诗歌总集，本称《诗》，汉时独尊儒术，始称《诗经》。共收西周初年至春秋中叶的民歌和朝庙乐章歌辞305篇，另有笙诗6篇有目无诗。全书按音乐分风、雅、颂三类（一说分风、小雅、大雅、颂四体）。汉代传《诗》者有齐、鲁、韩、毛四家，今传《诗经》为《毛诗》。

是亦不可以已乎？此之谓失其本心。”

后世文士，如汉代班固、蔡邕等，即以“衡门栖迟”、“泌水乐饥”作为安贫乐道的典故。晋宋间陶渊明所写的“倚南窗以寄傲，审容膝之易安”（《归去来兮辞》）、“弊庐何必广，取足蔽床席”（《移居》），唐刘禹锡所写的《陋室铭》，与这首诗的精神内涵是相通的。

注释：泌，指泌丘下的水。

全诗语译如下：

横木为门休道苦，陋室底下好居住。泌丘泉水流不停，清水也能喝一肚。

难道你我打鱼吃，非得黄河的鲂鱼？难道你我娶妻子，定要齐国姜姓女？

难道你我打鱼吃，非得黄河的鲤鱼？难道你我娶妻子，定要宋国子姓女？

离 骚

（战国）◎屈　原

帝高阳之苗裔兮，朕皇考曰伯庸。摄提贞于孟陬兮，惟庚寅吾以降。皇览揆余初度兮，肇锡余以嘉名。名余曰正则兮，字余曰灵均。纷吾既有此内美兮，又重之以修能。扈江离与辟芷兮，纫秋兰以为佩。汩(yù)余若将不及兮，恐年岁之不吾与。朝搴阰(pí)之木兰兮，夕揽洲之宿莽。日月忽其不淹兮，春与秋其代序。惟草木之零落兮，恐美人之迟暮。不抚壮而弃秽兮，何不改乎此度？乘骐骥以驰骋兮，来吾道夫先路。昔三后之纯粹兮，固众芳之所在。杂申椒与菌桂兮，岂唯纫夫蕙茝(chǎi)。彼尧舜之耿介兮，既遵道而得路。何桀纣之猖披兮，夫唯捷径以窘步！惟夫党人之偷乐兮，路幽昧以险隘。岂余身之惮殃兮，恐皇舆之败绩。忽奔走以先后兮，及前王之踵武。荃不察余之中情兮，反信谗而齌(jì)怒。余固知謇謇(jiǎn)之为患兮，忍而不能舍也。指九天以为正兮，夫唯灵修之故也。曰黄昏以为期兮，羌中道而改路。初既与余成言兮，后悔遁而有他。余既不难夫离别兮，伤灵修之数(shuò)化。余既滋兰之九畹兮，又树蕙之百亩。畦留夷与揭车兮，杂杜衡与芳芷。冀枝叶之峻茂兮，愿俟时乎吾将刈。虽萎绝其亦何伤兮，哀众芳之芜秽。众皆竞进以贪婪兮，凭不厌乎求索。羌内恕己以量人兮，各兴心而嫉妒。忽驰骛以追逐兮，非余心之所急。老冉冉其将至兮，恐修名之不立。朝饮木兰之坠露兮，夕餐秋菊之落英。苟余情其信姱以

屈原（前339—前278），名平，战国楚人。怀王时曾任左徒、三闾大夫，主张联齐抗秦。于怀王、顷襄王时两遭佞臣进谗，而被放逐汉北、江南。因国事不堪，而自沉汨罗江。他根据楚声楚歌，而创制楚辞，著有《离骚》、《天问》、《九歌》、《九章》等。

练要兮，长颇颔(kǎn hàn)亦何伤！揽木根以结茝兮，贯薜荔之落蕊。矫菌桂以纫蕙兮，索胡绳之纚(xǐ)纚。謇吾法夫前修兮，非世俗之所服。虽不周于今之人兮，愿依彭咸之遗则。长太息以掩涕兮，哀民生之多艰。余虽好修姱以鞿羁兮，謇朝谇(suì)而夕替。既替余以蕙纕兮，又申之以揽茝。亦余心之所善兮，虽九死其犹未悔。怨灵修之浩荡兮，终不察夫民心。众女嫉余之蛾眉兮，谣诼谓余以善淫。固时俗之工巧兮，偭规矩而改错。背绳墨以追曲兮，竞周容以为度。忳(tún)郁邑余侘傺(chá chí)兮，吾独穷困乎此时也。宁溘(kè)死以流亡兮，余不忍为此态也。鸷鸟之不群兮，自前世而固然。何方圆之能周兮，夫孰异道而相安？屈心而抑志兮，忍尤而攘诟。伏清白以死直兮，固前圣之所厚。悔相道之不察兮，延伫乎吾将反。回朕车以复路兮，及行迷之未远。步余马于兰皋兮，驰椒丘且焉止息。进不入以离尤兮，退将复修吾初服。制芰荷以为衣兮，集芙蓉以为裳。不吾知其亦已兮，苟余情其信芳！高余冠之岌岌兮，长余佩之陆离。芳与泽其杂糅兮，唯昭质其犹未亏。忽反顾以游目兮，将往观乎四荒。佩缤纷其繁饰兮，芳菲菲其弥章。民生各有所乐兮，余独好修以为常。虽体解吾犹未变兮，岂余心之可惩。

女媭之婵媛兮，申申其詈予。曰鲧婞直以亡身兮，终然夭乎羽之野。汝何博謇而好修兮，纷独有此姱节。薋菉葹以盈室兮，判独离而不服。众不可户说兮，孰云察余之中情？世并举而好朋兮，夫何茕独而不予听。依前圣以节中兮，喟凭心而历兹。济沅湘以南征兮，就重华而陈词。启九辩与九歌兮，夏康娱以自纵。不顾难以图后兮，五子用失乎家巷。羿淫游以佚畋兮，又好射乎封狐。固乱流其鲜终兮，浞(zhuó)又贪乎厥家。浇(ào)身被服强圉(yú)兮，纵欲而不忍。日康娱以自忘兮，厥首用夫颠陨。夏桀之常违兮，乃遂焉而逢殃。后辛之菹醢(zū hǎi)兮，殷宗用而不长。汤禹俨而祗(zhī)敬兮，周论道而莫差。举贤而授能兮，循绳墨而不颇。皇天无私阿兮，览民德焉错辅。夫维圣哲以茂行兮，苟得用此下土。瞻前而顾后兮，相观民之计极。夫孰非义而可用兮，孰非善而可服？阽(diàn)余身之危死兮，览余初其犹未悔。不量凿而正枘(ruì)兮，固前修以菹醢。曾歔欷余郁邑兮，哀朕时之不当。揽茹蕙以掩涕兮，沾余襟之浪浪。跪敷衽以陈辞兮，耿吾既得此中正。驷玉虬以乘鹥(yī)兮，溘埃风余上征。朝发轫于苍梧兮，夕余至乎悬圃。欲少留此灵琐兮，日忽忽其将暮。吾令羲和弭节兮，望崦嵫(yān zī)而勿迫。路曼曼其修远兮，吾将上下而求索。饮余马于咸池兮，总余辔乎扶桑。折若木以拂日兮，聊逍遥以徜徉。前望舒使先驱兮，后飞廉使奔属。鸾皇为余先戒兮，雷师告余以未具。吾令凤鸟飞腾兮，继之以日夜。飘风屯其相离兮，帅云霓而来御。纷总总其离合兮，斑陆离其上下。吾令帝阍开关兮，倚阊阖而望予。时暧暧其将罢兮，结幽兰而延伫。世溷(hùn)浊而不分兮，好蔽美而嫉妒。朝吾将济于白水兮，登阆风而绁(xiè)马。忽反顾以流涕兮，哀高丘之无女。溘吾游此春宫兮，折琼枝以继佩。及荣华之未落兮，相下女之可诒。吾令丰隆乘云兮，求宓(fú)妃之所在。解佩纕以结言兮，吾令蹇(jiǎn)修以为理。纷总总其离合兮，忽纬繣(wěi huà)其难迁。夕归次于穷石兮，朝濯发于洧盘。保厥美以骄傲兮，日康娱以淫游。虽信美而无礼兮，来违弃而改求。览相观于四极兮，周流乎天余乃下。望瑶台之偃蹇兮，见有娀(sōng)之佚女。吾令鸩为媒兮，鸩告余以不好。雄鸠之鸣逝兮，吾犹恶其佻巧。心犹豫而狐疑兮，欲自适而不可。凤皇既受诒兮，恐高辛之先我。欲远集而无所止兮，聊浮游以逍遥。及少康之未家兮，留有虞之二姚。理弱而媒拙兮，恐导言之不固。世溷浊而嫉贤兮，好蔽美而称恶。闺中既已邃远兮，哲王又不寤。怀朕情而不发兮，余焉能忍与此终古！

索藑(qióng)茅与筳篿兮，命灵氛为余占之。曰两美其必合兮，孰信修而慕之？思九州之博大兮，岂唯是其有女？曰勉远逝而无狐疑兮，孰求美而释汝？何所独无芳草兮，尔何怀乎故宇?世幽昧以昡曜兮,孰云察余之善恶?民好恶其不同兮,惟此党人其独异。户服艾以盈腰兮,谓幽兰其不可佩。览察草木其犹未得兮,岂珵(chéng)美之能当? 苏粪壤以充帏兮,谓申椒其不芳!欲从灵氛之吉占兮,心犹豫而狐疑。巫咸将夕降兮,怀椒糈(xǔ)而要(yāo)之。百神翳其备降兮,九疑缤其并迎。皇剡(yǎn)剡其扬灵兮,告余以吉故。曰勉升降以上下兮,求矩矱(yuē)之所同。汤禹俨而求合兮,挚皋陶(yáo)而能调。苟中情其好修兮,又何必用乎行媒。说操筑于傅岩兮,武丁用而不疑。吕望之鼓刀兮,遭周文而得举。宁戚之讴歌兮,齐桓闻而该辅。及年岁之未晏兮,时亦犹其未央。恐鹈鴂(tí jué)之先鸣兮,使夫百草为之不芳!何琼佩之偃蹇兮,众薆然而蔽之。惟此党人之不谅兮,恐嫉妒而折之。时缤纷其变易兮,又何可以淹留?兰芷变而不芳兮,荃蕙化而为茅。何昔日之芳草兮,今直为此萧艾也?岂其有他故兮,莫好修之害也!余以兰为可恃兮,羌无实而容长。委厥美以从俗兮,苟得列乎众芳。椒专佞以慢慆兮,榝(shā)又欲充夫佩帏。既干进而务入兮,又何芳之能祗!固时俗之流从兮,又孰能无变化? 览椒兰其若兹兮,又况揭车与江离!惟兹佩之可贵兮,委厥美而历兹。芳菲菲而难亏兮,芬至今犹未沬。和调度以自娱兮,聊浮游而求女。及余饰之方壮兮,周流观乎上下。灵氛既告余以吉占兮,历吉日乎吾将行。折琼枝以为羞兮,精琼爢以为粻(zhāng)。为余驾飞龙兮,杂瑶象以为车。何离心之可同兮,吾将远逝以自疏。邅(zhān)吾道夫昆仑兮,路修远以周流。扬云霓之晻蔼兮,鸣玉鸾之啾啾。朝发轫于天津兮,夕余至乎西极。凤皇翼其承旂兮,高翱翔之翼翼。忽吾行此流沙兮,遵赤水而容与。麾蛟龙使梁津兮,诏西皇使涉予。路修远以多艰兮,腾众车使径侍。路不周以左转兮,指西海以为期。屯余车其千乘兮,齐玉轪(dài)而并驰。驾八龙之婉婉兮,载云旗之委蛇(yí)。抑志而弭节兮,神高驰之邈邈。奏九歌而舞韶兮,聊假日以媮乐。陟(zhì)升皇之赫戏兮,忽临睨

(nì)夫旧乡。仆夫悲余马怀兮，蜷(quán)局顾而不行。

乱曰：已矣哉，国无人莫我知兮，又何怀乎故都？既莫足与为美政兮，吾将从彭咸之所居！

“正声何微茫，哀怨起骚人”（李白），当诗三百篇为周代无名诗人作了光辉总结，一时风雅寝声之后，终于在战国风云和楚文化的背景之上，产生了我国诗史上第一个伟大作家。“不有屈原，岂见《离骚》”（刘勰），后世称楚辞为骚体，谓诗家为骚人，魏晋时有人倡言“但饮酒，熟读《离骚》，便足称名士”（《世说新语》）。屈原《离骚》在文学史上卓著地位，于此可见一斑。但《离骚》之谜却有不少，有的至今众说纷纭，尚待解决。

“离骚”的名义，司马迁说是“离忧”（《山鬼》“思公子兮徒离忧”），班固解为罹忧，王逸解为别愁，大致上相近。近人有提出“离骚”可能是楚歌名，即《大招》所谓“劳商”，其意为“牢骚”，也曾得到不少专家的同意。此外的异说还有不少。

《离骚》的写作年代，司马迁《报任安书》说“屈原放逐，乃赋《离骚》”，汉人无异辞；但《史记·屈原贾生列传》又系于“（怀）王怒而疏屈平”之后。于是今人或认为作于见疏怀王时，或认为作于见放顷襄王时。有一种意见则认为屈原实际是两次被放，《离骚》当作于初放于怀王之后，似较能弥合旧说；同时，要写出如此充实光辉的巨著，也确须兼有在政治生涯中经历了大的风雨，和在精神与体魄上有相当的余裕这样两个条件。

《离骚》与屈原政治生涯、战国时代风云密切相关，故全诗有极现实的思想内容和生活内容。但由于历史和艺术的原因，诗中又运用了大量超现实的语言意象、创作手法，把历史与神话、真实与想象奇特地糅合为一。它是如此华藻要妙，波谲云诡；如此惊采绝艳，炫惑眼目！以至读者只有紧紧把握住它的语义意象、历史内容及象征意蕴等诸多层面构成的审美结构关系，方能深入诗的意境而做到心领神会，从而心荡神驰。

《离骚》既是一篇政治抒情诗，又是一部伟大心灵的悲剧。它的篇章结构，有两分的，也有三分的。本文取后一种划分法，即将长诗看做由“述怀”、“追求”、“幻灭”三大部分组成的三部曲式的悲剧。在这诗剧的舞台上，自始至终活跃着一个英雄主角，那是诗人伟大人格的化身，全诗除了女媭、灵氛、巫咸几个人物的对话，几乎全由这个主人公的活动与内心独白构成。

从篇首到“岂余心之可惩”，是全诗的第一部分。诗篇一开始就着意树立抒情主人公的高大形象，即诗人自我形象。不平凡的身世、不平凡的生日、不平凡的命名，给这个形象涂抹上了重重的三笔灵光。高阳苗裔，从寻根意义上点明了其与楚国不可分割的联系；摄提岁星曾附着于帝舜重华(《史记·天官书》："岁星一曰摄提，曰重华")，孟陬即正月的得名与日月交会有关(《尔雅》郝疏)，庚寅日乃楚先祖吴回"居火正，为祝融"的日子(《史记·楚世家》)，为楚俗所重。综此数义，则诗之主人公的诞生便擅天地之美，得人道之正，怀爱国之忧。所以他的名字也不同凡响。"正则"、"灵均"不仅隐括了屈原本名(平)，还寓有诗人一贯标榜，象征着他的政治理想(即"美政"，这个观念是孔孟"仁政"、"王政"与战国变法之风结合的产物，兼有民本思想与法治观念)的"中正"、"法度"、"好修"等等含义。主人公的庄重亮相，不仅与《离骚》的重大主题相称，而且有助于读者从开始就建立崇高纯正的悲剧意识，同时，也使后文那指点江山、叱咤风云式的展开有所因依。紧接着便自叙政治修养、远大抱负和坎坷遭遇，却并非以写实手法作平铺直述，而是用成套的象征手法作艺术概括。约而言之，《离骚》的象征序列为：社会现象多象以自然(香草恶禽)，政治关系多象以爱情(美人佚女)，历史内容多象以神话(天地神祇)，而在抒情之际又常露诗人本相。如这一部分中，就用了搴览、采集、佩服、种植、扶持、怜惜香花芳草，忠实、耽忱灵修美人，对诗人生平遭际，政治上的努力与挫败，作了系列的象征和艺术的反映。这一大段的欣赏离不开知人论世。

盖战国之际，大一统已成为历史发展之趋势，列国中最有资格担当此大任者莫过于秦、楚，所谓"横则秦帝，纵则楚王"(刘向)。具有德政(美政)思想同时为爱国者的屈原，决不愿看到秦以刑政统一天下。正因为是处于危急存亡之秋，所以在以天下为己任的诗人笔下，才有如此使命感、紧迫感和危机感。诗中四言"恐"字，无非忧先天下之意。"汩余若将不及兮，恐年岁之不吾与"、"唯草木之零落兮，恐美人之迟暮"、"老冉冉其将至兮，恐修名之不立"，他唯恐虚度年华，白首无成，遂朝于斯、夕于斯，深自勖励："朝搴阰之木兰兮，夕揽洲之宿莽"、"朝饮木兰之坠露兮，夕餐秋菊之落英"。这不仅是一种情操与修养，揆之史实，则有“博闻强记，明于治乱，娴于辞令，入则与(怀)王图议国事，以出号令；出则接遇宾客，应对诸侯；王甚任之”(《史记》本传)。诗云：“乘骐骥以驰骋兮，来吾道夫先路”，正是“奋其智能，愿为辅弼”(李白)，充满自信，非徒作大言。他的政治憧憬是致祇敬之君，尚任贤之政：“昔三后之纯粹兮，固众芳之所在”、“彼尧舜之耿介兮，既遵道而得路”(后文则有“汤禹俨而祇敬兮，周论道而莫差”、“举贤而授能兮，循绳墨而不颇”)。

然而，在他的政治实践中，却遇到了巨大的、几乎难以逾越的障碍。阻力来自怀王周围的野心家和政治上的亲秦派，这就是《史记》所载：上官大夫与其同列而心害其能，因谗之，怀王怒而疏屈平。《新序》载：屈原为楚东使于齐以结强党，秦患之，使张仪之楚，赂上官大夫靳尚、令尹子兰、司马子椒、夫人郑袖，共谮屈原。史实所显露的，这里既有权力之争，又有路线之争。怀王的态度举足轻重，动关成败。诗人不禁意激言质，借古讽今，他大骂桀纣猖披、捷径窘步，矛头实指向上述党人媚秦偷安的幽昧险隘之路。他恳切地剖白道：“岂余身之惮殃兮，恐皇舆之败绩。”无异是对怀王的当头棒喝。但怀王并没有清醒，“荃不察余之中情兮，反信谗而齌怒”，“余既不难夫离别兮，伤灵修之数化”，怀王的一边倒，使屈原在政治上陷于绝对孤立(“吾独穷困乎此时也”)，其革新图强的主张无从实现(“謇朝谇而夕替”)。所谓“灵修数化”，对应着如下史实：怀王十六年受骗于张仪，绝齐，复败于秦，外交上处于孤立无援的境地；怀王悔，复派屈原入齐，张仪时至，怀王欲杀之，复信郑袖、靳尚之言而释仪；二十年与齐复交；二十四年又绝齐合秦；二十六年齐韩魏共伐楚；二十七年楚太子杀秦大夫，楚秦绝交，尔后连遭列国围攻，外交内政陷于困境。怀王之初成后改，出尔反尔，可见一斑。

屈原曾为三闾大夫，职掌教育贵族子弟(三闾系楚宗室昭、屈、景三姓聚居之所)。诗云滋兰九畹，树蕙百亩，畦种夷车，间杂衡芷，均以树木喻人。他辛勤培植人材，以济时用(“愿俟时乎吾将刈”)。但在遭到政治打击迫害之后，必有受累者，亦必有变节者，诗于“众芳”既伤萎绝，尤哀芜秽，当有所指。忠良遭殃，奸邪当道，贪婪竞进，求索无厌，恕己量人，兴心嫉妒，正是“举世皆浊我独清，众人皆醉我独醒”(《渔父》)。随俗则存，矢志则亡。诗人何尝未清醒意识到这一点，无奈他独立不迁，禀性难移：“鸷鸟之不群兮，自前世而固然”、“余固知謇謇之为患兮，忍而不能舍也”、“苟余情其信姱以练要兮，长顑颔亦何伤”、“虽不周于今之人兮，愿依彭咸之遗则”、“亦余心之所善兮，虽九死其犹未悔”、“宁溘死以流亡兮，余不忍为此态也”、“虽体解吾犹未变兮，岂余心之可惩”，一篇之中，何啻三复斯言！对他来说，屈心抑志是窝囊的，清白死直倒反而痛快。他的政治上取法前修，踵武前王，却缺乏后盾与同道：“灵修”不察，“众女”见嫉，而“时俗”工巧，周容为度。苦恋着楚国，而不能见容于楚国（“何方圆之能周兮，夫孰异道而相安”），这就是屈原的悲剧！

爱与恨交织，忠与怨为仇，在诗人内心产生了巨大冲突。从此，悔与未悔、远逝而终不行、寻求解脱而不得解脱，这些矛盾，将构成诗情的主旋律。“悔相道之不察兮，延伫乎吾将反。回朕车以复路兮，及行迷之未远”，他确乎产生过逃避与解脱的倾向。陶渊明辞“实迷途其未远，觉今是而昨非”的名句，就是由此出的。逃避意向之一向内，向江湖（兰皋椒丘）：“进不入以离尤兮，退将复修吾初服。”诗人想回到未仕前自我修养亦即独善的境地。若为“制芰荷以为衣，集芙蓉以为裳”下一注脚，便是宋人《爱莲说》的“出污泥而不染，濯清涟而不妖”，在芳泽杂糅之际，于昭质未亏，全是孤芳自赏之意。但屈非陶，根本之点就在于他满腔热血，静穆不来。逃避意向之二向外，向他方：“忽反顾以游目兮，将往观乎四荒。”然而这“四荒”实在是个含糊之辞，模糊概念。诗人实在不忍心对自己说，那是一个什么别的国家（比方说齐国）。屈非孔孟，更非朝秦暮楚之士，根本之点就在于他出自宗室，又是凝聚力甚强的楚文化哺育出来的爱国者。这决定了他所说的“四荒”，只能是一个超现实的乌托邦；所谓“往观”，也只能是其有所作为的人生观之主观的探求实现的方式。

至此，《离骚》主人公道完他那缠绵悱恻而又波澜起伏的开场白，登上他那具有政治象征意义的“车马”（“回朕车”、“步余马”），即将开始他那为千古瞩目的“长征”。

从“女媭之婵媛兮”至“余焉能忍与此终古”为第二部分。这里诗人一变单纯的内心独白的写法，开始引入一些次要角色和情节性内容。首先是女媭。女媭是一个亲爱者兼旁观者的形象，她以亲爱者特有的恺切和旁观者特有的清醒，对苦恼的主人公作了一番开导。她以鲧的刚直杀身为不可取，要求他稍自贬抑以求和光同尘，即《渔父》所谓“圣人不凝滞于物而能与世推移。世人皆浊，何不淈其泥而扬其波？众人皆醉，何不餔其糟而啜其醨”，并埋怨他太倔强而不听话。这段对话写来颇传“申申詈予”之神，它既是那样诚恳、贴心，又是那样龃龉、隔膜。纵有手足相关之情，终难同气同声。对亲人的劝责，诗人只能以沉默相回避。他须得另觅知音，倾诉衷肠。于是远济沅湘，南下苍梧，向他星命上的远祖、九疑山的大神即舜帝重华，敷衽陈辞。

这一节大量征引历代兴亡盛衰的史实，并得出教训，再次直露诗人的政治身份与用世热情。前事不远，他连举五个反面教员（启、羿、浇、桀、纣）与前王（汤、禹、文王）作了一番对照，指出“皇天无私阿兮，览民德焉错辅。夫维圣哲以茂行兮，苟得用此下土”、“夫孰非义而可用兮，孰非善而可服”。诗人特别提到历史上知其不可而为之的殉道者（“不量凿以正枘兮，固前修以菹醢”），引为同志，一发同情。悲怆激动，不禁洒下他那不曾轻弹的眼泪。然而，即使“重华不可遻”（《怀沙》），通过这番陈辞，也使诗人暂时求得了心理上的平衡（“耿吾既得此中正”），他决心通过求索追寻自己的理想，以生命去殉自己的事业。从此，诗人在浪漫想象的境界中，开始了他那“气往轹古”的三次飞行。

第一次飞行就从舜灵所在的苍梧出发：“朝发轫于苍梧兮，夕余至乎悬圃”，其目的是要由昆仑神山之悬圃，登上天庭，谒见天帝。从苍梧到悬圃，是一整日的飞行，诗人想在此“灵琐”小憩，无奈日色已暮。他不禁吁请羲和弭节，欲留驻飞光。此时离目的地尚遥，然而诗人却表达了“路曼曼其修远兮，吾将上下而求索”这一矢志不渝追求真理的信念。以下四句从饮马咸池，总辔扶桑，到西折若木，拂拭落日，又暗示了一日的飞程（关于《离骚》飞行的时日，向有不同理解，此取一说）。此时诗人打算昼夜兼程、朝夕相争，于是吁请月御、风伯等为其作夜行准备，但雷师作梗，几误公事。这里显然有地上的影子。诗人排除了障碍，令凤鸟飞腾，夜以继日，终于在云霞出海之清晨，到达了帝居天门（阊阖）：“飘风屯其相离兮，帅云霓而来御。”在天国的门前，由于帝阍阻挠，使他吃了闭门羹。这里显然又有地上的影子。郭沫若说：“在当时，天（上帝）的权威，本来是发生了动摇的，北方的诗人也早有‘视天梦梦’的话，但难得屈原把这种怀疑思想幽默地形象化了。”诗人结兰延伫，直到黄昏（“时暧暧其将罢兮”），白白浪费了一天的光阴。第一次飞行的失败，使诗情从幻想回到现实的感喟：“世溷浊而不分兮，好蔽美而嫉妒。”

第二次飞行仍严格地以朝夕字样为标识：“朝吾将济于白水兮，登阆风而绁马。忽反顾以流涕兮，哀高丘之无女。”高丘，郭沫若认为指天国，闻一多则认为指楚地高唐之丘，在巫山旁。高唐神女乃楚民族远祖的化身。高丘无女即指高唐无神女，其寓意为楚国当局不得其人。刘向《九叹·逢纷》“声哀哀而怀高丘兮，心愁愁而思旧邦”，正是“反顾流涕”二句的注脚。弄清这一点，则第二次飞行“求女”的寓意可知。“及荣华之未落兮，相下女之可诒”，“下女”指下界美女，相对于天神而言。其一是宓妃，这个寓言式人物，性行暧昧乖戾，据说与羿通淫（“穷石”为羿居）美而无礼，并非理想的对象。“夕归次于穷石兮，朝濯发乎洧盘”，济白水后，为了解宓妃，似乎又有一日之迁延。其中包含求其所处，托媒蹇修等活动内容。宓妃令人失望，诗人却并不气馁，仍周游天宇，相观四极，访求不懈。先后属意于有娀之简狄，有虞之二姚，然而不是因为小人之飞短流长，便是因为理弱媒拙、导言不固而没有下文。诗人“欲远集而无所止兮，聊浮游以逍遥”，不免产生一种失落与无聊之感。再一次从幻想回到现实感喟：“世溷浊而嫉贤兮，好蔽美而称恶！”

这一部分的两次飞行，造境虽幻，结语却极现实。诗人在幻境中言路不通、障碍横生、六面碰壁的情形，实际上是他“以道诱掖楚之君臣卒不能悟”（张惠言）的现实在梦里的投影。言在“闺中邃远”，而意归“哲王不寤”，正是“其称文小而其指极大，举类迩而见义远”。

以下至篇末，是诗的第三部分。两度的失败或落空，使诗人产生绝大迷惘，在继续探求出路，作新的飞行前，他需要求助于卜巫，期待预言家的指示。先后请教于灵氛和巫咸。灵氛占得的卜辞看来是很有希望（“吉占”）：九州博大，两美必合。解释更为明确：“何所独无芳草兮，尔何怀乎故宇？”前途是有的，但不在政治上一团糟的楚国；芳草在天涯招手，应当速决去就。灵氛这一形象产生有其历史背景。盖先秦之士，有不择国而仕的倾向，屈原同时的孟子、荀子均其显例，屈原从事过外交活动，在各国间有影响。当其在楚国遭受政治迫害，理想破灭之际，生出去留的一闪念（即《抽思》所谓“愿摇起而横奔”）很是难免。但当灵氛点明此意时，他却犹豫狐疑了。他须再请高明，裁定主意。巫咸夕降，便是诗人内心矛盾冲突的形象化。从百神备降，九疑并迎的排场看，巫咸自然是更有权威。巫咸所告的“吉故”，与灵氛“吉占”几乎不谋而合，而且更具体而有说服力。他列举了古史上五对君臣遇合的著例（汤与伊尹，禹与皋陶，武丁与傅说，文王与吕望，齐桓与宁戚），论证了两美必合，不必恋旧。劝他趁年岁未晏，不但要走，而且要快；否则鹈鴂先鸣，时乎不再。灵氛巫咸的诛心之言，勾起诗人的悲痛，不禁对楚国现实重加思量，对结党营私、祸国殃民者（“党人”、“椒兰”），变节从俗、偷合取容者（“茅”、“萧艾”）痛加斥责，并且毫不掩饰地肯定赞美自我。这些“责数怀王，怨恶椒兰”、“露

才扬己”的诗句，曾令后儒莫名惊诧，却恰恰最能体现《离骚》富于批判锋芒的“哀怨”特色。楚国现实既然如此不堪闻问，“又何可以淹留”？诗人即将开始他最后的遨游。

如果说上部分曾有的两次飞行，均受阻于外力，终至失败的话，那么这第三次经预言家肯定为吉祥的飞行，则由于内因，最后半途而废，未能实行。但这次朝发天津、夕至西极的行程是修远多艰的，付出的努力极大，场面也空前热烈：车马喧阗、凤凰承旗、蛟龙梁津、玉轪并驰、载歌载舞。这次行程的方向是向西。这一方向不是偶然的，有两种说法值得参考。一说认为中华民族出自西北高原，故远古神话传说集中在昆仑为中心的西方和西北。而楚国是保存远古文化最完整的国家，以昆仑西海为其发祥地，故《离骚》最后的西行，潜在有寻根的情愫。一说则认为当时列国，政治昏乱无异荆楚，唯秦奋发图强，收纳列国之士，士欲在政治上有所建树者舍此莫归，故此次飞行所过山川，悉表西路。而这一价值取向，对屈原来说又是最违心的，最多只能是潜意识中的一闪念，是其内心深刻矛盾的梦的显现。正因为这样，所以当其西行左转，胜境在即的时候，他自己忽又恋眷旧乡，改变主意，对先时取向作了坚决否定。这出乎意外，又合其初衷。“仆夫悲余马怀兮，蜷局顾而不行”，这样，对诗人来说离开楚国寻求发展的任何意向都是“此路不通”，而在楚国又没有“足以为美政”的可能，于是在全诗的尾声中，他宣告了理想的彻底幻灭，并准备用生命去殉自己的理想。“悲剧将有价值的撕毁给人看”（鲁迅），《离骚》正是如此。

《离骚》有如一部大型交响乐，它的情感内容丰富、复杂、矛盾而又统一。其中最突出的情调是深切的乡土之爱，及植根其上的爱国主义激情。诗人被楚国遗弃，然而“落红不是无情物”，他本人却无法离弃他的故土。所以有人认为抒情主人公人格结构的核心就是对祖国的苦恋。这在士无祖国的战国时代，是一个特例，而对后世的民族英雄则是一个楷模。他的出现不是一种偶然现象，而是楚国历史文化传统的产物，从“楚虽三户，亡秦必楚”那一口号显示的楚民族的向心力，便可感知那一文化传统强大的凝聚作用。当然，仅仅看到《离骚》中的爱国主义激情还不够，还须看到主人公的爱国主义情感与其政治理想的统一。他的死不仅是殉国，也是殉自己的理想。诚如郭老指出的：屈原是主张大一统的人，他所怀抱的是儒家思想的大一统，想让楚国以德政完成统一，而反对秦国以刑政征服天下。所以他眷爱楚国又不纯因它是父母之邦，更不因自己是楚国的宗族而迷恋着“旧时代的魂”（《屈原研究》）。故《离骚》中最后毁灭的不仅是一个爱国者的屈原，同时也是一个理想家的屈原。

“屈平辞赋悬日月，楚王台榭空山丘”（李白），《离骚》流芳千古，引起世世代代读者的激情和共鸣，其奥妙不仅在诗中反映的历史内容，更在于作品深层结构中生生不息、历久弥新的象征意蕴。它的审美教育作用远大于认识功能。诗中诚然隐括了诗人的生平遭际，然而主要表现的则是他的心路历程。在诗中并未出现人们称为“史实”的东西（古史传说除外），诗人常将自己特有的政治哀痛，与宇宙人生、社会历史中恒有的悲剧性现象的普遍感喟结合在一起，从情感上超越一己而沟通了上下古今（所谓“气往轹古，辞来切今”）。有人认为可以把《离骚》看成是历史性悲剧人物的人性、人情的一次比较全面、综合的再现，是很中肯的。单就这个方面的象征意蕴而言，便有不可穷尽性。诗中主人公那独立不迁、举世无朋的伟大孤独者（《远游》所谓“往者余弗及兮，来者吾不闻”）形象，就在后代不少高蹈者、先驱者如阮籍（“去者余不及，来者吾不留”）、陈子昂（“前不见古人，后不见来者”）以及鲁迅（“两间余一卒，荷戟独傍徨”）的心中激起过同情。鲁迅曾集《离骚》“望崦嵫而勿迫，恐鹈鴂之先鸣”为联语，请乔大壮书出。在历史长河中，任何时代的那些坚持真理、不容当世的少数派，忠而见疑、悻直杀身的殉道者，以及为数甚多的不合时宜、生不逢辰的失意之士，都或多或少能从《离骚》找到共同语言和精神安慰。《离骚》在伦理、道德、精神、情操上，对中华民族曾经起过、而且仍将发挥巨大的陶冶作用。

《离骚》是一篇由称得上民族之魂的伟大诗人用整个生命谱写的诗章，为一般意义上的名篇佳作所不可比拟。在诗歌艺术领域，它也有着前无古人的开创和极独特的风貌。首先表现在体制的宏伟。这是由作品的重大主题与诗人深沉的思想情怀所决定的。如此博大的内容，非有地负海涵的艺术载体无以包容。《离骚》便成功地创造了这样一个载体。全诗几乎每大部分都可分若干小节，每小节还可细分若干层次，显得思绪曲折，文澜往复，规模宏大，气势磅礴，较《诗经》中长篇诗作已有飞跃的演进，为后来铺张扬厉的辞赋首开先河。“轩翥诗人之后，奋飞辞家之前”（刘勰）正点明了《离骚》在文体史上的承先启后的作用。诗歌固然不以长短定妍媸，但也从来是“千军易得，一将难求”。翡翠兰苕式的佳作，比比皆是，增一篇不多，减一篇不少；而掣鲸碧海式的巨著，希代之制，则往往成为伟大文学时代的不朽丰碑。《离骚》便是这样的经典作品。

其次，全诗有一个结构规模空前宏伟的意象系统。按其层次，《离骚》中的意象可分三群：自然意象群（花草禽鸟），社会意象群（古今人事），神话意象群（神话传说），彼此又互相对应，可谓“六合之大，万类之广，耳目之所览睹，上极苍苍，下极林林”（黄汝亨）。意象的取用不竭使诗在表现上极为灵活自由，凡涉叙事性内容，大都能抛开笨重的现实，而象征以幻境；而涉及抒情议论，则又无妨诗人直露本相，现身说法。诗人自我形象亦在这意象三界中自由出入，恍惚杳茫，变化无端。有时幻化为蛾眉见嫉的修洁美女，更多的时候则显现为高冠长剑的伟岸丈夫，笔端自由几乎到了随心所欲的地步。而这种随心所欲，又与其形象思维的缜密、雄浑高度统一着。《离骚》的伟辞自铸，绝非一般意义上的比兴象征手法。王逸说“《离骚》之文，依诗取兴，引类譬喻”（《离骚序》），仅道出部分事实。雅诗中君子、家父们的政治讽谕诗性质已近于骚，但表现手法基本上是内心直白式的，比兴手法只在局部起作用。而在《离骚》中，比兴象征意象已发展成结构庞大而严密的形象思维系统，在诗歌意境的全局上发生作用。这也是一大创举。

再次，与诗人的感情洪流奔突跌宕相应，《离骚》一反《诗经》用重章叠句取得唱叹之致的较简朴的做法，而将跌宕的情感融化在一种既澎湃汹涌又回旋往复的抒情节奏中。某些执著的情绪在类似的句组中反复出现，如好修、怨悔、怀古、伤今，“弃置而复依恋，无可忍而又不忍；欲去还留，难留而亦不易去”（钱钟书），反复加深着读者的印象，既悱恻缠绵，又惊心动魄，也成为一种创调。

至于诗歌语言的绚丽精彩，具体表现手法（修辞）的丰富多样，酌奇玩华，复能真实，更是历来为人津津乐道，成了一首说不完的《离骚》。《离骚》不仅以其鸿裁伟辞，卓绝一世，其影响后世，亦不亚于风雅。以汉唐论，前有枚马追风入丽，后有李杜沿波得奇，“衣被词人，非一代也”（刘勰《文心雕龙·辨骚》）。屈原《离骚》确乎成就了与天地比寿，与日月同光，洗空万古的第一篇长诗。

九章·涉江

（战国）◎屈　原

余幼好此奇服兮，年既老而不衰。带长铗之陆离兮，冠切云之崔嵬。被（pī）明月兮佩宝璐，世溷浊而莫余知兮，吾方高驰而不顾。驾青虬兮骖白螭，吾与重华游兮瑶之圃。登昆仑兮食玉英，与天地兮比寿，与日月兮齐光。哀南夷之莫吾知兮，旦余济乎江湘。

乘鄂渚而反顾兮，欸（āi）秋冬之绪风。步余马兮山皋，邸（dǐ）余车兮方林。乘舲（líng）船余上沅兮，齐吴榜以击汰。船容与而不进兮，淹回水而凝滞。朝发枉渚兮，夕宿辰阳。苟余心之端直兮，虽僻远其何伤？

入溆浦余儃佪兮，迷不知吾所如。深林杳以冥冥兮，猿狖之所居。山峻高以蔽日兮，下幽晦以多雨。霰雪纷其无垠兮，云霏霏而承宇。哀吾生之无乐兮，幽独处乎山中。吾不能变心而从俗兮，固将愁苦而终穷。

接舆髡首兮，桑扈裸行。忠不必用兮，贤不必以。伍子逢殃兮，比干菹醢（zū hǎi）。与前世而皆然兮，吾又何怨乎今之人？余将董道而不豫兮，固将重昏而终身。

乱曰：鸾鸟凤凰，日以远兮。燕雀乌鹊，巢堂坛兮。露申辛夷，死林薄兮。腥臊并御，芳不得薄兮。阴阳易位，时不当兮。怀信侘傺，忽乎吾将行兮。

《涉江》是屈原在顷襄王时遭谗逐放江南时所作，从诗中所叙地名考之，当作于《哀郢》之前。这是一篇屈原的南行记。

第一段写南行的缘起。屈原志行高尚，以忠信见疑，“举世皆浊我独清，众人皆醉我独醒，是以见放”（《渔父》）。这里的事由，本是非常现实的，然而诗人却来个“真事隐”，采用了他擅长的象征手法，《离骚》初服之义，复睹于兹：诗人幼好奇服，既老不衰，身佩长剑，头戴高冠，遍体珠光宝气。这当然不是实际写照，外修是特行卓立的内美的象征，和《离骚》的“制芰荷以为衣兮，集芙蓉以为裳”、“高余冠之岌岌兮，长余佩之陆离”的写法是同一机杼。诗人幼志以异，独立不迁，不见容于时。“世溷浊而莫余知兮，吾方高驰而不顾”，不善于偷合取容的诗人，也就只好以想象为翅膀，引古代圣贤为同志了。

于是他驾起龙车，陪伴大舜游遨在理想之国的瑶圃乐园。这象征着诗人对崇高思想境界的自我陶醉。“登昆仑兮食玉英，与天地兮比寿，与日月兮齐光”，这是全诗最光辉最铿锵最亢奋的诗句，意合《离骚》“折琼枝以为羞兮，精琼爢以为粻”，比《橘颂》“秉德无私，参天地兮”，更精警易传。无须语译，自足动人。至此，诗人作成了一幅自画像，即为王冕模仿过(《儒林外史》第一回)，陈老莲图写过，为后人极其熟悉的形象。

这样一个德参天地的人，为南楚所不容，而被放逐了，岂不可哀。“哀南夷之莫吾知兮，旦余济乎江湘”。这是诗人的悲哀，更是楚国的耻辱。一个“南夷”的刺耳称呼，联系南行，指南部未开化的楚人；然而联系上文的“莫余知”者，和当时中原对整个楚民族蔑称“蛮夷”，意实双关。诗人是有意识用了这个自己也不能容忍的称呼，来称呼楚国上层集团，“丑陋的楚国人”！

第二段写南行的经过与途中观感。屈原一向喜欢用“反顾”的意象来暗示自己眷念故国的情怀，“忽反顾以流涕兮”、“忽临睨乎旧乡”(《离骚》)都有此意。“乘鄂渚而反顾”，感何如之？诗中未明说，却通过秋冬余风的悲肃作了替代，表情曲折而深刻。“步马山皋”、“邸车方林”的两句，既是由陆路转入舟行的过渡，又可体味出诗人中道彷徨的心情。“乘舲船余上沅”四句写诗人沿沅江上溯行舟，船在逆水与漩涡中行进艰难，尽管船工齐榜击浪，仍容与凝滞。这一方面是旅途况味的真实写照，十分生动；另一方面又寄寓感喟。

羁旅的艰辛，会使人“哀人生之长勤”，当诗人看到船在回水中挣扎奋斗时，无疑会有深刻的感触，此即异日辛弃疾所谓“江头未是风波恶，信有人间行路难”(《鹧鸪天》)。同时，南行之船的容与不进，与“仆夫悲余马怀兮，蜷局顾而不行”(《离骚》)，也能构成类比，象征着诗人眷念故国的情怀。诗中点明从枉渚到辰阳竟有一日行程，最后仍归结到现实感喟：“苟余心之端直兮，虽僻远其何伤。”这是《离骚》所谓“不吾知其亦已兮，苟余情其信芳”的转语。

第三段写船入溆浦，南行暂告一段落。溆浦在今湘西，地处僻远，在当时是一片穷荒。唐代柳宗元被放逐柳州，曾形容那百越文身之地是"惊风乱飐芙蓉水，密雨斜侵薜荔墙。岭树重遮千里目，江流曲似九回肠"（《登柳州城楼寄漳汀封连四州》）；白居易贬谪浔阳，也曾形容当地是"浔阳地僻无音乐，终岁不闻丝竹声。住近湓江地低湿，黄芦苦竹绕宅生。其间旦暮闻何物，杜鹃啼血猿哀鸣"（《琵琶行》）。他们的心情和境遇和千年前的屈原虽有共通之处，但若论凄苦险恶的程度，则又不如。

屈原写溆浦环境的幽深、凄寂乃至恐怖，可以使读者联想到"山鬼"的孤独处境："雷填填兮雨冥冥，猿啾啾兮狖夜鸣，风飒飒兮木萧萧"；满怀忧思被放逐的诗人，也处在山谷幽深、气候反常、地湿多雨、霰雪无垠、不见人踪、只有猿狖栖息的荒芜之地。这既是对流放地的夸张形容，也暗射幽暗险恶的楚国政治环境。处境这样幽独，无怪诗人要深哀"吾生之无乐"了。尽管不乐，他仍表明："吾不能变心而从俗兮，固将愁苦而终穷。"一个忧先天下者的深刻的悲剧！

第四段是南行的思想小结。作为有深厚历史文化修养的诗人，屈原从一己的遭遇而联系到前代史事，得出了具有规律性的认识："忠不必用，贤不必以。"诗人一面想到伍子胥、比干这些著名的以婞直杀身的前代忠良；一面又想到那些愤世嫉俗、佯狂避世的人物，如"凤歌笑孔丘"的楚狂接舆（春秋时人），裸身而行的子桑扈（古隐士）。这两种不同类型的人物，诗人分别以忠、贤二字加以肯定，表明了他思想深处的一个深刻矛盾：他既怀着爱国之心，为被逐出政治舞台而痛心疾首，又有着愤世之感，产生了一种甘心远离现实的逃逸意识。这种对立思想的交战，使他永远不得安宁。"与前世而皆然兮，吾又何怨乎今之人"这种强自宽解的话，表现的恰恰是无法自宽的悲愤。"余将董道而不豫兮，固将重昏而终身"，这是屈原的诗谶！

第五段是尾声，通过另一番意境的构造来概括全诗的意旨。它从现实转入象征，由赋法转入比兴，由自然意象群换替了社会意象群；语言形式从六、七言长句变为四言短句，并采用了骈偶的行文方式。“鸾鸟凤凰，日以远兮；燕雀乌鹊，巢堂坛兮”数句，以铿锵精彩的形象语言，描绘了一幕令清醒者触目惊心的“精英淘汰”的图景：有才能的人被赶走了，楚国成了愚人群氓的世界。“黄钟毁弃，瓦釜雷鸣；谗人高张，贤士无名”（《卜居》）。

《红楼梦》七十四回“惑奸谗抄检大观园”中，探春有这样一段话：“可知这样的大族人家，若从外头杀来，一时是杀不死的。……必须先从家里自杀自灭起来，才能一败涂地呢！”你看：“露申辛夷，死林薄兮”，不是从“家”里杀出的结果么？楚国的“一败涂地”不是指日可待了么？这是屈原为楚国唱的挽歌，是其最深切的诗节之一，曾引起过多少后人的同情和歌吟。李太白发挥道：“鸡聚族而争食，凤孤飞而无邻；蝘蜓嘲龙，鱼目混珍。”（《鸣皋歌送岑征君》）真是“哭何苦而救楚”了。那么诗人向何处去呢？“怀信侘傺，忽乎吾将行兮”，再行，前面便是汨罗江。

《涉江》与《离骚》不同，它所记的是一次现实的历程，诗表明屈原当日渡江，行经湘水、洞庭（鄂渚在湖畔），沿沅水上溯，经枉渚、辰阳到达溆浦，暂处山中，路线及归宿极为清楚。这和《离骚》的“朝发轫于天津，夕余至乎西极”、“路不周以左转，指西海以为期”的纯属幻境，以象心路之历程大不一样。这也使得这首诗更富于现实感与生活气息。但某些方面又与《离骚》息息相通。思想情感的相同不论，在混用神话、社会、自然三种意象成篇而又天衣无缝这一点上，《涉江》就与《离骚》机杼相同。另一点是诗的主观色彩很强，一是夸张与想象（如写溆浦、写瑶圃）；二是全诗将被放逐写成自疏，变被动为主动，都表现了这种感情色彩。

九章·哀郢

（战国）◎屈 原

皇天之不纯命兮，何百姓之震愆？民离散而相失兮，方仲春而东迁。去故乡而就远兮，遵江夏以流亡。出国门而轸怀兮，甲之朝吾以行。发郢都而去闾兮，怊荒忽其焉极？楫齐扬以容与兮，哀见君而不再得。望长楸而太息兮，涕淫淫其若霰。

过夏首而西浮兮，顾龙门而不见。心婵媛而伤怀兮，眇不知所蹠。顺风波以从流兮，焉洋洋而为客。凌阳侯之泛滥兮，忽翱翔之焉薄。心絓(guà)结而不解兮，思蹇产而不释。

将运舟而下浮兮，上洞庭而下江。去终古之所居兮，今逍遥而来东。羌灵魂之欲归兮，何须臾而忘反。背夏浦而西思兮，哀故都之日远。登大坟以远望兮，聊以舒吾忧心。哀州土之平乐兮，悲江介之遗风。

当陵阳之焉至兮，淼南渡之焉如？曾不知夏之为丘兮，孰两东门之可芜？心不怡之长久兮，忧与愁其相接。惟郢路之辽远兮，江与夏之不可涉。忽若去不信兮，至今九年而不复。惨郁郁而不通兮，蹇侘傺而含戚。

外承欢之汋约兮，谌荏弱而难持。忠湛湛而愿进兮，妒被离而障之。尧舜之抗行兮，瞭杳杳而薄天。众谗人之嫉妒兮，被以不慈之伪名。憎愠惀之修美兮，好夫人之忼慨。众踥(qiè)蹀而日进兮，美超远而逾迈。

乱曰：曼余目以流观兮，冀一反之何时？鸟飞反故乡兮，狐死必首丘。信非吾罪而弃逐兮，何日夜而忘之？

清人王夫之认为《哀郢》是秦将白起攻破郢都后，顷襄王东迁陈城“九年”之后，即顷襄王三十年（前287）左右（《楚辞通释》），郭沫若、游国恩则定此诗为顷襄王二十一年（前278）诗人哀悼郢都沦陷之作。

首写惊闻郢都沦陷后回忆当年离开郢都的情事。“皇天不纯命”（祸从天降）即指郢都陷落，遥想王室东迁，百姓离散之状。然后情不自禁地回忆起当年被放离郢的往事。流放地湘江汨罗一带，在郢都的东南，其间要渡过夏水，出发是在一个甲日。虽然事过九年，诗人还清楚地记得。“去故乡而就远”、“出国门而轸怀”、

“发郢都而去闾”等句重叠往返，反复唱叹，蝉联不已，与诗中难舍难分的情感内容相宜。“望长楸而太息兮，涕淫淫其若霰”两句以情语小结。

次写流放途中对故国的留恋。从“过夏首而西浮”到“思蹇产而不释”，写上路之后神思恍忽和惶惶丧家之感。“顾龙门（郢都东门）”与上文“望长楸”、下文“登大坟以远望”、“狐死必首丘”关连，所谓一步一回头，是诗中抒发故国之思的重要枢纽。“心絓结而不解兮，思蹇产而不释”两句仍以情语小结。

接着写流放途中的归思。“将运舟而下浮兮”回到行程上来，主要写在途中诗人神思与行程的背道而驰和远望当归的衷情。“哀州土之平乐兮，悲江介之遗风”仍以情语小结。

接着写听到坏消息后对郢都的忧念。“当陵阳（地属安徽）”二句承上，“曾不知夏之为丘兮，孰两东门之可芜”，以疑惧的口吻想象郢都沦陷后的破败荒芜，言下不胜铜驼荆棘之悲。诗人虽一直为国事担忧，但还是不敢相信听到的消息竟是真的，很想回去看看，但又感到郢都在时间、空间上距离遥远。九年以来，楚王不准他北涉江、夏。“惨郁郁而不通兮，蹇侘傺而含戚”仍以情语小结。

接着抒发政治忧愤。诗刺楚王身边亲秦和投机的小人讨人喜欢，实不可靠，在他们的蒙蔽下，楚王忠奸不分、贤愚不辨。接着引尧舜被诬的故事以自宽，说明嫉贤之事古已有之，被放并非自己过错。段末四句指出，楚王的憎爱颠倒，使朝中充斥追名逐利的小人，忠良也就离他越来越远了。

最后诗人放眼前途，感到回郢都的希望渺茫（“冀一反之何时”）。然后以禽兽思乡起兴，表明诗人对遭到放逐的不服和对郢都至死不忘的怀念。

本篇是政治抒情诗，主要采用赋法，将抒情、叙事和议论熔为一炉。叙事从多年以前被放离郢入手，写到郢都沦陷的眼前；抒情紧紧围绕一个“哀”字，抒写对故国故都忧念的深情；议论则一针见血指出楚国政治窳败的根本原因。诗中运用了重叠往返、反复唱叹的手法，加上大量运用呼告、问叹的句式（“何百姓之震愆”、“何须臾而忘反”、“孰两东门之可芜”、“冀一反之何时”），增强了诗句的感染力。

九辩(节选)

(战国)◎宋　玉

宋玉(？—？),时代稍后于屈原,楚鄢城(今湖北宜城)人。出身贫士,后为小臣,复失职潦倒,至于暮年。著有《九辩》、《招魂》、《风赋》、《高唐赋》等。

悲哉秋之为气也!萧瑟兮草木摇落而变衰。憭慄兮若在远行,登山临水兮送将归。泬(xuè)寥兮天高而气清,寂寥兮收潦(lǎo)而水清。憯(cǎn)凄增欷兮薄寒之中人,怆怳(chuàng huǎng)懭悢(kuàng lǎng)兮去故而就新。坎壈(lǎn)兮贫士失职而志不平,廓落兮羁旅而无友生。惆怅兮而私自怜。燕翩翩其辞归兮,蝉寂寞而无声。雁廱廱而南游兮,鹍鸡啁哳(zhāo zhā)而悲鸣。独申旦而不寐兮,哀蟋蟀之宵征。时亹亹(wěi)而过中兮,蹇淹留而无成。

《九辩》是一篇长篇政治抒情诗,本篇系节录开头的一段。诗中抒情主人公是一个没有或丢掉了职位、从而失落感很强的贫寒之士,诗中抒发的就是所谓"坎壈兮贫士失职而志不平"的牢骚。从作品内容上看,他抒写的是政治黑暗时代普通文士的悲哀,诗中人缺乏屈原那种"存君兴国"的政治抱负和对黑暗势力的抗争精神。不过诗中对于当时的社会弊端也做了一定的揭露:"猛犬狺狺而迎吠兮,关梁闭而不通","谓骐骥兮安归?谓凤凰兮安栖?变古易俗兮世衰,今之相者举肥。骐骥伏匿而不见兮,凤凰高飞而不下",表现了怀才不遇者的悲愤。

《九辩》共255句,首先在抒情诗的艺术手法上有很大开拓。它不是直抒胸臆,而是通过自然景物的描绘,以情景交融的手法,制造一种氛围,创造一种意境,从而抒发感情,展示情愫。朱熹曾在《楚辞集注》中指出,秋天是一年中草木零落、百物凋敝之时,它和国运衰微、不复振作能达成联想,"是以忠臣志士,遭谗放逐者,感事兴怀,尤切悲叹也"。诗中苍凉的秋景和诗人失意悲凉的心情交相融合,极大增强了诗歌艺术兴发感动的力量,开创了中国古代诗歌的一个传统主题——悲秋。"自古逢秋悲寂寥"(刘禹锡),而莫古于宋玉。杜甫在某些方面深受宋玉影响，《咏怀古迹》其二："摇落深知宋玉悲，风流儒雅亦吾师。怅望千秋一洒泪，萧条异代不同时。"《登高》一类律诗也可以看到宋玉的影响。所以鲁迅说《九辩》"虽驰神骋想不如《离骚》，而凄怨之情，实为独绝"（《汉文学史纲要》）。

其次，《九辩》在语言上也有它的特色。它继承了由屈原开创的楚辞体的艺术特色，文采绚烂，词藻秀美。有时一连排用八九个近义词来刻画景物或描写心理，能做到曲尽其妙，反映了用词的丰富和细腻。在句法形式上，比屈原的作品表现得更加灵活，如开篇的"悲哉秋之为气也"，实际上是以散文句式入诗，而且一连四句所用的音节、句式各不相同，节奏铿锵，气势充沛，读后令人有回肠荡气之感。它还吸取了民间诗歌多用双声叠韵词汇的特点，因此读起来就音韵谐美，情味悠长。孙矿说："《九辩》已变屈子文法，加以参差错落而峻急之气……骚至宋大夫乃快，其语最醒而俊。"（《七十二家批判楚辞集注》）

长歌行

◎汉乐府

青青园中葵，朝露待日晞。阳春布德泽，万物生光辉。常恐秋节至，焜黄华叶衰。百川东到海，何时复西归？少壮不努力，老大徒伤悲！

诗劝人及时努力，是古诗中不可多得的箴言诗。“青青”，从《诗经》始，就不只写颜色，而更多地用于形容植物少壮时茂盛的样子，在这个意义上同于“菁菁”。后来的“青年”、“青春”等词，就是由此衍生出来的。在此诗中，它与篇末“少壮”二字相呼应。

“朝露待日晞”，即晨露未晞，还处在朝气蓬勃的时刻。然而，晨露易晞，如乐府哀歌《薤露》所说的：“薤上露，何易晞。露晞明朝更复落，人死一去何日归。”“阳春”二句喻少壮时一切欣欣向荣，下二句则照应晨露易晞的意思，谓人生之易老。

“焜黄”一词，向来皆据《文选》注释为花色衰败的样子。然汉晋古书此词不曾二见，而常见“焜煌”一词。吴小如认为这实际是同一个词，不过“黄”、“皇(煌)”通用罢了，其义应指花色缤纷灿烂的样子，与前二“光辉”一词呼应，是说一旦秋天到来，色泽鲜美的花叶恐怕也会衰败了。

接下来两句以百川东流入海为喻，言韶光一去不再复返。末二句更因势利导，劝人及时努力，不可虚度青春。诗人并不因为生命短暂而产生无所作为的结论，反而劝人及时建树，实现人生的价值，其主题严肃而健康，又毫无空洞说教的毛病。由于诗人以形象的比喻进行说服，言者循循善诱，闻者自易接受。

汉乐府，汉时乐府官署所采制的诗歌。汉代乐府官署大规模搜集歌辞始自武帝时，采诗的目的一是考察民情，二是丰富乐章，以供宫廷各种典礼以至娱乐之用。汉乐府歌辞多感于哀乐，缘事而发，现存作品多为东汉人所作。宋人郭茂倩所编《乐府诗集》是收罗汉迄五代乐府最为完备的一部诗集。

回车驾言迈

◎《古诗十九首》

回车驾言迈，悠悠涉长道。四顾何茫茫，东风摇百草。所遇无故物，焉得不速老！盛衰各有时，立身苦不早。人生非金石，岂能长寿考？奄忽随物化，荣名以为宝。

此诗主题词是篇末“荣名”二字。“荣名”一词，古籍屡见。如《战国策·齐策》：“且吾闻效小节者不能行大威，恶小耻者不能立荣名。”《淮南子·修务训》：“死有遗业，生有荣名。”

诗前四句以景物起兴：回车远行，长路漫漫，回望但见旷野茫茫，阵阵东风吹动百草。这情景使不知税驾何处的行役者思绪万千，有力地带动以下八句的抒情。这四句中“迈”——“悠悠”——“茫茫”——“摇”等叠词与单字交互使用，声音历落有致，渲染出苍茫凄清的气氛；同时由“车”——“悠悠长道”——“四顾茫茫”，在视感上由点到线，由线到面，然后落到旷原野草，一个“摇”字，不仅再现了风动百草之形，而且蕴含着“行迈靡靡，中心摇摇”(《王风·黍离》)的行人心态，是具有炼字的意味的。无怪前人评论这个字为“初见峥嵘”，唐释皎然《诗式》云：“《十九首》辞情义炳，婉而成章，始见作用之功。”可称慧眼别具。

以下八句抒发人生感慨，二句一层，“所遇无故物”二句由景入情，是一篇枢纽。因见百草凄凄，遂感冬去春来，不见物是，更觉人非，此为一层。“盛衰各有时”二句由人生短促，想到应及时树立，所谓“立身”，举凡生计、名位、道德、事业，一切所谓立身之本者，皆可包括在内。这是诗人进一步的思考。“人生非金石”二句是“苦不早”三字的生发，言人不能如金石之长存。最后归结为“荣名以为宝”，这是对“立身”之要的一个说明，是诗人对人生反复思考后作出的答卷。

汉末社会的风风雨雨中，知识分子都不约而同地对生命的真谛进行思索。有的高唱“何不策高足，先据要路津。无为守贫贱，坎坷长苦辛”——表现出投入竞争的亢奋；有的低吟“服食求神仙，多为药所误。不如饮美酒，被服纨与素”——显示为及时行乐的颓唐；本篇则表现为对于留名不朽的追求。留名的前提当然是对社会有所贡献，所以这种人生价值观出自于人对生命短暂的不甘，出自于对永恒的向往和追求，也就是希望将有限的生命投入于无限的人类进步事业之中。对此不能完全以贪图虚名而轻易否定之。所以印度诗哲泰戈尔说：“让死者有那不朽的名，让生者有那不朽的爱。”

《古诗十九首》，东汉文人抒情古诗，共十九首，初见录于南朝梁昭明太子萧统《文选》。诗多反映汉末动乱时世中夫妇两地分居之苦，及文人失落心态，而语言平易自然，如秀才对朋友说家常话，颇为后世称道。

去者日以疏

◎《古诗十九首》

去者日以疏，来者日以亲。出郭门直视，但见丘与坟。古墓犁为田，松柏摧为薪。白杨多悲风，萧萧愁杀人。思归故里闾，欲归道无因。

这是一篇力作，抒发的是一种天地茫茫、无家可归的歧路彷徨的失落感。

一起即对人生作高度的概括、宏观的笼罩，大是名言。“去”、“来”二字包容极大，直囊括天地间一切的人、事、物，它们以时空的方式存在，都有一个来去的过程。所谓“亲”、“疏”，换言之即新与旧也。凡是新的，都将成为旧的；凡是旧的，也都曾经新过。这两组范畴是相辅相成的，或在一定条件下相互转化的。没有什么人、事、物能逃得出这宇宙人生的变化规律。这两句诗以其哲理性而耐人回味，启发唐代大诗人孟浩然写出精警的名句“人事有代谢，往来成古今”（《与诸子登岘山》），比王羲之《兰亭集序》中的“夫人之相与，俯仰一世。情随事迁，感慨系之矣。向之所欣，俯仰之间已为陈迹，犹不能不以之兴怀。况修短随化，终期于尽。古人云，‘死生亦大矣’，岂不痛哉”、“后之视今，亦犹今之视昔”等语，道得更早也更简括。

发毕感慨，再出情事。“出郭门直视，但见丘与坟”，丘坟所埋葬的，都属于“去者”的范畴。丘坟是一切人最终的归宿。令人惊心动魄的更在以下两句——“古墓犁为田，松柏摧为薪”，它表明，所谓“最终归宿”这种说法还不对，就连墓也有近与古之分，丘与坟也在发生着变化，有主的新坟垒得好好的，而无名的“古墓”情况就不妙了，难免被夷为耕地，墓木随之砍作柴火。但新坟也总是要成为古墓的。这两句是由前两句向纵深推进，非此不能传“日以（日益）”两字所包含的变化不止的意味，即去者日疏，疏而又疏，以至无穷。

前两句的命题于此证足，以下则转

出兴语。白杨树的树干挺拔而多叶，故易招风，声令人生悲。“萧萧”这一象声词，古人多用于马声或风声，“然唯坟墓之词，白杨悲风，尤为至切，所以为奇”（张戒《岁寒堂诗话》）。诗“说至此，已可搁笔”，然“末二句一掉，生出无限曲折来”（朱筠《古诗十九首说》）。所谓一掉，是指“思归故里闾”二句乃抒生人之无家可归，似乎已游离于前文。然而，这一写却突现出抒情主人公的形象，原来他是一个在茫茫人世上有家难归或竟无家可归的人，唯有在这种处境中人，对生命代谢不居的现象才最为敏感，最感焦灼，最觉困惑。他一方面在现实生活中找不到人生归宿，一方面从哲理思考中悟解到宇宙间根本就不存在最终的归宿，从而只能发出无奈的悲吟。

诗人虽然天才地道出了“去者日以疏，来者日以亲”这样的命题，但他真切感到和尽情发挥的却只是“去者日以疏”这一面，所以难免悲观；而“来者日以亲”这个方面，却因为缺乏生活实感，而忽略未申。这个令人欣慰的对立方面，后来在唐诗人张若虚的“人生代代无穷已，江月年年只相似”，宋词人晏殊的“无可奈何花落去，似曾相识燕归来”等名句中得到了完美表述。

曹操（155—220），字孟德，小字阿瞒，东汉沛国谯县（今安徽亳州）人。汉末举孝廉，任洛阳北部尉、顿丘令；后拜骑都尉，攻打黄巾军。初平元年（190）参与讨伐董卓之战，实力得以扩充。建安元年（196）奉迎汉献帝定都许昌，后统一北中国。失利于赤壁之战。三国鼎立时，进封魏王。后其子曹丕代汉称帝，追尊之为魏武帝。其诗慷慨悲凉，全用乐府诗体，对后世影响深远。有明辑本《魏武帝集》。

短歌行

（东汉）◎曹　操

对酒当歌，人生几何？譬如朝露，去日苦多。慨当以慷，忧思难忘。何以解忧？唯有杜康。青青子衿，悠悠我心。但为君故，沉吟至今。呦呦鹿鸣，食野之苹。我有嘉宾，鼓瑟吹笙。明明如月，何时可辍？忧从中来，不可断绝。越陌度阡，枉用相存。契阔谈宴，心念旧恩。月明星稀，乌鹊南飞。绕树三匝，何枝可依？山不厌高，水不厌深。周公吐哺，天下归心。

这是一首很有名的诗，苏东坡在《赤壁赋》中提到过它（“‘月明星稀，乌鹊南飞’，此非曹孟德之诗乎？方其破荆州、下江陵、顺流而东也，舳舻千里，旌旗蔽空，酾酒临江，横槊赋诗，固一世之雄也，而今安在哉”），《三国演义》第四十八回据此敷衍为赤壁大战前曹操兀立船头横槊赋诗的情节。此诗题旨为何？唐代吴竞说是“言当及时为乐”（《乐府古题要解》），只读八句就下结论，实在也太粗心了。张玉谷说，“此叹流光易逝，欲得贤才以早建王业之诗”（《古诗赏析》），陈沆更说，“此诗即汉高《大风歌》思猛士之旨也”（《诗比兴笺》），这才搔到了痒处。

这首四言诗，其源出于《诗经·小雅》中宴飨宾客之作，诗即从眼前的“对酒当歌”说起，以八句抒发“人生易老天难老”的感慨。但值得注意的是，这种人生苦短的感慨在全诗中是和建功立业的抱负紧密结合在一起的，即有着“年光过尽，功名未立”的现实忧惧，也就是他本人在《秋胡行》中所说的“不戚年往，忧世不治”，本篇所谓“慨以当慷”的“幽思”非他，就是忧世不治的意思。所以此诗和古诗中的忧生之嗟既有联系（表现在对人生意义和价值的思索上），又有本质的区别。

历来开国雄主，大都知道知人善任和人心向背的利害关系，要得人才，要得人心。得人才即得有治国用兵之才，即是要拥有大批优秀干部；得人心首先是要得具有广泛社会影响的社会贤达或社会名流的支持，亦即要建立广泛的统一战线。所以开国君主大都具有礼贤下士、善交各方面的朋友的禀赋。曹操就是一个。他曾一反两汉以通经、仁孝取士的传统，提出“唯才是举”，要用“不仁不孝而有治国用兵之术”的人。《三国志·武帝纪》注引《魏书》说他“知人善察，难弦以伪，拔于禁、乐进于行阵之间，取张辽、徐晃于亡虏之内，皆佐命立功，列为名将”，同时又“昼携壮士破坚阵，夜接词人赋华屋”。陈琳早年曾为袁绍作檄文辱骂曹操为“赘阉遗丑”，后败被执，公谓曰：“卿昔为本初移书，但可罪孤而已，恶恶止其身，何乃上及父祖耶？”左右皆曰可杀，而公爱其才而不咎既往，予以重用。其求贤若渴的心情可见一斑。

“青青子衿，悠悠我心”二句出自《郑风·子衿》。“青青子衿”是周代学子穿的衣服，诗写女子对恋人的思念，本是爱情之作。曹操赋诗言志，又自续“但为君故，沉吟至今”，就变为表现自己对贤才的思慕之情。“沉吟”二字妙，写出一副心事重重的样子。以下“呦呦鹿鸣”四句全用《诗经·小雅·鹿鸣》成句，大意是：鹿子在原野上啃吃艾蒿，相呼撒欢；我高兴地设宴款待朋友，奏起管弦。“明明如月”二句再兴幽思，“辍”字是了结的意思，“忧从中来，不可断绝”，与前文“幽思难忘”呼应。以下复承“我有嘉宾”，对远道来归的朋友表示由衷的感谢，这些人中有老朋友，见面就叙旧（“契阔谈宴，心念旧恩”），有新朋友——虽说是新朋友，必是心仪已久，相见不免客气几句（“枉用相存”）。

诗中“枉用相存”、“心念旧恩”一类话，多么家常，多么富于人情味，哪里有上司下级的区分，完全是平等相待，这正是古今大政治家接人待物的风度、气量，十分令人感动。以下又回到明月的兴语上来，以“月明星稀，乌鹊南飞。绕树三匝，何枝可依”的兴象，隐喻当时还有大批贤士尚在歧路徘徊，无所因依。唯以妙写月夜之景，可见其兴会不浅。这些绕树三匝的乌鹊们，是在择木而栖吧？你们可要看准啊，这里是不分先后，一概加以欢迎的；这里要的是人才，多多益善，只嫌其少，不嫌其多。

“山不厌高，水不厌深”两句出自《管子》“海不辞水，故能成其大；山不辞土石，故能成其高；明主不厌人，故能成其众”。结尾用《韩诗外传》中周公的故事自譬，点醒题旨。周公为人，极为礼贤下士。当官的一般都讨厌在吃饭时会客，而周公不然，如果在吃饭时遇到客人来访，一定放下筷子，出面接待。所谓“吐哺”，即吐掉口中咀嚼的食物。像这样虚心纳士，尊重他人，怎能不使天下归心呢？曹操每以周公自比，是颇见其志的。周公本来是武王之弟，也是有资格继承王位的，但他并无野心，当时成王（武王之子）年幼，他以亲王摄政，平定武庚之乱，营建周都洛邑，订制礼乐制度，是奴隶制时代颇有建树的大政治家。则曹公之志，与“司马昭之心”实有上下床之分。

这首诗表现作者的胸襟广阔，志向高远，而同时又具有浓厚的悲凉情调。这又是什么原因呢？原来当时“世积乱离，风衰俗怨”，人们普遍地感到人生无常，触目堪悲，颓废的情绪在《十九首》已相当普遍，曹公也不能毫无所染。可贵的是，他没有陷入低沉的哀叹之中，而是几经反复，最终达到振作。

林庚在《唐诗综论》中谈此诗道：一方面是人生的无常，一方面是永恒的渴望；一方面是人生的忧患，一方面是人生的欢乐——这本来就是人生的全面，是人生态度应有的两个方面。难得它表现得如此自然，从“青青子衿”到“鼓瑟吹笙”两段连贯之妙，古今无二，你不晓得何以由哀怨这一端忽然会走到欢乐那一端去，转折得天衣无缝，仿佛本来就该是这么回事儿似的。从“明明如月”到“山不厌高”两段也是如此，将你从哀怨缠绵带到豁然开朗的境地。读者只觉得卷在悲哀与欢乐的漩涡中，不知道什么时候悲哀没有了，变成欢乐，也不知道什么时候欢乐没有了，又变成悲哀。全诗以兴会为宗，而不以说教为贵，乃是曹公诗人本色的表现。

龟虽寿

（东汉）◎曹　操

神龟虽寿，犹有竟时。腾蛇乘雾，终为土灰。老骥伏枥，志在千里。烈士暮年，壮心不已。盈缩之期，不但在天。养怡之福，可得永年。幸甚至哉，歌以咏志。

本篇抒发作者对人生的感悟，是一首益人心智的箴言诗。据《世说新语》记载，东晋时重兵在握的大将军王敦，酒后辄咏"老骥伏枥，志在千里。烈士暮年，壮心不已"，以玉如意击打唾壶为节，壶口尽缺。

曹公平定乌桓归来这年五十三岁，在古人已经是感伤老大的年纪，不免要想到生与死的问题。古人认为龟是一种长寿的动物，而腾蛇是一种本领很大的长虫。《庄子·秋水》云："吾闻楚有神龟，死已三千岁矣。"《韩非子·难势》云："飞龙乘云，腾蛇游雾，云罢雾霁，而龙蛇与蚓蚁同矣。"此诗开篇四句，是说再长寿、再不凡的生命，都有一个结束。这是自然规律，但不是所有的人都能正视，伟大如秦皇汉武，不免服食求仙，为人所愚，为药所误。即使认识了，又未必能正确对待，比如《十九首》作者，在承认"人寿非金石，岂能长寿考"时，没有说出的话是"生太可悲"。而曹公则跳过一层，直言人所歆羡的神物，也有化为土灰、归于竟时的一天。没有说出的话是"死不可怕"——既是规律，就理应视死如归，予以正视和承认。

"老骥伏枥"四句一反通常文人叹老嗟衰的习气，以老马为喻，抒发老当益壮、锐意进取的豪情。在古代，马与人特别是与战士的关系十分密切，以"老骥"譬老英雄，堪称恰切。对死亡的态度如何，是考验凡夫与壮士的试金石。面对这个问题，有的人感到无所作为，坐以待死；有的人及时行乐，醉生梦死。壮士则不然，他们虽然到了垂暮之年，心中依然激荡着豪情，仍不肯守着老本，还想更立新功。这一层意思极为可贵，可以概括为“死而后已”——而及时建功立业，且不断建立新功，在某种意义上也就超越了死亡，所以其基调是积极、乐观的。

以下四句再进一层，是说“养生有道”——人生通过正确的方法，是可以健体强身，可以取得相对“永年”即长寿的。曹公不同于庄子，他是肯定寿命长短的差异的，长生是不可能，而长寿却是可能的，不但是可能的，而且是个体生命理当追求的。联系上文，可以领会，曹公所谓“养怡之福”，决不是纯粹的运动锻炼和悉心静养，而首先是保持一种良好的精神状态，即要“壮心不已”——自强不息，焕发青春，思想愉快，自可延年。这种健身法，肯定了人在生命问题上的主观能动作用，是富于辩证与唯物精神的，因而也是得了养生之奥秘的。较之上一段，或更有普遍的教育意义。在这方面，苏东坡就是一个著名的实践者。

这首诗告诉人们，不必为寿命而烦恼，也不必因年暮而消沉，一个人的精神风貌对于身心健康是非常重要的。《龟虽寿》哲理意味很浓，但由于运用比兴手法，其哲理盖出生活实感，却能感情充沛，做到了情、理与形象的交融。诚如陈祚明所说：“名言激荡，千秋使人慷慨。”（《采菽堂古诗选》）

白马篇

（魏）◎曹　植

白马饰金羁，连翩西北驰。借问谁家子，幽并游侠儿。少小去乡邑，扬声沙漠垂。宿昔秉良弓，楛矢何参差。控弦破左的，右发摧月支。仰手接飞猱，俯身散马蹄。狡捷过猴猿，勇剽若豹螭。边城多紧急，虏骑数迁移。羽檄从北来，厉马登高堤。长驱蹈匈奴，左顾陵鲜卑。弃身锋刃端，性命安可怀？父母且不顾，何言子与妻！名在壮士籍，不得中顾私。捐躯赴国难，视死忽如归。

曹植（192—232），字子建，曹操子。汉末建安中封平原侯，徙封临淄侯，以才学为曹操所重，几欲立为太子。魏立，于文帝、明帝两朝备受猜忌，怀志难申，郁郁而终。五言诗以笔力雄赡，辞采华美见长。有宋辑本《曹子建集》，今有《曹植集校注》。

这是一篇正面歌颂武艺超群而以身许国的英雄人物的诗。诗中的白马少年并非现实生活中某个具体的豪侠人物，而是作者按其理想塑造的一个高大全形象。作者《求自试表》云："昔从武皇帝，南极赤岸，东临沧海，西望玉门，北出玄塞，伏见所以用兵之势，可谓神妙。而志在擒权馘，虽身分蜀境，首悬吴阙，犹生之年。"可见在描写诗中人物身上，也寄托着作者的抱负。当然，诗中这个武艺高强到神妙的人物，又并不等于诗人自己。

开始就是一个电影片头式的描写——"白马饰金羁，连翩西北驰"。前人说曹植极工起调，诚然。"借问谁家子"到"勇剽若豹螭"为第二段，是插叙或补叙少年的经历和身份——原来是一位久经沙场而武艺高强的英雄。这里问答式和上下左右的铺陈描写，自然是学习汉乐府民歌的表现方法。幽并二州古称多感慨悲歌之士，这位"幽并游侠儿"的行侠仗义的品格也就

是天生就有、“出乎其性”的了。古人比武最重要的一项是射箭，看他左右开弓，纷纷中的——这里“参差”，当训为纷纭。这段铺叙的必要性在于，突出为国效力亦当靠身手，不能仅有死国之志。

“边城多警急”到“左顾陵鲜卑”为第三段，上接篇首，说明白马少年快马赴边所为何事。盖汉魏时期，北边的匈奴和鲜卑常为边患，诗中将两族同写可见并非实指某一具体的战争，而是泛泛虚拟。

“弃身锋刃端”到“视死忽如归”为最后一段，直抒以身许国的豪情。即郭茂倩总结的“言人当立功立事，尽力为国，不可念私也”（《乐府诗集》），大义凛然，慷慨激昂之至。

思想内容无可挑剔，然而诗却并不以此为贵。就诗论诗，本篇或许并不算怎样了不起的杰作。但从边塞诗史上看，其地位就不容低估了。盛唐诗人笔下的游侠少年的勇武精神与形象，似皆脱胎于此，如王维“出身仕汉羽林郎，初随骠骑战渔阳。孰知不向边庭苦，纵死犹闻侠骨香”，“一身能擘两雕弧，虏骑千重只似无。偏坐雕鞍调白羽，纷纷射杀五单于”（《少年行》），岑参“万里奉王事，一身无所求。也知塞垣苦，岂为妻子谋”（《初过陇山途中呈宇文判官》）等从形象到语言皆可见此诗影响。只不过在唐人，往往取生活感受最深的一点作为发抒，不必面面俱到，因而感兴和诗味也更浓罢了。

咏怀诗(录四)

(魏)◎阮　籍

其　一

夜中不能寐,起坐弹鸣琴。薄帷鉴明月,清风吹我衿。孤鸿号外野,翔鸟鸣北林。徘徊将何见? 忧思独伤心。

阮籍(210—263),字嗣宗,三国陈留尉氏(今河南尉氏)人。阮瑀子,竹林七贤之一。初为吏,又为尚书郎,均因病免官。司马懿引为从事中郎,官终步兵校尉。有明辑本《阮步兵集》。

阮籍《咏怀诗》非一时之作,也不是有计划的组诗,但统摄在"咏怀"这个大的题目之下,个人抒情诗性质是一致的。"夜中不能寐"原列第一。清人方东树说:"此是八十一首发端,不过总言所以咏怀,不能已于言之故。"(《昭昧詹言》)有一定道理,这首诗不一定写作最早,只是因为它特别空灵,编排者觉得放在第一较为恰当罢了。

初读此诗,会感到它非常空灵,除了寒秋月夜的情景,寂寞伤心的情绪,没有稍微质实的内容。如若将它与曹植《杂诗》"高台多悲风"相比勘,就会发现它们的相似之处。诗云:"高台多悲风,朝日照北林。之子在万里,江湖迥且深。方舟安可极,离思故难任。孤雁飞南游,过庭长哀吟。翘思慕远人,愿欲托遗音。形影忽不见,翩翩伤我心。"此诗古直《曹子建诗笺定本》系于魏文帝黄初四年(223),曹植从鄄城徙封雍丘,之前曾入朝。诗当是为怀念其弟即时为吴王的曹彪而作,"之子在万里"是全诗的关键句。

阮籍此诗中,时间是午夜,地点在室内,抒情主人公是自己。由于夜不成寐,而起坐弹琴。薄薄的帘幕,既挡不住月光,也隔不断清风。见于曹诗的"孤鸿"(即孤雁)、"北林"、"伤心"这些关键字面,在阮诗中同样出现了。《诗经·秦风·晨风》云:"鴥彼晨风,郁彼北林。未见君子,忧心钦钦。""北林"乃女子思其丈夫之处,可以延伸到思念骨肉友朋。所以曹诗借以兴起"之子在万里,江湖迥且深"。古人以雁行喻兄弟,又有鸿雁传书的传说,所以曹诗欲托书于雁,然而"孤雁"全不理会,翩然而逝,故令诗人伤心。曹诗在前,阮籍应当读过。在阮籍此诗中,"孤鸿"、"北林"、"伤心"的同时出现,不会与曹诗全不相关,它们构成了一个现成的思路,与曹诗应有相同寄意。

当然,"孤鸿号外野,翔鸟鸣北林"同时又是景语:明月清风之夜,野外失群孤鸿的哀啼,林间无巢鸟儿的悲鸣,隐隐约约暗示着那伤心来自寂寞,来自失意。不过,阮籍并没有挑明他思念的人到底是谁。是同气连枝的兄弟? 族兄弟? 朋友? 已不得而知。

此诗妙于运用营造气氛,来抒发难以明言,也无须明言的抑郁,"以浅求之,若一无所怀,而字后言前,眉端吻外,有无尽藏之怀,令人循声测影而得之"(王夫之《古诗评选》)。此即所谓空灵。知人论世,固能得阮籍之伤心;以意逆志,则无妨浇自家块垒也。

其　三

嘉树下成蹊，东园桃与李。秋风吹飞藿，零落从此始。繁华有憔悴，堂上生荆杞。驱马舍之去，去上西山趾。一身不自保，何况恋妻子！凝霜被野草，岁暮亦云已。

生在黑暗时代，既不愿与统治者合作，又不知道生命的价值是什么，不禁满腹彷徨。诗表现诗人找不到人生出路的焦灼与悲观。

《史记·李将军列传》引谚云“桃李不言，下自成蹊”，诗一起本此，言像桃李这样的嘉树，诚然有繁盛的时候。以下一转云，一旦秋风吹得豆叶在空中飘零的时候，桃李也开始凋零了。由此诗人悟到一个真理：有盛必有衰，有繁华必有憔悴；今日的高堂，总有一天也会生长荆杞。既然如此，功名富贵有什么值得留恋的呢？还是驱马舍弃这个名利场吧，到西山追随伯夷、叔齐的遗踪隐居去吧。这样做虽然要抛妻别子，但在这个世界上我连自身都保不住，又何必对妻子恋恋不舍呢？这好像是一条出路，然而，最后两句又轻易地加以否定：从名利场到西山，好比舍桃李而就野草罢了，但到了年终严霜覆盖时，野草不一样玩完？

这首诗似乎否定一切，认为人生完全没意思。被传统观念所肯定的一切神圣事物，对阮籍来说都失去了神圣性，在他看来，个人生命远比这些东西重要，而个人生命却又如此短促、脆弱，所以他只能陷于无法摆脱的深重的悲哀之中，最后只能逃匿于酒了。这样的诗给人的感觉是太悲哀、太伤感了。

其 十 七

独坐空堂上，谁可与亲者？出门临永路，不见行车马。登高望九州，悠悠分旷野。孤鸟西北飞，离兽东南下。日暮思亲友，晤言用自写。

这是一首孤独者的歌。它给读者最强烈的印象是世界上似乎只有一个人，他在家里是“独坐空堂上”，出门望长路竟然看不到车马，登高远瞻九州则只看到无边无际的原野和一些离群的鸟兽——显然，这里所写的并非事实，而只是一种心境，一种感觉——由内心深沉的孤独感所生出的感觉。

进而读者可以理解“谁可与亲者”一句的真实含义，知道作者之所以独坐空堂，乃是因为没有志趣相投的人，也可以说乃是他不愿意和那些他不喜欢的人交往的缘故。同样，他之所以感到路上没有载人的车马，而九州只有旷野，同样是基于他的傲岸——即白眼看人的缘故。所以诗中的孤鸟、离兽，也正是他自己的写照。

然而无论如何，人总是社会的人，即使是如此高傲的孤独者，到了某个特定的时刻——如诗中所说的黄昏时分——他还是渴望和知己者交谈，渴望对人青眼相加。然而在现实中他感到找不到这样的人，只能在心里描摹一下那种投机的晤谈的情况而已。“晤言用自写”的“写”字，可以作描摹讲。

总之，这首诗刻画了一个高傲而痛苦的孤独者的心灵。如果我们将它与陶渊明的《移居》“闻多素心人，乐与数晨夕”，“邻曲时时来，抗言谈在昔。奇文共欣赏，疑义相与析”对读，就更容易看出这魏晋间的两大诗人在性情、处境和境界上的区别。陶渊明找到了人生的意义和心理的平衡，关键就在于他从自然、田园和农人中找到了共同语言。

其三三

一日复一夕，一夕复一朝。颜色改平常，精神自损消。胸中怀汤火，变化故相招。万事无穷极，知谋苦不饶。但恐须臾间，魂气随风飘。终身履薄冰，谁知我心焦。

这首诗感慨人生活得太累，所谓“机关算尽太聪明，反误了卿卿性命”。诗的前六句说，由于太在乎，招致颜色、精神的变化，以致日渐衰老。下四句说由于应付人间万事，生怕智谋不足，但恐转瞬百年耳。活得太累了——主要是心累，终日战战兢兢，如临深渊，如履薄冰，谁知这是怎么回事儿呢?

拟行路难(其一)

（刘宋）◎鲍　照

奉君金卮之美酒，玳瑁玉匣之雕琴，七彩芙蓉之羽帐，九华蒲萄之锦衾。红颜零落岁将暮，寒光宛转时欲沉。愿君裁悲且减思，听我抵节行路吟。不见柏梁铜雀上，宁闻古时清吹音？

鲍照(？—466)，字明远，刘宋东海（今山东郯城）人。出身贫贱，宋文帝元嘉中，任临川王、始兴王王国侍郎。孝武帝时，任海虞令、太学博士兼中书舍人、秣陵令、永嘉令。后入临海王刘子顼幕府，为前军刑狱参军，掌书记。宋明帝立，子顼反，兵败，照为乱军所杀。有《鲍参军集》。

鲍照乐府诗今存八十余首，最具艺术独创性的要算《拟行路难》十八首。顾名思义，《拟行路难》当为乐府古题《行路难》的拟作，后者本属汉代民歌，古辞已佚，据《乐府解题》载其大旨为“备言世路艰难及离别悲伤之意”。这十余首诗涉及不同的题材内容，体式、风格不尽一致，并非一时一地之作，但都是对人生苦闷的吟唱，都是七言歌行。

本篇为开宗明义第一章，感年光易逝，空悲无益，不如排忧行乐，带有序曲的性质。诗共十句，而直抒胸臆的是后六句，尤其是“愿君裁悲且减思”一句，它表明这组诗的创作目的是用来排遣悲思的。什么悲思？就是上二句说的韶华不再、时序流逝（“红颜零落岁将暮，寒光宛转时欲沉”），透过一层，则是志士年光过尽、功名未立的悲哀。如何排遣？行乐和放歌。

关于行乐，诗人用倒折之笔，将这层意思用四个排句置于全诗的开头：“奉君金卮之美酒，玳瑁玉匣之雕琴，七彩芙蓉之羽帐，九华蒲萄之锦衾”——盛以金杯的美酒，装饰华丽的古琴，彩绣芙蓉的羽帐，葡萄图案的锦被。要之，美食、美听、美丽的陈设，这总可以忘忧了吧！然而不然，所以要说放歌——“听我抵节行路吟”！不必把悲思压抑在心底，要让它释放，痛痛快快地释放。君不见曾是歌舞胜地的汉武帝柏梁台、魏武帝铜雀台，而今皆归沉寂，哪里还有清歌妙舞呢？我的歌声也不会比它们更持久，我要抓紧唱，诸君就抓紧听吧！

这支序曲写得很有特点。首先用四个充斥精美名物、色彩缤纷的排句轰炸，造成一种富丽堂皇的假象，再推出“红颜零落”等句，以见追求享乐并不能裁减岁月虚度的悲哀，最后归到“听我抵节行路吟”的主意上来。立意单纯，却表明了诗歌具有的一种重要功能，那就是在释放积郁的同时，产生出审美愉悦的功能，令人想到《毛诗序》名言：“诗者，志之所之也。在心为志，发言为诗。言之不足，故嗟叹之；嗟叹之不足，故永歌之；永歌之不足，故不知手之舞之，足之蹈之。”古今中外，概莫能外，难怪乌克兰诗人谢甫琴柯一往情深地叹道：“我的歌啊，我的歌。”

诗系齐言，采用了赋体铺排的手法，又运用了散文化的语助词“之”，连贯而下，一气鼓荡，淋漓豪放，“如五丁凿山，开人世所未有。后太白往往效之”（沈德潜）。

述 怀

（唐）◎魏　徵

中原初逐鹿，投笔事戎轩。纵横计不就，慷慨志犹存。杖策谒天子，驱马出关门。请缨系南越，凭轼下东藩。郁纡陟高岫，出没望平原。古木鸣寒鸟，空山啼夜猿。既伤千里目，还惊九逝魂。岂不惮艰险？深怀国士恩。季布无二诺，侯嬴重一言。人生感意气，功名谁复论。

魏徵（580—643），字玄成，馆陶（今属河北）人。隋末随李密起义，密败，降唐为太子建成洗马。太宗即位，擢为谏议大夫，历官尚书右丞、秘书监、侍中、左光禄大夫、太子太师等职，进封郑国公，史称诤臣。曾主《隋书》、《群书治要》等编事，时称良史。《全唐诗》存诗1卷。

齐梁迄于唐初，诗歌创作中心在于宫廷。精心修饰的法则和惯例，高雅的贵族社会趣味，在宫廷诗中占据统治地位。虽然宫廷诗兴起后就激起与之对立的诗论（这种对立诗论后来发展为复古理论），“但是这种反对仅有理论，缺乏诗歌实践，缺乏具有美学吸引力的替换品”（斯蒂芬·欧文《初唐诗》）。在这样的形势下，受对立诗论影响而产生的第一批独具特色的作品，我们理当刮目相看，并加以推崇。

魏徵《述怀》便是这样的一篇杰作。明清时代操唐诗选政的名流李攀龙和沈德潜，一例将此诗置于唐诗卷首，绝非偶然。首开时代风气的作品不出自纯粹的诗人，而出自政治上的风云人物，这一事实耐人寻思。魏徵生在隋末乱离时代，属

意纵横之说，曾做过道士，后在李密幕下供职，随李密投唐，后成为唐太宗贞观时代的名臣，是个集儒生、策士、史家、诗人于一身的大人物。在唐高祖即位之初，太行山以东有一些李密旧部不肯降唐，魏徵便自告奋勇去说服他们。《述怀》便是这次出潼关安抚山东地区时所作。诗题表明，它是一首言志抒怀的作品。《史记·淮阴侯列传》中蒯通形容秦末的动乱说："秦失其鹿，天下共逐之。"隋末群雄竞逐的局面与之颇相类似。魏徵以一介文士投身政治军事活动，有类于汉代班超的投笔从戎。诗的前二句就融化典实，追忆个人夙昔的不凡志向："中原初逐鹿，投笔事戎轩。""戎轩"即战车，一个"初"，在时间的界定上非常清楚。从当初算起到"出关"（诗题一本即作此）之时，诗人已饱经风霜，在政治上相当成熟老练。忆及在李密部下，曾进十策而不被采用，难免有过受挫失意之感。但他从来没有放弃雄心壮志。"纵横计不就"，是影响情绪的。但有志者事竟成，靠的是不折不挠的精神，"慷慨志犹存"，便足以令人振作。这二句抑扬中有擒纵之致，使人想起"屡败屡战"（曾国藩）式的笔法，为之一击掌。短短四句的回顾是非常必要的，光荣的历史足以引起自豪感，比开门见山地写"驱马出关门"好得远。

看他"杖策（驱马）谒天子"，是何等气概，还真有点"长揖山东隆准公"（李白）的高阳酒徒郦食其的派头呢。须知此行责任重大，动关国是，作者在关键时刻挺身而出，"请缨系南越，凭轼下东藩"，这可不是儿戏。诗中连用了两个汉代典故，一是武帝时的终军自请出使南越，劝说其王归顺汉室，行前请授长缨，谓"必羁南越王而致之阙下"；一是高祖时的郦食其请命劝降齐王田广，使其成为汉之东藩。这两个古人所完成的使命，与魏徵当时将要做的工作非常相似。诗中用典不但贴切，而且突出了历史感和使命感，使诗意变得厚重。

"郁纡陟高岫"六句穿插写景，毕叙征途的艰险。潼关表里山河，地势险要，在旅途是要备尝艰险的，"郁纡陟高岫，出没望平原"便是真实写照。正因为山路萦回，崎岖不平，所以平原时隐时现，时出时没。以下两句"空山"、"古木"、"寒鸟"、"夜猿"以及它们的啼鸣，构成了一幅深山老林的荒寒图画和画图难足的境界。在这样人迹罕至的幽险去处，任你是何等人物，也不免心折骨惊。诗中不讳言险艰，还向读者强调了他的"惊"，乃至"伤"。"既伤千里目，还惊九逝魂"二句，化用了楚辞中"目极千里兮伤春心，魂兮归来哀江南"（《招魂》）和"唯郢路之辽远兮，魂一夕而九逝"（《抽思》），感言对故国的怀念和个人吉凶未卜的意识。虽然诗人这里着重写自然环境的艰险，但另一重危险性却能见于言外，这原是从事那样特殊的政治使命所不可避免的。所以"岂不惮艰险"，实兼二重意味而言。说"岂不惮"，就是承认有所"惮"，然而这与承认自己的感伤一样，其实无损抒情主人公的形象，反而增加了他性格的温润感。事实上，他是"明知征途有艰险，越是艰险越向前"，具有一种自觉的大无畏精神。感伤与忌惮，只是一闪念。“主上即以国士见待，安可不以国士报之乎”(《旧唐书本传》)，便是“深怀国士恩”句的注脚。

“国士句是主意”(《唐诗别裁集》)，末四句由此申发。所谓国士，即国家栋梁之材。士大夫受到国士的待遇，足以踌躇满志，当然应竭力报效国家(卢藏用《陈氏别传》说陈子昂“感激忠义，常欲奋身以答国士”，便是这个意思)。汉初的季布，以重然诺闻名于关中，时有“得黄金百斤，不如得季布一诺”的谚语。战国的侯嬴，有感于信陵君的知遇之恩，终于以死相报。诗中即以这两个以忠诚守信著名的古人故事，表达对唐室的忠贞不二。当然，这里还有一个个人功名的问题，古人并不讳言于此，三不朽中即有“立功”一项。不过魏徵这里更强调“意气”，也就是感情——这里特指报国热情。诗的末两句用了梁代荀济《赠阴梁州诗》中“人生感意气，相知无富贵”而注入新意，即轻视功名，把诗情推向高峰。

魏徵当时属于近臣，但和前此的宫廷诗人不同，他是在鞍马间为文，因此诗中带有戎马生活气息。这倒有点像汉末的三曹七子，“雅好慷慨，良由世积乱离，风衰俗怨，并志深而笔长，故梗概而多气”(刘勰)。《述怀》一诗，真可使建安作者相视而笑。若要为陈子昂复古诗论找出较早的样板，真是“其则不远”了。魏徵本人后来在《隋书·文学传序》中提倡一种将南朝的清绮与北国的贞刚气质合一的“文质彬彬”的雅体，《述怀》就基本上实践着这一主张。它一方面措语朴素，直抒胸臆，慷慨激昂，与声色大开的南朝诗风相异。另一方面又融汇典语，自铸新辞，对仗妥帖，与理胜其辞的河朔诗风不同，体现了政治内容与艺术形式较好的统一。所以沈德潜谓其“气骨高古，变从前纤靡之习，盛唐风格发源于此”(《唐诗别裁集》)。

在狱咏蝉

（唐）◎骆宾王

西陆蝉声唱，南冠客思侵。那堪玄鬓影，来对白头吟。露重飞难进，风多响易沉。无人信高洁，谁为表予心？

骆宾王（622?—684），唐婺州义乌（今属浙江）人。初唐四杰之一。其父为青州博昌令，早卒。高宗朝初为道王府属，后历任奉礼郎、东台详正学士、武功主簿、长安主簿，迁侍御史。为奉礼郎时曾从军西域，又曾宦游蜀中。调露元年（679）冬因数上疏言事获罪下狱，次年秋下除临海（今属浙江）丞。睿宗文明中（684）随徐敬业起兵讨武后。敬业兵败，不知所终。有清陈熙晋《骆临海集笺注》。

本篇是蒙冤受屈者的歌吟。武则天时代扩大化的政治清洗，造成数不清的冤狱。骆宾王就曾是一个受害者。调露元年（679），他在侍御史任上以屡次上书讽谏政事，触犯当权的武后，被诬在长安主簿任上犯贪赃罪，于当年秋天下御史台狱，尝到了铁窗滋味，也种下了仇恨的种子。后来武则天读他那篇著名檄文至“一抔之土未干，六尺之孤何托”，竟失声道“丞相何得失此人”。《在狱咏蝉》这首诗托物言志，抒发受迫害者沉冤莫白的忧愤心情，在当时和后世都具有典型性。

御史台监狱西面有古槐数株，其上秋蝉长鸣，引起诗人悲怀。《左传》成公九年载有楚囚钟仪南冠而系事，后世遂以“南冠”代囚徒。“客思”本指故国之思，但诗中这个“客”字与李后主“梦里不知身是客”的“客”字，特指在囚之身，含义凄楚。“侵”一作“深”，有渐进深至，被痛苦咬啮之感。秋蝉之声自苦，但比起囚犯来，它至少没有失去自由。“客思侵”与“蝉声唱”对举，便有人不如蝉之意，遂启三、四两句。“日行西方白道曰西陆”（《太平御览》二四《易通统图》），以“西陆”代秋天，是为了与“南冠”对仗工稳，今人不免感到晦涩，但在普遍借助类书进行诗歌创作的初唐诗人，却是习以为常。

蝉翼之薄，有如女子云鬓。而古代女子的发式亦有“蝉鬓”的名目。据马缟《中华古今注》，蝉相传为齐后怨魂所化，故又名“齐女”。因而，蝉声能引起关于幽怨女子的形象联想。“玄鬓影”三字正是如此。《白头吟》据传为卓文君作，抒写将被遗弃的女子的凄苦，这对于在政治上被抛弃的作者，是一个恰切的譬喻。同时，“那堪玄鬓影，来对白头吟”十字一气贯注，“吟”字属“玄鬓”，而“白头”又可别解作诗人自谓。虽然当年他不过四十，但忧愤使其产生了未老先衰的感觉。诗人说：蝉啊，你这秀发的婵娟精灵，何苦来对着我这白头缧绁之身哀吟呢？你叫我怎么受得了呢？

诗人开始了与秋蝉的对话。“露重飞难进，风多响易沉”二句似乎就是蝉的哀诉。秋来露重风多，蝉的末日将临，快要飞不动，叫不成了。这于作者的处境又构成了象征。“露重”、“风多”，借喻社会环境恶劣、世路艰险，诬枉构陷、罗织罪名成风，令人望而生畏。“飞难进”、“响易沉”则象征“跳进黄河洗不清”的困境。在酷吏横行，“请君入瓮”成为竞相推广的发明的时代，“露重飞难进，风多响易沉”不知概括了几多含冤负屈者的心境。

我国古来执法的传统是“有罪推定”，除非证明无罪，否则有罪。与其信其无，毋宁信其有。下狱就证明有罪，否则何以下狱？在鼓励告密者的武则天时代，冤假错案之多一度登峰造极。怀着“无人信高洁，谁为表予心”的无可告诉之悲苦者，又何止一个骆宾王！“高洁”一词，双关鸣蝉。蝉栖高树，古人认为它餐风饮露，食性清洁，故视为高洁之士的化身。寂寞难忍时，诗人也只好对它去诉说积郁了。

作为咏物体诗，《在狱咏蝉》达到了物我浑然的境地。它深切表现了被迫害受压制者的“人为刀俎，我为鱼肉”的悲愤心情，是对黑暗政治的有力控诉，具有较高的认识价值和审美价值。

陈子昂(659—700),字伯玉,梓州射洪(今四川射洪)人。睿宗文明元年(684)登进士第,任麟台正字。武后代唐,任右拾遗,曾两度从军北方边塞。圣历元年(698)因父老解官回乡,为县令段简构陷下狱而死。有《陈伯玉文集》。

感遇

(唐)◎陈子昂

丁亥岁云暮,西山事甲兵。赢粮匝邛道,荷戟争羌城。严冬阴风劲,穷岫泄云生。昏曀无昼夜,羽檄复相惊。拳跼竞万仞,崩危走九冥。籍籍峰壑里,哀哀冰雪行。圣人御宇宙,闻道泰阶平。肉食谋何失,藜藿缅纵横。

针对六朝诗"彩丽竞繁",以及唐初宫廷诗多歌功颂德,陈子昂喊出"兴寄"的口号,首先引导诗歌创作面向社会生活,《感遇》三十八首便是其实践的业绩。

垂拱三年(687),武则天欲袭击吐蕃,先由雅州(今四川雅安)进攻羌人。当时身为麟台正字的陈子昂上书谏阻,道:"臣闻乱生必由怨起,雅之边羌,自国初以来,未尝一日为盗,今一旦无罪受戮,其怨必甚。"认为应当"计大不计小,务德不务刑;图其安则思其危,谋其利则虑其害"(《谏雅州讨生羌书》),表明他反对不义战争的立场。兴寄为诗,便是这首"丁亥岁云暮",在《感遇》中列为二十九。

诗的开篇类乎史笔,准确地记下了事件及其发生的时间地点:丁亥岁(垂拱三年)冬天,武周王朝将用兵于蜀地。"西山"本为成都以西的雪岭,此泛指蜀西羌人聚居之地。"赢粮匝邛道,荷戟争羌城"二句为"西山事甲兵"的进一步的具体描写:战士们背负干粮,绕行邛崃山间,准备攻打羌人。一个"争"字,有主动和先发制人的意味。

以下诗人没有写战争和战争的结果将是如何，而凭借自己作为蜀人，对此次行军地理状况的熟悉，发挥想象，刻画阴郁可畏的征行环境氛围，暗示出战争前景的并不光明。“严冬阴风劲，穷岫泄云生”，这不仅是冬日山中气象的描绘，同时也表明着一己的感情态度。阴风怒号，彤云密布，天昏地暗，而“羽檄复相惊”，则倍增愁惨。“羽檄”所惊为谁？难道仅仅是羌人？你看，出征战士们战战兢兢，如临深履薄：“拳跼竞万仞，崩危走九冥。籍籍峰壑里，哀哀冰雪行。”他们弯曲着身子，冒着山石崩塌的危险，在高山与深谷间前进，被驱遣着去进行一场没有希望的战争。比山路更危险的，是这场政治冒险本身。这中间八句在诗中举足轻重，它形象地展示了这将是一场士气低落、失道寡助的战争。与后来岑参笔下的雪夜行军“将军金甲夜不脱，半夜军行戈相拨，风头如刀面如割”相比，恰成对照。性质不同的战争，将有完全不同的结果，各各不言而喻。

最后四句是卒章显志的正大议论：圣人治理天下，得道则天下太平（古人认为三台星——“泰阶”平，则天下太平）。而袭击羌人，是统治者（“肉食”者）的失策，百姓（“藜藿”，指食野菜者）的祸殃。与篇首相映，结尾复归于庄重，使全诗政治色彩特浓。像陈子昂这样用诗笔自觉、经常地干预政治的诗人，在李杜以前的唐代诗人中为罕有。直发议论在审美功效上本有欠缺，但此诗由于中间八句成功地通过制造气氛作形象暗示，意味深长，在相当程度上又弥补了上述缺憾。

登幽州台歌

（唐）◎陈子昂

前不见古人，后不见来者，念天地之悠悠，独怆然而涕下。

本篇抒发一个巨人的孤独感。事由：公元 697 年营州契丹叛乱，武攸宜亲总戎律，陈子昂参谋帷幕，军次渔阳。前军王孝杰等相次陷没，三军震慑。子昂料敌决策，直言进谏；武氏愎谏，但署以军曹，掌记而已。子昂因登蓟北楼，感昔乐生、燕昭之事，作此诗（参赵儋碑文）。蓟北楼即幽州台，今属北京，系战国燕都所在地。

昔燕昭王欲雪国耻，思得贤士，郭隗进策道："欲得贤士请自隗始。"燕昭王遂在易水东南筑台，置千金其上，招揽人才，遂得乐毅等。诗人登楼，首先想到的就是那个群雄割据的时代，眼前的原野上曾活动着燕昭王、乐毅等一批杰出人物，君臣其为相得，可谓圣贤相逢。诗人不禁为自己出世太晚，未能赶上那个英雄有用武之地的时代惋惜："南登碣石馆，遥望黄金台。丘陵尽乔木，昭王安在哉！"（《燕昭王》）——"前不见古人"五字中包含着具体、复杂的思想内容，感喟沉痛。

英雄辈出、风云际会的日子，今后也许还会有。然而诗人又感到去日苦多，恐怕自己等不到那激动人心的未来："逢时独为贵，历代非无才。隗君一何幸，遂起黄金台。"——"后不见来者"五字，在前句的基础上加倍写出生不逢辰的孤独和悲哀。

诗人面对空旷的天宇和莽苍的原野——"念天地之悠悠"，不禁生出人生易老、岁月蹉跎的痛惜与悲哀。无限的时空形成一种强大的压力，逼出一个"独"字，叫诗人百端交集。于是在前三句的无垠时空的背景上，出现了独上高楼，望极天涯，慷慨悲歌，怆然出涕的诗人自我形象。一时间古今茫茫之感连同长期仕途失意的郁闷、公忠体国而备受打击的委屈、政治理想完全破灭的苦痛，都在这短短四句中倾泻出来，深刻地表现了正直而富才能之士遭受黑暗势力压抑的悲哀和失落感。

这首诗直抒胸臆，不像《感遇》（兰若生春夏）那样含蓄委婉，却更见概括洗练；不像《燕昭王》、《郭隗》那样具体，却更有大的包容。诗的内涵已超出了一般意义上的怀才不遇，而具有更深广的忧愤。

它有力地表现了一种先驱者的苦闷。正如易卜生说："伟大的人总是孤独的。"（《人民公敌》）此亦即鲁迅说的在铁屋中最先醒来的人所感到的苦闷。《楚辞·远游》："惟天地之无穷兮，哀人生之长勤。往者余弗及兮，来者吾不闻。"——正是在抒写屈子苦闷的诗句中，我们找到了陈子昂诗句之所本。

它有力地表现了一种烈士的惨怀。"'前不见古人，后不见来者'，这是一个真正明白生命意义同价值的人所说的话。先生说这话时心中的寂寞可知！能说这话的人是个伟人，能理解这话的也不是个凡人。目前的活人，大家都记得这两句话，却只有那些从日光下牵入牢狱，或从牢狱中牵上刑场的倾心理想的人，最了解这两句话的意义。因为说这话的人生命的耗费，同懂这话的人生命的耗费异途同归，完全是为事实皱眉，却胆敢对理想倾心"（沈从文）。

它还成功地表现了一种哲理的思索。"短短二十余字绝妙地表现了人在广袤的宇宙空间和绵绵不尽的时间中的孤独处境。这种处境不是个人一时的感触和境况，而是人类的根本境况，即具有哲学普遍意义的境况"（赵鑫珊）。对短小到二十二字的一首诗的意蕴探究的不可穷尽，充分说明了它在艺术上的成功。至于在形式上，前二句整饬而后二句则纯用散文化句法，诗的散文化即口语美，这种写法，完全是服从于内容的需要的——只有冲破过于整齐的形式，才能更好地表现一种奔迸而出的不平之情。

感遇(录二)

(唐)◎张九龄

兰叶春葳蕤,桂华秋皎洁。欣欣此生意,自尔为佳节。谁知林栖者,闻风坐相悦。草木有本心,何求美人折?

江南有丹橘,经冬犹绿林。岂伊地气暖,自有岁寒心。可以荐嘉客,奈何阻重深。运命唯所遇,循环不可寻。徒言树桃李,此木岂无阴?

张九龄(678—740),字子寿,韶州曲江(今广东曲江)人。武后神功元年(697)登进士第,授校书郎。玄宗先天元年(712)中道侔伊吕科,授左拾遗。后历官司勋员外郎、中书舍人、桂州都督、集贤院学士、中书侍郎等职。开元二十一年(733)拜中书侍郎,同中书门下平章事,迁中书令,兼修国史。翌年受李林甫排斥,罢相。次年贬为荆州长史。有《曲江张先生文集》20卷。

打开《唐诗三百首》,你首先看到的就是这一首诗。

远离城市的寂静的山林中,芳草香花生生不息。春天里的兰叶茂盛,秋天里的桂花芬芳。春兰秋桂本不希求别人的赞美,然而,它们的芳香随风传播,引起了志趣高洁的人们的爱慕。他们不辞辛苦,踏遍山隅,苦苦寻求。春兰、秋桂终于被列入名花的光荣榜,虽然这并不是它们所要追求的目标。

修养使人趋于美善,荣誉毕竟是身外之物。

其他树木一到秋天就会落叶,而橘树却经冬不凋。并非江南有什么"暖冬",自是橘树禀性耐寒。

常绿的橘树不仅可供观赏。丹橘,实在是味道鲜美而营养丰富的水果。用来款待贵宾,是摆得上台面的哩。想不到有人一味扶植桃李,而排斥丹橘。这公平吗?

诗人当时被贬荆州,其地盛产丹橘,故以此自喻。诗中说桃李乘时,则暗指李林甫、牛仙客等小人得志。

行路难

（唐）◎李　白

金樽清酒斗十千，玉盘珍羞值万钱。停杯投箸不能食，拔剑四顾心茫然。欲渡黄河冰塞川，将登太行雪满山。闲来垂钓碧溪上，忽复乘舟梦日边。行路难，行路难！多歧路，今安在？长风破浪会有时，直挂云帆济沧海。

李白(701—762)，字太白，号青莲居士，祖籍陇西成纪（今甘肃秦安），生长于蜀。玄宗开元十二年(724)出蜀漫游，先后隐居安陆（今属湖北）与徂徕山（在今山东）。天宝元年(742)奉诏入京，供奉翰林，后赐金还山。安史乱中因从永王璘获罪，系身囹圄，一度流放。有《李翰林集》。

《行路难》系乐府旧题，属《杂曲歌辞》，《乐府解题》云："备言世路艰难及离别悲伤之意。"李白此诗作于离开长安之时，有系于开元十八、九年(730—731)，言是初入长安困顿而归时所作；有系于天宝三载(744)，谓是赐金放还时作。参照《梁园吟》、《梁甫吟》二诗，与此结尾如出一辙，故以前说为允。

诗从高堂华宴写起，可能是饯筵的场面。"金樽清酒斗十千，玉盘珍羞值万钱"，前句化用曹植《名都篇》"美酒斗十千"，后句本于《北史》"韩晋明好酒纵诞，招饮宾客，一席之费，动至万钱，犹恨俭率"，它展示的是如同《将进酒》"烹羊宰牛

且为乐”那样的盛宴，然而接下来却没有“会须一饮三百杯”的酒兴和食欲。“停杯”尤其“投箸”这个动作，表现的是一种说不出的悲愤和失落，“拔剑四顾”这一动作，更增加了这种感觉。“心茫然”也就是失落感的表现。于是诗的前四句就有一个场面陡转的变化。

“欲渡黄河冰塞川，将登太行雪满山”是写景，但这是象征性的写景。它象征的是李白一入长安，满怀壮志，却备受坎坷，没有找到出路。具体而言，“欲渡黄河”、“将登太行”是以横渡大河、攀登高山来象征对宏大理想的追求；“冰塞川”、“雪满山”则是以严酷的自然条件来象征在政治上遭受的阻碍和排斥。两句既交代了“心茫然”的原因，又起到点醒题面的作用。以下一转，连用两个典故，一是姜子牙未遇周文王时曾在渭水之滨钓鱼，一是伊尹在辅佐成汤之前曾梦见自己乘舟从红日之旁驶过。显然又是幻想自己有朝一日也会时来运转，一骋雄才。这四句中诗情又经历了一次大的起落。

以下诗情再一次由浪峰跌至深谷，而且是一连串几个短句：“行路难，行路难，多歧路，今安在？”诗人仿佛走到一个歧路的路口上，不知道该怎么走，甚至不知道自己身在何方，这与前文“拔剑击柱心茫然”相呼应，表现了理想破灭，陷入迷惘。而最后两句却又振起音情，冲决出迷惘：“长风破浪会有时，直挂云帆济沧海。”

全诗在音情上大起大落，充分表现了理想和现实的矛盾，尽管几度陷入悲愤，但结尾却奏出了最强音。所以虽然写的是《行路难》，却自有豪气英风在。诗中拉杂使事，长短其句，也是太白惯用伎俩。

日出入行

（唐）◎李　白

日出东方隈，似从地底来。历天又入海，六龙所舍安在哉！其始与终古不息，人非元气，安能与之久徘徊？草不谢荣于春风，木不怨落于秋天。谁挥鞭策驱四运？万物兴歇皆自然。羲和，羲和！汝奚汩没于荒淫之波？鲁阳何德，驻景挥戈？逆道违天，矫诬实多！吾将囊括大块，浩然与溟涬同科。

《日出入行》是乐府《郊庙歌辞·汉郊祀歌》旧题，古辞言人命短促，愿乘六龙升仙。本篇突破古辞的命意，集中表现了李白的宇宙意识，即其对宇宙以及人在宇宙中之地位的认识。诗虽然写的是日，但诗人对日的看法表现了他对宇宙的看法。

前七句写日之出没运行无始无终，永不休息，而人非元气，不能与日一样长存。“人非元气”四字，暗示了日乃是元气的一部分。元气是中国古代哲学范畴之一，大体相当于唯物论哲学中的物质，天地日月都由元气生成，因此也和元气一样具有永恒的品格。值得注意的是元气论者都把人视为元气化生，而李白却强调“人非元气”，这是针对生命现象、精神现象而言。然而精神与物质是具有同一性的，同谓之自然。诗人接着说：春风使得草木兴荣，但草木无须感谢春风；秋天使得草木衰落，但草木亦无须怨恨秋天。春夏秋冬四季的运行出于自然的规律，它们本身无意于草木的兴衰，而万物的兴衰是规律在支配。这几句相当精彩，不但表现了委化乘运之义，而且认识到“无喜无悲”是修养的最高境界。

正是本着这样的自然观，李白认为日之出入也是受自然规律支配的运行，既无须乎羲和的鞭策，也不会被鲁阳挥戈所退。羲和是传说中的日御，与鲁阳挥戈退日的故事并见《淮南子》：“羲和，羲和！汝奚汩没于荒淫之波？鲁阳何德，驻景挥戈？”通过这样天问式的句子，李白对这两个传说表示了怀疑和否定。

全诗的主意在最后两句：“吾将囊括大块，浩然与溟涬同科。”“大块”即自然，“溟涬”即元气，两句的意思是，我将持此自然之义去拥抱自然，最后与元气合一。具体地说，就是本着自然而然、听其自然的态度，对待生活。法国作家蒙田说：“最美满的生活就是符合一般常人范例的生活。井然有序，不含奇迹，也不超越常规。”斯言近之。

宣州谢朓楼饯别校书叔云

（唐）◎李　白

弃我去者昨日之日不可留，乱我心者今日之日多烦忧。长风万里送秋雁，对此可以酣高楼。蓬莱文章建安骨，中间小谢又清发。俱怀逸兴壮思飞，欲上青天揽明月。抽刀断水水更流，举杯消愁愁更愁。人生在世不称意，明朝散发弄扁舟。

此诗是天宝末李白游宣州（安徽宣城）登谢公楼所作，《文苑英华》题作《陪侍郎（御）叔华登楼歌》，日本影印静嘉堂宋本《李太白文集》题下注云“一作《陪侍御叔华登楼歌》”，今传各本多同。

据近人詹锳考辨，李云其人做过秘书省校书郎，赞成用今题者皆根据汉人称东观（国家图书档案馆）为“道家蓬莱山”，相当于唐之秘书省，因以诗中“蓬莱文章”即扣校书郎之职。但《文苑英华》注“蓬莱文章”一作“蔡氏文章”，可见“蓬莱文章”未必与校书郎之职相关。李华是著名古文家，擅长碑版文字，方可比拟于蔡邕。华于天宝十一载（752）为侍御史，不久为奸党所嫉，不容于御史府，安史之乱前又任过右补阙，其间有可能到过宣城；而李白是天宝十二载（753）秋至宣城，此后还多次往来宣城。李白因失意离开长安，所以与李华有共同语言。诗中未涉及安史之乱，所以此诗当是初至宣城时作。

诗一开始就用了两个十一字散文化的排句，以“弃我去者”、“乱我心者”相对领起二句，其起势迅猛，如风雨骤至。对于政治失意的人，去日苦多是一重苦恼，今日难捱也是一重苦恼，这心情是太矛盾太复杂了，二句不仅内容耐味，形式也耐味。老实人写诗，昨日就昨日，今日就今日，而“昨日之日”、“今日之日”这样的说法在文法上是不通的，然而你无论如何不能把它简化为“昨日”、“今日”，简化了就不够味。这就是所谓言之不足故永歌之，是李白从心化出的创造。

前两句说到愁不可遏，到三、四句却并不沿着这条思路往下写，而依然是李白特有的语未了便转，一跳就落到秋高气爽，登楼酣饮的题面上来：“长风万里送秋雁，对此可以酣高楼。”杜甫《春日忆李白》诗中怀念李白道：“何日一樽酒，重与细论文。”可见李白置酒会友时是有高谈阔论诗文的习惯的，对年轻的诗友杜甫是如此，对长辈的古文家李华也是如此。两位挚友在谢公楼上，当然要谈到谢朓，不止谈谢朓，话题还一直追溯到陈子昂所大力提倡、李白所大力响应的汉魏风骨。他在《古风》中自豪地说：“自从建安来，绮丽不足珍。圣代复元古，垂衣贵清真。”也就是以汉魏风骨的传人自居，“蓬莱文章建安骨”就是两汉诗文即汉魏风骨的一转语。而从汉魏到盛唐，几百年中也并非一片空白，李白又从其中举出一个“小谢”即谢朓，来特别加以表扬，这是因为谢朓诗最符合“清水出芙蓉，天然去雕饰”的美学标准。因为李白“一生低首谢宣城”（王士禛）的缘故，所以说“中间小谢又清发”。这几句的意脉十分清楚，如果将“蓬莱文章”牵合于校书郎李云，就有些扞格难通了。

两位家门好友于酒酣耳热之际，尚论古人，谈兴极高。他们上说汉魏风骨，中论六朝名家，结穴还在当代。这两个人，一个是文豪，一个是诗仙，对古人亦不宜多让，于是诗情一跃而进，达到高峰：“俱怀逸兴壮思飞，欲上青天揽明月。”注意这个“俱”字，那是只有李华才当得起的。两句说彼此怀着不平凡的兴致，要展翅飞翔，飞上高高的青天去拥抱明月，可谓壮志凌云，无比高兴。这也是李白诗风的绝妙写照。

全诗起得那样愤激，却借一腔酒兴不知不觉转化为一腔豪情，令人鼓舞。然而就在这时，诗情又一落千丈。这大起到大落自有其内在逻辑性：以这样可上九天揽月的志气和才情，诗人在现实中竟没有出路，怎不叫人思之气短呢？于是诗情重新回到开篇的烦忧上来，以“抽刀断水水更流”来比喻不可断绝的忧愁，新颖、奇特而又恰切，“断水水更流”、“消愁愁更愁”，尤其是后句一连串的愁、愁、愁，音调之流畅，出语之天成，简直使人如闻抽刀断水而水流潺潺之声，音情与取象俱妙，真是想落天外的妙语，历代喻愁的诗词句之多，却很难有超过此二语者。使人想起严羽赞叹的：“诗者，吟咏情性也。盛唐诗人唯在兴趣，羚羊挂角，无迹可求。故其妙处莹澈玲珑，不可凑泊，如空中之音、相中之色、水中之月、镜中之象，言有尽而意无穷。”结尾点出“人生在世不称意”，现实黑暗，壮志难酬，也只好浪游江湖。这是很无可奈何的话。

李白歌行的能事在于，常把一些表面看来毫不联贯的意象，组织成一首完整的诗歌，还叫人觉得天衣无缝。郭老论诗强调“诗应该是纯粹的内在韵律”，而“内在的韵律便是‘情绪的自然消长’。这是我自己在心理学上求得的一种解释，前人已曾道过与否不得而知。内在韵律诉诸心而不诉诸耳，这种韵律非常微妙，不曾达到诗的堂奥的人简直不会懂。这便说它是‘音乐的精神’也可以，但是不能说它便是音乐”。而李白诗歌意象组织的内在逻辑性，也正是郭老所谓的“内在韵律”。这可以解释为什么李白诗最少运用格律，却最具音乐的精神。像这首诗，短短十二句，感情几次跳跃，一会儿说这个，一会儿说那个，若断若续，却又一气呵成，分拆不得。这是李白诗歌的一个很突出的艺术特点。

江上吟

（唐）◎李　白

木兰之枻沙棠舟，玉箫金管坐两头。美酒樽中置千斛，载妓随波任去留。仙人有待乘黄鹤，海客无心随白鸥。屈平词赋悬日月，楚王台榭空山丘。兴酣落笔摇五岳，诗成笑傲凌沧洲。功名富贵若长在，汉水亦应西北流。

李白平生游江夏不止一次，此诗或系于开元二十二年（734）游江夏时；郭沫若则认为是长流夜郎，上元元年（760）遇赦返回江夏时所作。按诗中强烈蔑视求仙隐逸及否定功名富贵，而希图以诗文传世不朽的思想，应是晚年之作，故以郭说为是。

诗从江上遨游写起，按《吴书》载，郑泉其人博学有奇志，而嗜酒好吃，常说：“愿得美酒五百斛船，以四时甘脆置两头，反复没饮之，惫即往而啖肴膳。酒有斗升减，随即益之，不亦快乎？”诗即本此，更以木兰桨、沙棠舟、玉箫、金管、美酒种种精美名物，描绘出一幅江上行乐图，充分表现了李白肯定物质享乐而反对苦行的人生观。史载谢安隐居东山时，常常携妓出游，李白以谢安自比，在这方面也不宜多让，故敢放言“载妓随波任去留”也。选家或因而不选，也太道貌岸然了。

江夏有黄鹤楼，据传仙人子安曾骑鹤过此，“有待”二字语出《庄子》，是委婉地说成仙无望；“海客无心随白鸥”事见《列子》，谓与其求仙虚妄，不如忘机狎物，可以纵适一时也。诗人在肯定物质世界的同时，对神仙世界作了否定。

江夏属楚地，诗人自然联想到屈原，从而对诗人作了崇高的赞美，对其对立面的楚王则予以否定。这实际上也是宣布诗人如今的人生价值取向。看他兴酣落笔、动摇五岳、诗成之后、不可一世，即杜甫所谓“笔落惊风雨，诗成泣鬼神”，可知他赞美屈原就是赞美自我，否定楚王就是否定权贵，所以结尾指江水为譬，对功名富贵作断然彻底之否决，痛快淋漓之至。

李白一生思想复杂矛盾，情绪并不稳定，抒情有较强的主观色彩，所谓“时来天地皆同力，运去英雄不自由”。他的否定功名富贵，多半是出自愤激之言；否定神仙，恐未必彻底。其骨子里最本质的东西，则是鄙弃庸俗，热爱自由。本诗赞美诗、赞美酒、赞美创造的精神，渴望永恒与不朽和蔑视权贵的思想，则是一以贯之的。诗的篇幅奇短，而包容极大，反映的人生观总的说来是积极、进取、乐观、豪迈的。

诗满心而发，肆口而成，故明白如话，如“坐两头”、“置千斛”、“任去留”等，无须翻译人人都懂；音节浏亮，对仗精工，波澜迭起，如倒倾鲛室，一气呵成而神完气足；同时具备了自然和高妙，故最能代表李白式的锦心绣口。

永王东巡歌

（唐）◎李　白

试借君王玉马鞭，指挥戎虏坐琼筵。南风一扫胡尘静，西入长安到日边。

李白到永王幕府以后，踌躇满志，以为可以一抒抱负，“奋其智能，愿为辅弼”，成为像谢安那样叱咤风云的人物。这首诗就透露出李白的这种心情。

诗人一开始就运用浪漫的想象，象征的手法，塑造了盖世英雄式的自我形象。“试借君王玉马鞭”，豪迈俊逸，可谓出语惊人，比直向永王要求军权，又来得有诗味。这里超凡的豪迈，不仅表现在敢于毛遂自荐、当仁不让的举措上；也不仅表现在“平交诸侯”、“不屈己不干人”的落落风仪上；还表现在“试借”二字上，诗人并不稀罕权力（“玉马鞭”）本身，不过借用一回，冀申铅刀一割之用。

有军权才能指挥战争，原是极普通的道理。一到诗人笔下，就被赋予理想的光辉，一切都化为奇妙。“指挥戎虏坐琼筵”，就指挥战争的从容自信而言，诗意与“为君谈笑静胡沙”略同，但境界更奇。比较起来，连“运筹帷幄之中，决胜于千里之外”都变得平常了。能自如指挥三军已不失为高明统帅，而这里却能高坐琼筵，于觥筹交错之间“指挥戎虏”，赢得一场战争，没有一丝“火药味”，还匪夷所思地用上“琼”、“玉”字样，这就把战争浪漫化了。这又正是李白个性的自然流露。

那时不是“三川北虏乱如麻，四海南奔似永嘉”，局面几乎不可收拾么？但有了这样的英才，一切都将变得轻而易举。“南风一扫胡尘静”，几乎转瞬之间，就“使寰区大定，海县清一”（《代寿山答孟少府移文书》）。以南风扫尘来比喻战争，不仅形象化，而且有所取义。盖古人认为南风是滋养万物之风，“南风”句也就含有复兴邦家之意。而永王军当时在南方，用“南风”设譬也贴切。

当完成如此伟大的统一事业之后，又该怎样呢？出将入相？否，那远非李白的志向。诗人一向崇拜的人物是鲁仲连，他的最高理想是功成身退。这一点诗人屡次提到，同期诗作《在水军宴赠幕府诸侍御》的“所冀旄头灭，功成追鲁连”，即是此意。

这里，诗人再一次表达了这一理想，而且以此推及永王。“西入长安到日边”（日是皇帝的象征，故言长安在日边），这不但意味着“谈笑凯歌还”，还隐含功成弗居之意。诗人万没想到，永王广揽人物、招募壮士是别有用心。在他那过于浪漫的心目中，永王也被理想化了。

李白第二次从政活动虽然以悲惨的失败告终，但他燃烧着爱国热情的诗篇却并不因此减色。在唐绝句中，像《永王东巡歌》这样饱含政治热情，把干预现实和追求理想结合起来，运用浪漫主义手法创作的作品，实不可多得。

投简咸华两县诸子

（唐）◎杜　甫

赤县官曹拥材杰，软裘快马当冰雪！长安苦寒谁独悲？杜陵野老骨欲折。南山豆苗早荒秽，青门瓜地新冻裂。乡里儿童项领成，朝廷故旧礼数绝。自然弃掷与时异，况乃疏顽临事拙。饥卧动即向一旬，敝衣何啻联百结。君不见空墙日色晚，此老无声泪垂血。

杜甫（712—770），字子美，河南巩县（今属河南）人。玄宗开元二十三年（735）举进士不第。天宝间困守长安十年，十四载（755）授河西尉不赴，改右卫率府兵曹参军。安史乱发，长安陷落，身陷贼中。至德二载（757）自贼中奔赴凤翔行在，授左拾遗。乾元元年（758）贬华州司功参军，次年弃官赴秦州，经同谷，到成都，于西郊建草堂。广德二年（764）剑南节度使严武荐为检校工部员外郎。永泰元年（765）离成都，至夔州（今四川奉节）。大历三年（768）出峡，辗转江湘，死于舟中。有《杜工部集》。

杜诗诚然贯穿着忧国忧民之情，但也不时大发个人牢骚。尊杜者往往只强调前者，殊不知后者尤能反映诗人不满现实的活生生的个性，纵然平凡，却无损于诗人的伟大。在困守长安期间，诗人一面出于实际的目的，写作一些典雅的排律向权贵请求援引；另一方面则因为现实悲愤，运用自然活泼的语言和歌行体裁，向忠实的友人诉说个人的病痛和饥寒。《投简咸华两县诸子》就是杜甫寄给咸阳、华原两县县府里友人的诉苦之作。

据《元和郡县志》，唐县有赤畿望紧上中下之等差，京都所治为赤县，京之旁邑如咸阳、华原为畿县。诗是寄给两县友人的，所以用“赤县”代指长安。开篇四句就用长安显贵们的荣华快意来衬托诗人自己的苦寒酸悲。这种以众形“独”的对比手法，在杜诗中常常取得一种惊心动魄的效果。《醉时歌》“诸公衮衮登台省，广文先生官独冷。甲第纷纷厌粱肉，广文先生饭不足”，就与此诗开篇同法，夸大对比中极写出人间的不平。要说那些享受着荣华富贵的“官曹”即衮衮诸公是“材杰”，“读书破万卷，下笔如有神”的诗人又何尝不是材杰！只不过“德尊一代常坎

坷”，屈才的事从来难免。事实上，“软裘快马”之辈，又真有几个“材杰”？有此四字，“材杰”云者便成笑骂。说轻裘骏马足以“当(抵挡)冰雪”，适见苦寒之士难当风雪。“骨欲折”活用“心折骨惊”之语，形容落魄，备极生动。前二句述以欣羡口吻，继二句则以问答作唱叹，顾影自怜，满腹牢骚，溢于言表。

“杜曲幸有桑麻田”(《曲江三章》)，故诗人自称“杜陵野老”。虽薄有田产，但收成不佳。汉杨恽《报孙会宗书》有云：“田彼南山，荒秽不治，种一顷豆，落而为萁。”陶诗则云：“种豆南山下，草盛豆苗稀。”诗中略取其意，又活用秦东陵侯如平青门种瓜的典故，对上述境况作了一番形容：“南山豆苗早荒秽，青门瓜地新冻裂。”人在困厄中最需同情扶持，怎奈人情比纸还薄，诗人处处遭遇白眼。一些小官僚脖项仰得老高，一副不屑的神气。如量体裁衣，定应前摆长于后摆。而位居显要的“朝廷故旧”，似乎也早已忘怀了这门穷交情，不复往来。故言“乡里儿童项领成，朝廷故旧礼数绝”。凡此皆世相之一般，但经诗人拈出，顿成绝妙讽刺。“乡里小儿”本是陶潜骂督邮的话：“项领”语出《小雅·节南山》，本形容公马脖子既粗且直。与“项领成”类似的说法，是“羽翼成”，即民间所谓“翅膀长硬了”，鲁迅所谓“一阔脸就变”。诗人兴到笔随地并用，亦俗亦雅，妙到毫末，可见其对人间势利之深恶痛绝。世道如此，拙于逢迎短于机巧的人，必吃大亏，遭受冷落：“自然弃掷与时异，况乃疏顽临事拙。”说“自然”，说“况乃”，似乎自认倒霉，然而正言欲反，读者莫作字面认去。

至愤之处，诗人跳脱开来，顾影自怜道：“饥卧动即向一旬，敝衣何啻联百结。”把自己写得如此凄凉，说经常挨饿抱病，动不动卧床十来天，衣裳则是补丁重补丁，也太不堪了。然老杜亦如陶潜，诗到真处，绝无掩饰。甚至写出过“苦摇乞食尾”的诗句，使正人君子皱眉，令崇拜者难堪。其实难堪、皱眉都大可不必，读者须体味个中的自嘲与牢骚。也许诗人认为人间堪羞之事正多，并不以人穷志短为可耻。最后诗人直呼两县诸子而告之：“君不见空墙日色晚，此老无声泪垂血。”默默泣血，是因为有苦无处诉。家徒四壁，则是贫极写照，在杜诗中每有妙用，他如“此时与子空归来，男呻女吟四壁静”(《同谷七歌》)、“入门依旧四壁空，老妻睹我颜色同”(《百忧集行》)。此诗写泣向暗壁，倍觉凄楚。

今日诗论者对古人言贫诗往往评价不高，以为这种题材社会意义不大。然而，“从血管里流出的都是血”(鲁迅)，具有决定意义的不是写什么，而是怎样写。杜甫的言贫诗中，固然有抹平棱角的陈情之作，不值得赞许；却也有不合时宜的牢骚发抒，一面对世相有所针砭，一面对自身的困苦有真实的记录，其诗可以兴，可以观，可以怨，不可以一概抹煞。如此诗直抒胸臆，“嬉笑怒骂，皆成文章”，足见诗人性情，不失为佳作。

贫交行

(唐)◎杜　甫

翻手为云覆手雨，纷纷轻薄何须数。君不见管鲍贫时交，此道今人弃如土。

此诗约作于天宝中作者献赋后。由于困守京华，“朝扣富儿门，暮随肥马尘。残杯与冷炙，到处潜悲辛”(《奉赠韦左丞丈二十二韵》)，作者饱谙世态炎凉、人情反复的滋味，故愤而为此诗。

诗何以用“贫交”命题？恰如一首古歌所谓：“采葵莫伤根，伤根葵不生。结交莫羞贫，羞贫友不成。”贫贱方能见真交，而富贵时的交游则未必可靠。诗的开篇“翻手为云覆手雨”，就给人一种势利之交“诚可畏也”的感觉。得意时便如云之趋合，失意时便如雨之纷散，翻手覆手之间，忽云忽雨，其变化迅速无常。可谓“只起一语，尽千古世态”(浦起龙《读杜心解》)。“翻云覆雨”的成语，就出在这里。首句不但凝炼、生动，统摄全篇，而且在语言上是极富创造性的。

虽然世风浇薄如此，但人们还纷纷恬然，侈谈交道，“皆愿摩顶至踵，隳胆抽肠；约同要离焚妻子，誓殉荆轲湛(沉)七族”，“援青松以示心，指白水而旌信”(刘峻《广绝交论》)，说穿了，不过是“贿交”、“势交”而已。次句斥之为“纷纷轻薄”，谓之“何须数”，轻蔑之极，愤慨之极。寥寥数字，强有力地表现出作者对假、恶、丑的极度憎恶。

这黑暗冷酷的现实不免使人绝望，于是诗人记起一桩古人的交谊。《史记》载，管仲早年与鲍叔牙游，鲍知其贤。管仲贫困，曾欺鲍叔牙，而鲍终善遇之。后来鲍事齐公子小白(即后来齐桓公)，又荐举之。管仲遂佐齐桓成霸业。他感喟说："吾始困时，尝与鲍叔贾，分财利多自与，鲍叔不以我为贪，知我贫也。吾尝为鲍叔谋事而更穷困，鲍叔不以我为愚，知时有利不利也。吾尝三仕三见逐于君，鲍叔不以我为不肖，知我不遭时也。吾尝三战三走，鲍叔不以我为怯，知我有老母也。公子纠败，召忽死之，吾幽囚受辱，鲍叔不以我为无耻，知我不羞小节而耻功名不显于天下也。生我者父母，知我者鲍叔也。"鲍叔牙待管仲的这种贫富不移的交道，使得当时"天下不多管仲之贤而多鲍叔能知人也"(《史记·管晏列传》)。"君不见管鲍贫时交"，当头一喝，将古道与现实作一对比，给这首抨击黑暗的诗篇添了一点理想光辉。但其主要目的，还在于鞭挞现实。古人以友情为重，重于磐石，相形之下，"今人"之"轻薄"益显。"此道今人弃如土"，末三字极形象，古人的美德被"今人"像土块一样抛弃了，抛弃得多么彻底啊。这话略带夸张意味。尤其是将"今人"一以概之，未免过情。但唯其过情，才把世上真交绝少这个意思表达得更加充分。

此诗"作'行'，止此四句，语短而恨长，亦唐人所绝少者"(见《杜诗镜铨》)。其所以能做到"语短恨长"，是由于它发唱惊挺，造形生动，通过正反对比手法和过情夸张语气的运用，反复咏叹，造成了"慷慨不可止"的情韵，吐露出心中郁结的愤懑与悲辛。

茅屋为秋风所破歌

（唐）◎杜　甫

八月秋高风怒号，卷我屋上三重茅。茅飞渡江洒江郊，高者挂罥长林梢，下者飘转沉塘坳。南村群童欺我老无力，忍能对面为盗贼。公然抱茅入竹去，唇焦口燥呼不得。归来倚杖自叹息。俄顷风定云墨色，秋天漠漠向昏黑。布衾多年冷似铁，娇儿恶卧踏里裂。床头屋漏无干处，雨脚如麻未断绝。自经丧乱少睡眠，长夜沾湿何由彻！安得广厦千万间，大庇天下寒士俱欢颜，风雨不动安如山？呜呼，何时眼前突兀见此屋，吾庐独破受冻死亦足。

上元二年(761)秋八月作于草堂，草堂也就是茅屋，《堂成》说“背郭堂成荫白茅”，可知草堂最初建成的样子。从这一时期所作的不少七律看，诗人的生活是相对安定的，心情也较为欢畅。《南邻》诗云“锦里先生乌角巾，园收芋栗未全贫”，好个“未全贫”，它恰如其分地表明了诗人当时未脱贫却十分安贫的处境。稍有天灾人祸，就要露出它的困窘来。761年的这个秋天，情况就有不妙，草堂至少遭遇了一次暴风雨的袭击，堂前临江一棵两百岁的楠木也被连根拔起，屋漏把诗人搞得十分狼狈。在那个狼狈的夜晚，他想到普天下与他一样甚至比他处境更遭的人，想得很多很多，从而留下了这一名篇。

诗分两个部分。第一部分叙事，写茅屋为秋风所破的白天及当晚，诗人遭遇的种种狼狈，是极其生动的三部曲。首五句写狂风破屋的情景。这风来得之野蛮，如撒泼打滚，差点没把草堂的屋顶给揭了。卷走的茅草之多，吹得之高，吹得之远，都是令人张口、结舌、傻眼的。“茅飞”几句，一连串地铺写，几令人目不暇接。在合辙押韵上，句句入韵，用了“号”、“茅”等五个开口呼平声韵脚，对风声作了形象的描摹，都很能传神。继五句写顽童的趁火打劫，在风中欢呼着抢夺茅草，往竹林那边扬长而去，根本不听招呼，把老人气得不行。吹散的茅草没法捡，能捡的又被南村群童捡走了，诗人只好回来拄杖喘息。继八句写暴雨的袭击。俗话说“屋漏又遭连夜雨”，意思是祸不单行，这恰是诗人当日的写照。狂风揭茅只是倒霉的开头，接着便是黑云压顶，大雨跟着就来了。被子冷得像铁，是说它不但冷，而且硬，可见其陈旧；这样的被子睡着怪不舒服，难怪孩子乱蹬，把里子都蹬破了，就更不舒服。更加痛苦的是屋漏，它使你在屋里床顶到处摆盆，滴水叮叮咚咚，空气又湿又冷，桌上书卷稿纸遭殃。自战乱以来六个年头，诗人忧国忧民，长期失眠，这个

风雨之夜就更别睡了，不知怎样才能熬得到天亮。于是诗人百感交集，想到普天下不知有多少人屋顶漏雨，又不知有多少人头上无片瓦。

第二部分抒怀。一想到大众的痛苦，诗人就忘却了一己的痛苦，他痛切地感到解决人民仅次于衣食的住房问题是多么重要、多么迫切，于是大声疾呼："安得广厦千万间，大庇天下寒士俱欢颜，风雨不动安如山？呜呼，何时眼前突兀见此屋，吾庐独破受冻死亦足。"披露了诗人民胞物与、爱及天下的博大襟怀。特别是它出现在前一部分所展示的具体的生活背景上，建筑在切肤之痛上，就显得格外真切动人。后来白居易《新制布裘》诗"安得万里裘，盖裹周四垠。稳暖皆如我，天下无寒人"，即受此诗影响。作为饱暖中人能想想穷苦的人，那是富人的慈悲，总不如身在饥寒中人的祈愿更具切肤之痛。

本篇在歌行体的运用上达到了十分自由的程度：一是句式参差，用了散文化的语言；二是句群奇偶的错综，有三处是三句形成句群，有时三句一韵，有时五句一韵，其出入变化，挥洒收放，皆缘情而为。非圣于诗者不能也。

登　楼

（唐）◎杜　甫

花近高楼伤客心，万方多难此登临。锦江春色来天地，玉垒浮云变古今。北极朝廷终不改，西山盗寇莫相侵。可怜后主还祠庙，日暮聊为梁甫吟。

闻官军收河南河北后，由于成都军阀之乱未定，杜甫并未立即踏上还乡之路（而且以后再也没有能回到洛阳）。这时唐王朝内忧外患仍相当严重，当年（广德元年）十月，发生了吐蕃入侵长安，代宗出奔陕州的事件；不久郭子仪收复京师，代宗得以还朝。十二月，吐蕃又陷松、维、保三州，西川节度使高适不能救，于是剑南西山诸州遂为吐蕃所有。翌年即广德二年（764）初，杜甫携家由梓州赴阆州，正准备出陕谋生，二月即得严武再次镇蜀后的邀函，诗人于是重返成都。

此诗系有感于吐蕃入侵而作，诗题取王粲《登楼赋》感时念乱之意。首联点明题意，笼罩全篇，“花近高楼”是即目春色，“万方多难”是时事政局——此四字内涵极为丰富，概括了大乱虽平，然藩镇割据、战祸未息、宦官蠹政、吐蕃内侵，乾坤仍是满目疮痍。正因为处在“万方多难”之时，所以“花近高楼”亦不成乐事，适足引发伤心耳，此即所谓“感时花溅泪”也。

次联紧扣“登临”，写登楼纵目远眺春色。锦江源出都江堰，自郫县流经成都入岷江。“春色来天地”承首句“花近高楼”，犹言春色满天地。“来”字拟人，化静为动，与下句“变”字对仗工稳。“玉垒”在今都江堰西北，为吐蕃侵蜀必经之地。盖自武后朝以来，唐与吐蕃和战不定，蜀西即是风云变幻的重要区域，即在去年，吐蕃就攻陷了川西三州，所谓“浮云变古今”，自是就政局而言，这就与上句“春色来天地”写自然景物不同，织入了复杂的世事沧桑的感受。两句意境宏阔，也可以推广到整个国家局势。

然而爱国热忱使诗人绝不愿散布悲观论调，而对国家政权的巩固寄予信心。“北极”即北辰，居北方天宇正中，其位置一定不改，此喻朝廷。所以诗人对入侵者发出义正辞严的警告，“西山”指连绵于理县、汶川一带的岷山峰岭，为成都天然屏障，而吐蕃入侵，首先就要攻占这一带地方，故诗以“西山盗寇”呼之。“莫相侵”者，即“人不犯我，我不犯人”也。杜甫写此诗后数月，严武即率兵西征，拿下了当狗城（在今四川理番县）、盐川城（在今甘肃漳县），同时遣将在西山追击吐蕃（严武《军城早秋》“昨夜秋风入汉关，朔云边月满西山。更催飞将追骄虏，莫遣沙场匹马还”），拓地数百里，与郭子仪在秦陇一带的主力相配合，终于击退吐蕃的大举入侵。这是后话，而在写诗的当时，时局还较为严重，所以末联就本地古迹抒发感慨作结。

“后主”即三国蜀汉后主刘禅，作为一个昏庸亡国之君，本来不配享受祠祀，但沾了先帝和诸葛亮的光，也附列于先主祠旁。诗人说这个的言下之意是，当今皇上即代宗毕竟强于后主，后主尚能享受祠祀，大唐基业更不会就此灭亡。但这种比法，本身就是对皇帝的一种不敬。盖代宗庸懦，宠信宦官，与刘禅有相似之处，使诗人感到十分痛切。《梁甫吟》是诸葛亮躬耕时爱唱的歌，这里借指登楼咏诗，也抒发了对诸葛亮的深切怀念，一个“聊”字，反映了诗人空有忧国之心，而不能有实际作为的无奈。

此诗表现诗人在流寓中对国事的忧念，情思沉郁而境象壮阔，气势雄健故忧而不伤，格律严谨而有流动之致（三联为流水对），历来评价甚高。浦起龙说：“声宏势阔，自然杰作。”沈德潜说：“气象雄伟，笼盖宇宙，此杜诗之最上者。”

同崔邠登鹳雀楼

（唐）◎李　益

鹳雀楼西百尺樯，汀洲云树共茫茫。汉家箫鼓空流水，魏国山河半夕阳。事去千年恨犹速，愁来一日即为长。风烟并是思归望，远目非春亦自伤。

李益（748—827），字君虞，凉州姑臧（今甘肃武威）人。代宗广德二年（764）凉州陷于吐蕃前，随家迁居洛阳。大历四年（769）登进士第，六年登制科举。大历九年（774）到贞元十六年（800）间，在唐王朝连年举兵防秋的形势下，辗转入渭北、朔方、邠宁、幽州节度使等幕府，长期从戎。有《李益集》。

鹳雀楼位于唐代河中府城（今山西永济蒲州镇）西南黄河中高阜处。北周宇文护所建，楼高三层，因鹳雀常栖息其上而得名，在唐代是一处名胜。唐诗人登览题咏鹳雀楼的传世佳作不少。据《全唐文》卷四三〇李翰《河中府鹳雀楼集序》，崔邠《登鹳雀楼》诗作于元和九年（814）七月。与会者无李益，此诗应是读崔诗后追和之作。

前四句由傍晚登临纵目所见，引起对历史及现实的感慨。人们在登高临远的时候，面对寥廓江天，往往会勾起对时间长河的联想，从而产生古今茫茫之感。此诗写登楼对景，出手便先写河中百尺危楼，与“峰火城西百尺楼，黄昏独坐海风秋”（王昌龄）、“城上高楼接大荒，海天愁思正茫茫”（柳宗元）等写法异曲同工。以“高标出苍穹”（杜甫）的景物，形成一种居高临下、先声夺人之感，发唱惊挺。此句写站得高，下句则写看得远：“汀洲云树共茫茫。”苍茫大地遂引起登览者“谁主沉浮”之叹。

遥想汉武帝刘彻“行幸河东，祀后土”，曾作《秋风辞》，中有“泛楼船兮济汾河，横中流兮扬素波，箫鼓鸣兮发棹歌”之句(《汉武故事》)。汉武帝所祭后土祠在汾阴县，唐代即属河中府。上溯到更远的战国，河中府属魏国地界，靠近魏都安邑。《史记·孙子吴起列传》：“(魏)武侯浮西河而下，中流，顾而谓吴起曰：‘美哉山河之固，此魏国之宝也！’”诗人面对汀洲云树，夕阳流水，怀古之情如洪波涌起。“汉家箫鼓空流水，魏国山河半夕阳”一联，将黄昏落日景色和遐想沉思镕铸一体，精警耐味。李益生经战乱，时逢藩镇割据，唐王朝出现日薄西山的衰象，“今日山川对垂泪”(李益《上汝州郡楼》)，不独因怀古而然，于中也应有几分伤时之情。

后四句由抚今追昔，转入归思。其前后过渡脉络，为金圣叹所拈出：“当时何等汉魏，已剩流水夕阳，人生世间，大抵如斯，迟迟不归，我为何事耶？”“事去千年犹恨速”一句挽结前两句，一弹指顷，已成古今，站在历史高度看，千年也是短暂的，然而就个人而言，则又不然，应是“愁来一日即为长”。“千年犹速”、“一日为长”似乎矛盾，却又统一于人的心理感觉，此联因而成为至理名言。北宋词人贺铸名作《小梅花》末云：“遗音能记秋风曲，事去千年犹恨促。揽流光，系扶桑，争奈愁来一日却为长！”就将其隐括入词。

末联倦游思归之意水到渠成：“风烟并是思归望，远目非春亦自伤。”非春已可伤，何况春至乎?无怪满目风烟，俱是归思。盖“人见是春色，我见是风烟，即俗言不知天好天暗也。唐人思妇诗甚多，乃更无急于此者”(金圣叹)。

全诗即景抒情，铸辞造语，皆见匠心。将历史沉思、现实感慨、个人感伤打成一片，而并入归思，意境十分浑成厚重。

左迁至蓝关示侄孙湘

（唐）◎韩　愈

一封朝奏九重天，夕贬潮阳路八千。欲为圣明除弊事，肯将衰朽惜残年！云横秦岭家何在？雪拥蓝关马不前。知汝远来应有意，好收吾骨瘴江边。

韩愈（768—824），字退之，河南河阳（今河南孟县）人，郡望昌黎。德宗贞元八年（792）登进士第，任节度推官，其后任监察御史等职。十九年因触怒权臣，贬阳山令。宪宗即位，量移江陵府法曹参军。元和元年（806）召拜国子博士。十二年从裴度讨淮西有功，升任刑部侍郎。十四年谏迎佛骨，贬潮州刺史。次年穆宗即位，召拜国子祭酒。长庆二年（822）转吏部侍郎、京兆尹。卒谥文。有《昌黎先生集》。

诗作于元和十四年(819)，韩愈因谏迎佛骨获罪，由刑部侍郎贬官潮州(广东潮州)刺史。潮州距京师长安实有八千里之遥，路途的困顿是可想而知的。当诗人上道即日出长安经秦岭蓝关(蓝田关，在今陕西蓝田县东南九十里)，逢其侄十二郎老成之子韩湘(即后世附会为八仙之一的韩湘子者)赶来同行，遂感赋此律。

首联叙所以获谴，乃是因为《谏佛骨表》那一封书奏的缘故，遂落得“朝奏”而“夕贬”——此“朝”、“夕”字本《离骚》“余虽好修姱以鞿兮，謇朝谇而夕替”，言以忠获谴，处分来得一何快也。联系上表云“佛如有灵，能作祸祟，凡有殃咎，宜加臣身”数语的胆气，不难体会此二句言下亦有大丈夫敢作敢当之气概，当然，其中又寓有感慨，遂启下二句。

次联直说上表的动机，是“欲为圣明除弊事”，可见此老骨子里是不肯认错的；而严谴的结果，当初不曾考虑，眼前也无可后悔——“肯将衰朽惜残年”，两句可谓理直气壮。

三联写忠而获谴，去国怀乡之悲愤。韩愈此谪是仓促先行，而妻子随谴，小女死于道途——这是后话，可知其为进谏所付出的代价极为沉重。出句写行至蓝田关，回望终南山（秦岭），只见一派云横，不免为浮云蔽日、长安不见而发愁；对句用古乐府“驱马陟阳山，山高马不前”，写立马蓝关，暮雪天寒，仆悲马怀，踌躅不行，说不尽的英雄失路之悲。两句一回顾，一前瞻，情景交融，形成唱叹，迁谪之感和恋阙之情一寓其中。“云横”有广度，“雪拥”有高度，下字有力，境界雄阔，故为唐诗名句。

末联点到题面。诗人穷困乎此时，忽得亲人追随，自是莫大慰安，且可交代后事。遂翻用《左传》蹇叔哭师“必死是间，余收尔骨焉”之语，向侄孙从容寄语，又回应第四句语意，进一步吐露了凄楚难言的激愤之情。

诗直抒胸臆，略无回避，是韩愈的正气歌。诗从“一封朝奏”到“夕贬潮阳”，“欲为圣明”而“肯惜残年”，“云横秦岭”而“雪拥蓝关”，“知汝远来”到“好收吾骨”，大气盘旋，控诉得满怀义烈，满腔忠愤，一往浩然，颇具情感冲击力。而格律严整，笔势纵横，开合动荡，备极浑成。前人以为沉郁顿挫，得老杜神髓。其实对比杜甫所写同一情形的“虽乏谏诤姿，恐君有遗失”、“斯时伏青蒲，廷诤守御床。君辱敢爱死，赫怒幸无伤”，总有忠厚回护之意，无此作之控诉力量也。

酬乐天扬州初逢席上见赠

（唐）◎刘禹锡

巴山楚水凄凉地，二十三年弃置身。怀旧空吟闻笛赋，到乡翻似烂柯人。沉舟侧畔千帆过，病树前头万木春。今日听君歌一曲，暂凭杯酒长精神。

刘禹锡（772—842），字梦得，匈奴血统，祖上于北魏孝文帝时改汉姓，入洛阳籍。贞元九年（793）与柳宗元同榜登进士第，同年又登博学宏词科。永贞革新时为屯田员外郎，后贬朗州（今湖南常德）司马。元和十年（815）召还长安，复出为连州（今广东连县）刺史。敬宗宝历二年（826）还洛阳。开成元年（836）以太子宾客分司东都，与白居易颇多唱和，编为《刘白唱和集》。有《刘宾客集》。

作于敬宗宝历二年（826），其时刘禹锡罢和州刺史返洛阳，于扬州席上遇自苏州返洛之白居易。白居易先有《醉赠刘二十八使君》云：“为我引杯添酒饮，与君把箸击盘歌。诗称国手徒为尔，命压人头不奈何。举眼风光长寂寞，满朝官职独蹉跎。亦知合被才名折，二十三年折太多。”按白于元和十年（815）贬江州司马，后屡求外任，与刘经历有相似处，但无论就时间和贬所而言都较好于刘，所以诗中对刘寄予很深同情。刘从元和初（805）被贬，至宝历二年，实二十二年，因岁暮尚未到达洛阳，加上考虑平仄，故云二十三年。刘禹锡遂作此诗相答。题曰“初逢”，到底是久别重逢，还是神交初逢，尚无确证，看诗中未提及彼此旧谊，则后一种情形可能性较大。

首联以沉郁之笔墨，概括二十三年贬谪之经历。永贞革新失败后，诗人先贬朗州（今湖南常德）司马，历连州、夔州刺史。朗州在战国属楚地，夔州在秦汉属巴郡，楚地多水，巴地多山，“巴山楚水”泛指所经贬地。与白居易赠诗表示的同情相呼应，这里既未对重返故乡暨东都表示庆幸，也未对多年受到的政治迫害表示愤怒，而是用一种平静的、倾诉的语气叙述二十三年蹉跎岁月，“凄凉地”、“弃置身”六字自慨，极富感情色彩，使人为诗人长久遭遇的压抑和姗姗来迟的转机无限感慨。

次联用两个典故，写此次还洛的沧桑之感。“闻笛赋”指魏晋之际向秀所作的《思旧赋》，向秀与嵇康、吕安为友，嵇、吕二人被司马氏所杀，向秀经过嵇康山阳（今河南修武）旧居，听到邻人吹笛，遂写了这篇赋以表对故人的怀念。而刘用此典“怀旧”，也就是沉痛悼念“千古文章未尽才”的柳宗元及其他死于贬所的战友。“烂柯人”典出《述异记》，谓晋人王质入山砍柴，因观仙童下棋，弈终始觉斧柄已朽，回到乡里发现同时代人都死光了。诗人二十余年始还洛阳，人事的变迁也必恍若隔世，自己倒像是个出土文物！两句措意工稳贴切，隽永含蓄。

三联自形不遇，是诗中名句。盖白诗有“举眼风光长寂寞，满朝官职独蹉跎”句，近于杜甫赠郑虔的“诸公衮衮登台省，广文先生官独冷。甲第纷纷厌粱肉，广文先生饭不足”和李白自形的“大道如青天，我独不得出”，故刘禹锡亦以沉舟、病树自喻弃置（为时代所误）之身，本自叹自嗟之语，客观上却含有新陈代谢、生生不息的哲理意蕴，远远超出酬答本义，不但对白氏是一种劝勉，亦大为后人称赏。

末联点明酬答赠诗之意，表示要振作精神。语虽平淡，但准备重新投入生活、不肯向命运低头认输之意，溢于言表。所谓“老树逢春更著花”也。全诗自慨复能自励，思想内容丰富、积极，有那么一点精神；艺术表现上含蓄复能清新，沉郁中见豪放，在唐人赠酬诗中堪称上驷。

江 雪

（唐）◎柳宗元

千山鸟飞绝，万径人踪灭。孤舟蓑笠翁，独钓寒江雪。

柳宗元（773—819），字子厚，河东（今山西永济）人。德宗贞元九年（793）登进士第，十九年擢监察御史里行。顺宗永贞元年（805）与刘禹锡等参与革新，同年宪宗即位，革新失败，贬永州（今属湖南）司马。元和十年（815）回京，复出为柳州（今属广西）刺史。有《柳宗元集》（《河东先生集》）。

此诗作于永州，为唐人五绝名篇。诗中描绘了一幅寒江独钓图。前二句是背景、远景，是一片白茫茫大地真干净的雪景。这空旷的世界图景隐含着双重意蕴：一是象征政治气候的严寒，以衬托后二句表现的对这种严寒的无所谓；一是隐含封建士大夫的某种人生观念，也就是《红楼梦》十二支曲尤其是《尾声·飞鸟各投林》所表现的看破红尘的观念，实际上也就是对现实的一种否定。所以这两句也就成为对人生彻悟的禅境。

后二句是近景、特写，是处于前述画面中心的人物。这人以渔翁形象出现，为蓑衣箬笠覆盖，端坐船头，俨若禅定。他坐在冰天雪地中而不为冰雪所动，他在垂钓而心不在鱼——与其说在钓鱼不如说在钓雪。这是一个象征，不为险恶严寒所动的独立不迁的精神境界的象征。

通过“孤”、“独”与“千山”、“万径”的对比，严寒与不畏严寒的对比，诗人赞美了“贫贱不移，威武不屈”的精神，成功地表现了一种人格美。前人认为诗中渔翁乃诗人“托此自高”（唐汝询），十分中肯。此诗与李白《独坐敬亭山》在精神风貌上相仿佛，而造境则戛戛独造。

长安秋夜

（唐）◎李德裕

内官传诏问戎机，载笔金銮夜始归。万户千门皆寂寂，月中清露点朝衣。

李德裕（787—850），字文饶，赵郡（今河北赵县）人。早年以荫补校书郎、历幕职。穆宗即位，擢翰林学士。历任浙西、义成、西川诸镇，政绩卓著。文宗大和七年（833）召入拜相，封赞皇县伯。武宗会昌年间再度任相，因功封卫国公。宣宗大中初遭牛党打击，迭贬至崖州司户。《全唐诗》存诗1卷。

李德裕是唐武宗会昌年间名相，为政六年，内制宦官，外复幽燕，定回鹘，平泽潞，有重大政治建树，曾被李商隐誉为“万古之良相”。他同时又是一位诗人。这首《长安秋夜》颇具特色，像是一则宰辅日记，反映了诗人从政生活的一个片断。

中晚唐时，强藩割据，天下纷扰。李德裕坚决主张讨伐叛镇，为武宗所信用，官拜太尉，总理戎机。“内官传诏问戎机”，表面看不过从容叙事，但读者却感觉到一种非凡的襟抱、气概。因为这经历，这口气，都不是普通人所能有的。大厦之将倾，全仗栋梁的扶持，关系非轻。一“传”一“问”，反映出皇帝的殷切期望和高度信任，也间接显示出人物的身份。

作为首辅大臣，肩负重任，不免特别操劳，有时甚至忘食废寝。“载笔金銮夜始归”，一个“始”字，感慨系之。句中特别提到的“笔”，那绝不是一般的管城子，它草就的每一笔都将举足轻重。“载笔”云云，口气是亲切的。写到“金銮”，这绝非自夸际遇之盛，而是流露出一种“居庙堂之高”者重大的责任感。

在朝堂上，决策终于拟定，夜深人定，月色给一片和平宁谧的境界增添了诗

意。“万户千门”乃指宫室而言，面对“万户千门皆寂寂”，他也许感到一阵轻快，同时又未尝不意识到这和平景象要靠政治统一、社会安定来维持。一方面宫室沉入睡乡（显言），一方面则是一己之不眠（隐言），对照之中，间接表现出一种政治家的博大情怀与政治责任感。

秋夜，是下露的时候了。他若是从皇城回到宅邸所在的安邑坊，那是有一段路程的。他感到了凉意：不知什么时候朝服上已经缀上亮晶晶的露珠了。这个“露点朝衣”的细节很生动，大约也是纪实吧，但写来意境很美、很高。李煜词云“归时休放烛花红，待踏马蹄清夜月”（《玉楼春》），多么善于享乐啊！虽然也写月夜归马，也很美，但境界则较卑。这一方面是严肃作息，那一方面却是风流逍遥，情操迥别，就造成彼此境界的差异。露就是露，偏写作“月中清露”，这想象是浪漫的，理想化的。“月中清露”，特点在高洁，正是作者情操的象征。那一品“朝衣”，再一次提醒他随时不忘自己的身份。他那一种以天下为己任的自尊自豪感盎然纸上。此结可谓词美、境美、情美，为诗中人物点上了一抹“高光”。

如果我们把这首绝句当作一出轰轰烈烈戏剧的主角出场时的四句唱词看，也许更有意思。一个兢兢业业的国士的形象活脱脱出现在人们眼前。虽唱的句句是眼前景、眼前事，毫不装腔作势，你只觉得它豪迈高远，表现出一个秉忠为国的大臣的气度。“大用外腓”是因为“真体内充”，正因为作者胸次广、感受深，故能“持之非强，来之无穷”（《二十四诗品》）。

姚秀才爱余小剑因赠

（唐）◎刘　叉

一条古时水，向我掌心流。临行解赠君，勿报细碎仇。

刘叉（？—？），河朔（今河北一带）人。少任侠，因酒杀人，亡命于外，遇赦得出。往来齐、鲁，一度从韩愈游。有《刘叉诗集》。

诗人对小剑的形容很别致："一条古时水，向我手心流。"流水的联想，来自剑锋的明亮闪烁。李贺《春坊正字剑子歌》开头就说："先辈匣中三尺水，曾入吴潭斩龙子。"这首小诗同样运用借代手法，称剑为水，意在形容其锋快无比。但诗人不一般地说水，而新鲜地呼之为"一条古时水"，意味尤为深长，好像水也会因年代久远而凝为宝物，自是价值连城。"古时水"的另一含义为：行侠仗义乃是一种"古道"，即中国人传统美德。"向我掌心流"，确是小剑。还有一层含义即主人视为掌上明珠，此剑系其平生爱物。赠剑是一种割爱，割爱的原因是诗题所云"姚秀才爱余小剑"，割己之爱以成全他人，这是何等慷慨的行为。"临行解赠君"五字，所以不同寻常。

其次，解剑付友时的赠言，也大有意味："勿报细碎仇。"诗人并没有嘱咐朋友如何爱护这把剑，如果这样说了，那真是流于"细碎"——即小家子气了，而是以高尚的节义相期许，希望对方能胸怀大志，高瞻远瞩。却又将此意借赠小剑而喻之，便有味外味。"报细碎仇"是指睚眦必报，胸襟狭窄，"勿报细碎仇"就应系心于"家事国事天下事"，系心于正义事业，必要时哪怕挺身而出，也在所不惜。这种理解，绝不是毫无根据的拔高，证以诗人《偶书》："日出扶桑一丈高，人间万事细如毛。野夫怒见不平处，磨损胸中万古刀。"可见他所谓的大仇，主要是世上的"不平"。相形之下，"人间万事细如毛"，皆不足道。真是刚肠嫉恶的人，光明磊落的诗。读之真使人欲弃燕雀之小志，慕鸿鹄以高飞了。

瀑布联句

（唐）◎李　忱　香严闲禅师

千岩万壑不辞劳，远看方知出处高。溪涧焉能留得住，终归大海作波涛。

李忱（810—859），即唐宣宗，宪宗第十三子。初名怡，即位日改名忱。穆宗长庆元年（821）封光王，武宗会昌六年（846）即位，改元年号大中，在位13年，卒谥文献。《全唐诗》存诗6首。

太平天国将领冯云山素娴诗文，曾书瀑布诗"穿山透石不辞劳，到底方知出处高"云云，以赋壮怀。其诗实由本篇改易数字而成。诗中瀑布形象充分人格化，写得有气魄，故为冯云山所激赏。

首句是瀑布的溯源。在深山之中，有无数不为人知的涓涓细流，腾石注涧，逐渐汇集为巨大山泉，在经历"千岩万壑"的艰险后，它终于到达崖前，"一落千丈"，形成壮观的瀑布。此句抓住瀑布形成的曲折过程，赋予无生命之物以活生生的性格。"不辞劳"三字有强烈拟人化色彩，充溢着赞美之情，可与《孟子》中一段名言共读："天将降大任于斯人也，必先苦其心志，劳其筋骨，饿其体肤，空乏其身，行拂乱其所为，所以动心忍性，增益其所不能。"艰难能锤炼伟大的人格，此句似乎隐含着这样的哲理。

近看巨大的瀑布，砰崖转石，跳珠倒溅，令人有"飞流直下三千尺，疑是银河落九天"之感，却又不能窥见其"出处"。唯有从远处望去，"遥看瀑布挂前川"时，才知道它来自云烟缭绕的峰顶。第二句着重表现瀑布气象的高远，寓有人的凌云壮志，又含有慧眼识英雄的意味。“出处高”则取势远，暗逗后文“终归大海”之意。

写瀑布经历不凡和气象高远，刻画出其性格最突出的特征，同时酝足豪情，为后两句充分蓄势。第三句忽然说到“溪涧”，照应第一句的“千岩万壑”，在诗情上是小小的回旋。当山泉在岩壑中奔流，会有重重阻挠，似乎劝它留步，“何必奔冲下山去，更添波浪向人间”（白居易《白云泉》）。然而小小溪涧式的安乐并不能使它满足，它心向大海，不断开辟前程。唯其如此，它才能化为崖前瀑布，而且最终要东归大海。由于第三句的回旋，末句更有冲决的力量。“焉能”与“终归”前后呼应，表现出一往无前的信心和决心。“作波涛”三字语极形象，令人如睹恣肆浩瀚、白浪如山的海涛景象。从“留”、“归”等字可以体味结尾两句仍是人格化的，使人联想到弃燕雀之小志、慕鸿鹄以高翔的豪情壮怀。瀑布的性格至此得到完成。

此诗的作者是一位皇帝和一位僧侣。据《庚溪诗话》，“唐宣宗微时，以武宗忌之，遁迹为僧。一日游方，遇黄檗禅师（按：据《佛祖统纪》应为香严闲禅师。因宣宗上庐山时黄檗在海昌，不可能联句）同行，因观瀑布。黄檗曰：‘我咏此得一联，而下韵不接。’宣宗曰：‘当为续成之。’其后宣宗竟践位，志先见于此诗矣。”可见，禅师作前两句，有暗射宣宗当时处境用意；宣宗续后两句，则寄寓不甘落寞、思有作为的情怀。这样一首托物言志的诗，描绘了冲决一切、气势磅礴的瀑布的艺术形象，富有激情，读来使人激奋，受到鼓舞，故也竟能为农民革命领袖冯云山所喜爱。艺术形象往往大于作者思想，这也是一个显例。

南园

（唐）◎李　贺

寻章摘句老雕虫，晓月当帘挂玉弓。不见年年辽水上，文章何处哭秋风？

李贺（791—817），字长吉，唐宗室郑王之后，其父晋肃贞元时曾做过陕县令。福昌（今河南宜阳）昌谷人。宪宗元和二年（807）赴洛阳应进士举，妒之者以犯父名讳为由，加以阻挠。仕途失意，为奉礼郎，两年后因病辞官。有《李贺歌诗》。

此诗原列第六，诗意本很简单：前二句说自己夜以继日，在晓月当帘时还锐意攻读，恐要终老书生；后二句说年年战乱，文章再好也没有出路。诗总体上是说因仕途失意，慨叹读书无用，但在造语铸句上却很有特点。

首句用语有两个出典。“寻章摘句”本《三国志·孙权传》裴松之注：“不效书生寻章摘句而已。”“雕虫”本扬雄《法言·吾子》：“或问：‘吾子少而好赋？’曰：‘然，童子雕虫篆刻。’俄而曰：‘壮夫不为也。’”二辞均带贬意，用一动词化的“老”字予以连接，一个牢骚形之于色的读书人形象出现了。由于刻苦兼牢骚，他蒲柳之质，未老先衰。诗句充满自嘲而不无激愤的意味。次句“晓月当帘”则似描写人物之背景，形象地表明他是发愤攻书而致废寝，也是速“老”的一个注脚。“挂玉弓”是对“晓月”的一个形容，似喻月为帘钩，又似喻月为雕弓。以武器为喻体，则暗点兵象，逗起下文。

三句“辽水”指辽东，一作“辽海”，今河北北部与辽宁南部一带地区，隋唐时其地即多战事，而李贺当时，这一带是藩镇为祸最烈的地区。河北诸镇久不受朝廷节制，用兵尚且不能下，文章更无济于实用。四句在说法上绕了几个弯子，兼之句法特殊，其意本为：此用武之地，何处有文章席位？“即有才如宋玉，能赋悲秋，亦何处用之”？而诗人将“悲秋”、“文章”写成“文章哭秋风”，意象顿活。或以为“文章”借代文士，“哭秋风”非一般悲秋，而是伤时和自伤，颇中肯綮。

寒　塘

（唐）◎赵　嘏

晓发梳临水，寒塘坐见秋。乡心正无限，一雁度南楼。

赵嘏（806—852？），字承祐，楚州山阳（今江苏淮阴）人。弱冠前后曾北至塞上，历浙东观察使、宣歙观察使幕。文宗大和六年（832）举进士不第，寓居长安。武宗会昌四年（844）始及第。宣宗大中六年（852）左右，为渭南尉。《全唐诗》存诗2卷。

《古今词话》引毛先舒论作词云："意欲层深，语欲浑成"，"大抵意层深者语便刻画，语浑成者意便肤浅，两难兼也。"这话对于近体诗也适用。此首一作司空曙诗。取句中二字为题，实写客中秋思。常见题材写来易落熟套，须看它运用逐层深入、层层加"码"的手法，写得别致。初读此诗却只觉写客子对塘闻雁思乡而已，直是浑成，并不见"层深"。须剥茧抽丝，层次自见。

前二句谓早起临水梳发，因此在塘边看到寒秋景色。但如此道来，便无深意。这里两句句法倒装，则至少包含三层意思：一是点明时序，深秋是容易触动离情的季节，与后文"乡心"关合；二是由句式倒装形成"梳发见秋"意，令人联想到"羞将白发照渌水"、"不知明镜里，何处得秋霜"（李白）的名句，这就暗含非但岁华将暮，而人生也进入迟暮。

上言秋暮人老境困，三句更加一层，点出身在客中。而"乡心"字面又由次句"见秋"引出，故自然而不见有意加"码"。客子心中蕴积的愁情，因秋一触即发，化作无边乡愁。"无限"二字，颇有分量，绝非浮泛之辞。乡愁已自如许，然而末句还要更加一"码"："一雁度南楼。"初看是写景，意关"见秋"，言外其实有"雁归人未归"意。写人在难堪时又添新的刺激，是绝句常用的加倍手法。

韦应物《闻雁》云："故园渺何处？归思方悠哉。淮南秋雨夜，高斋闻雁来。"就相当于此诗末二句的意境。"归思后说闻雁，其情自深。一倒转说，则近人能之矣"（《唐诗别裁集》）。"一雁"的"一"字，极可人意，表现出清冷孤独的意境，如写"群雁"便乏味了。前三句多用齿舌声："晓"、"梳"、"水"、"见秋"、"乡心"、"限"，读来和谐且有切切自语之感，有助表现凄迷心情；末句则不复用之，更觉调响惊心。此诗末句脍炙人口，宋词"渐一声雁过南楼也，更细雨，时飘洒"（陈允平《塞垣春》），即从此句化出。

此诗兼层深与浑成，主要还是作者生活感受深切，又工吟咏，"初非措意，直如化工生物，笋未生而苞节已具，非寸寸为之也。若先措意，便刻画愈深，愈堕恶境矣"（毛先舒）。

安定城楼

（唐）◎李商隐

迢递高城百尺楼，绿杨枝外尽汀洲。贾生年少虚垂涕，王粲春来更远游。永忆江湖归白发，欲回天地入扁舟。不知腐鼠成滋味，猜意鹓雏竟未休。

李商隐(813—858)，字义山，号玉溪生。祖籍怀州河内（今河南沁阳），自祖父起迁居郑州（今属河南）。九岁丧父，从堂叔学习古文。大和三年(829)为令狐楚辟为幕僚。开成二年(837)登进士第。三年入泾原节度使王茂元幕，且入赘王家。为牛党中人所忌，致使仕途蹭蹬，长期辗转于幕府。有《李义山集》。

作于开成三年(838)春，时李商隐试博学宏词科，以朋党中人排斥而落选，回到泾原节度使王茂元幕，愤而为此。安定即泾州(今甘肃泾川县北)郡名。

首联以登高望远为发端，“迢递”以状城墙之长，“百尺”以状城楼之高，杨柳是望中近景，杨柳尽头是水上沙洲。开阔的景色引起的联想和情感也是开阔的。

次联借古人自陈困厄的处境。西汉的贾谊年轻时曾给汉文帝上过《陈政事疏》，指陈朝政之失曰“可为痛哭者一，可为流涕者二，可为长太息者六”，并提出巩固中央政权的建议，却遭到公卿们的反对，落得个“虚垂涕”的结果；建安七子之一的王粲，曾远游依附刘表，也是个怀才不遇的人物，《登楼赋》云“悲旧乡之壅隔兮，涕横坠而弗禁”。两事分喻诗人之忧怀国事和远幕依人，有“气交愤于胸臆”之感。

三联自述凌云之志，乃在功成身退。《史记·货殖列传》载范蠡亡吴功成后，“乃乘扁舟，浮于江湖”，为二句所本。出句先点明最终目的是归隐江湖，紧接补叙出一个重要条件即“欲回天地”——也就是要扭转乾坤，澄清政治，看到唐王朝的中兴，而绝不贪图禄位。据说王安石十分激赏此二句，经常吟诵，以为“虽老杜无以过”(《苕溪渔隐丛话》引)。二句使全诗在思想上升华到很高的境界。

末联对朝廷中啄腐吞腥、争权夺势的小人投以讽刺，用《庄子·秋水》中鸱枭争腐鼠以吓鹓雏(凤凰)的典故，意言我不贪求禄位，尔何苦以此吓我耶！

全诗将抒写怀抱、忧念国事、感喟身世、抨击腐朽融为一体，展示出诗人阔远的胸襟与在逆境中仍峻拔坚挺之精神风貌，风格博大深沉，洵杰作也。张采田笺此诗曰：“义山一生躁于功名，盖偶经失志，姑作不屑语以自慰也。”虽然能探诗人心事，但由于没能道出“永忆”一联所表现的理想抱负，就显得不够全面，降低了此诗的思想意义。

乐游原

（唐）◎李商隐

向晚意不适，驱车登古原。夕阳无限好，只是近黄昏。

乐游原在长安东南，为唐时登览胜地。诗写“意不适”时登古原遥望夕阳而触发的感受，警策在后两句。其所包蕴的深广意境，“夕阳无限好”是一方面，形容美丽的夕阳佳处无限，引人留恋，亦即“人间重晚晴”的意思；另一方面，形容时已黄昏，夕阳转瞬即逝，令人流连怅惘，徒唤奈何。

这就给读者同时提供了乐与悲、存在与消逝、有限与无限等一系列审美对象，任其测之无端，玩之无极。纪昀谓“百感茫茫，一时交集，谓之悲身世可，谓之忧时事亦可”，同时包含赞美生命、眷念人生和哀挽迟暮的正常老年心态，管世铭谓“消息甚大，为五绝中所未有”。

七月二十九日崇让宅宴作

（唐）◎李商隐

露如微霰下前池，风过回塘万竹悲。浮世本来多聚散，红蕖何事亦离披？悠扬归梦唯灯见，濩落生涯独酒知。岂到白头长只尔？嵩阳松雪有心期。

李商隐“善于把一些最足以表现寂寥冷落的客观事物和孤凄索寞的主观心情这两者融合起来，塑造成为朦胧恍惚的意境”（吴调公《李商隐研究》第二章）。这首诗就是这方面的代表作之一。诗作于洛阳崇让坊王茂元故宅。王茂元是李商隐的岳父，曾官泾源、河阳节度使，于会昌三年（843）九月病逝。张采田在《李义山诗辨正》中说：“结与《无题》‘人生岂得常无谓，怀古思乡共白头’相合。诗有‘归梦’字，岂大中二年（848）秋自荆、蜀归自洛中作耶？”所说大致不差。诗题是《七月二十九日崇让宅宴作》，按理应当描写宴会间的欢乐气氛，但诗人却避而不写席间情形，只将环境所见和个人身世之感摄入笔端，情景融会，表现出凄冷、感伤的情怀，读来悲婉动人。

诗的前两联写宴会时诗人对环境的感受。首联“露如微霰下前池，风过回塘万竹悲”，那迷蒙的秋雾因为天冷而凝结成水滴，像小雪珠一样纷纷下落到前面的水池上，此时秋风又吹来，曲折的水塘边万竹丛中好像在发出悲鸣。这两句，前一句就视觉言，后一句从听觉言，在目接耳闻中，到处是一片令人生悲的情景，诗人的心境可想而知。“风过”句还用拟人化手法，把竹子写得好像富有感情，从它的悲鸣中，可以感觉到诗人心灵的颤抖，确定了全诗的基调。颔联“浮世本来多聚散，红蕖何事亦离披”，前一句承“露如微霰下前池”而来，从纷纷飘落的秋雾中，作者感受到人生的聚散无常，言外之意，流露出作者多年来的天涯漂泊之苦。后一句承“风过回塘万竹悲”而来，由于西风凄紧，不仅竹子发出悲鸣，那池塘中的红艳的荷花也凋零散落了，一片衰败景象，衬托出作者心中的感伤无限。这两句用“本来”、“何事”四字，在转折中又作递进，使凄切伤感情绪步步加深。并且，“红蕖”句以问句出之，加强了表情作用，突出了作者内心的凄凉之苦。这四句化用了宋玉《九辩》中“白露既下百草兮，奄离披此梧楸”的诗意，看来似乎重在写景，但从露下前池、风过竹悲、红蕖离披等“寂寥冷落的客观事物”中，读者不难感受到诗人的"孤凄索寞的主观心情"，收到了"不著一字，尽得风流"（司空图《二十四诗品》）的效果，体现出含蓄深婉而又略带朦胧恍惚之美。

后两联着重写对个人身世的感叹。颈联"悠扬归梦唯灯见，濩落生涯独酒知"两句重在抒情，但作者的感情却是从具体的景象中自然生发出来的。当时，诗人的妻子住在长安，自己早就想归去与家人团聚，但是至今未能实现，只有在梦中相见而已。金圣叹说："'唯灯见'者，正作梦时，旁无一人，独有灯照也。"（《贯华堂选批唐才子诗》）这三字中，自身的孤独，境况的凄凉，梦醒后的伤感，皆于言外见之，表现了深沉的思家之念。"濩落"句则侧重表现仕途蹭蹬的失落感。诗人早年曾是一个很有抱负，渴望一展所长，对国家做出贡献的人，这从他的诗歌《安定城楼》"永忆江湖归白发，欲回天地入扁舟"的诗句中可以看出，但终因坎坷不遇，半生蹉跎，到处漂泊，为了慰藉这种空虚寂寞的情怀，只有饮酒。"'酒独知'者，愁在胸中，酒常入来，与之亲处故也"（同前）。这三字中，表现出诗人知音难遇、无人赏识的苦闷。这一联分别从思家难归、理想落空两个方面来发抒感慨，高度凝练，极富包容性，而且描写真切生动，"状难写之景如在目前，含不尽之意见于言外"（梅尧臣语），堪称佳句。尾联"岂到白头长只尔？嵩阳松雪有心期"两句一问一答，是诗人长期郁结着的苦闷感情的迸发：难道就永远这样"唯灯见"、"独酒知"地生活下去吗？我与嵩阳的松雪已经两心相许，还是早些归隐吧！嵩山在河南登封县北，诗人原籍河南沁阳，后来迁居荥阳，皆在嵩山附近，此以"嵩阳"代指家乡。"松雪"二字，表现出诗人高洁的情怀，流露出不愿随波逐流、与世沉浮的思想，是自己心迹的剖白。全诗到这里自然作结，诗人的羁旅之愁、离索之苦、失望之感和归隐之思，被表现得委婉深曲，感情起伏婉转，语语扣动读者的心弦。

全诗虽然没有正面写宴会的情形，但从通首的字里行间，已经隐隐透露了这次宴会的凄冷和沉闷。这次宴会的地点是在"崇让宅"，那么设宴的必是王茂元诸子。据叶葱奇《李商隐诗集疏注》说："茂元诸子对商隐并不十分关切……所以五、六二句语带愤激。换句话说，即自己的流离落拓丝毫无人关怀。结二句说焉能这样遭人冷落、独抱忧煎地过到年老呢？我早就想抛开一切，归隐乡园了。这两句表面是自行排解的话，是消极话，其实仍是一时愤激之词。"这也许正是作者不愿正面描写席间情况的重要原因。由此，我们仿佛看到诗人在席间时，那种内心悲伤而又不得不强为言笑的痛苦情景。诗中未写宴会，而宴会情景却可于言外得之，这是作者命意深婉、用笔巧妙之处。从结构上看，前四句起得自然，分句承接；后四句是在前四句基础之上的深入和发挥，颈联宕开一笔，从描写宴会环境转到发抒感慨，尾联结束时又照顾篇首，层层推进，一气浑成，显得细针密线，结构精严。这些，对于表达作者难以言说的、深沉郁闷的感情，起了很好的配合作用。

自遣

（唐）◎罗　隐

得即高歌失即休，多愁多恨亦悠悠。今朝有酒今朝醉，明日愁来明日愁。

罗隐（833—910），字昭谏，余杭新城（今浙江富阳）人。举进士十余年不第。懿宗咸通十一年（870）始为衡阳主簿。广明中黄巢攻陷长安，归隐池州（今安徽贵池）梅根浦。昭宗天祐三年（906）充节度判官。后梁开平二年（908）授给事中。有《罗隐集》。

罗隐仕途坎坷，十举进士而不第，于是作《自遣》。这首诗表现了他在政治失意后的颓唐情绪和愤世嫉俗之意，历来为人传诵。

乍看来此诗无一景语而全属率直的抒情，但诗中所有情语都不是抽象的抒情，而能够给人一个具体完整的印象。首句说不必患得患失，倘若直说便抽象化、概念化，而写成“得即高歌失即休”那种半是自白、半是劝世的口吻，尤其是仰面“高歌”的情态，则给人生动具体的感受。情而有“态”，便形象化。次句不说“多愁多恨”太无聊，而说“亦悠悠”。“悠悠”，不尽貌，意谓太难熬受。“今朝有酒今朝醉，明日愁来明日愁”，更将“得即高歌失即休”一语具体化，一个放歌纵酒的旷士形象呼之欲出。这一形象具有独特个性，只要将此诗与同含“及时行乐”意蕴的杜秋娘所歌《金缕曲》相比较，便不难看到。那里说的是花儿与少年，所以“莫待无花空折枝”，颇有不负青春、及时努力的意味；而这里取象于放歌纵酒，更带迟暮的颓丧，“今朝有酒今朝醉”总使人感到一种内在的凄凉、愤嫉之情。读这首诗总使我想起中学时代听到的一首诗：“不愿无来不愿有，但愿长江化为酒。日夜睡在沙滩上，一浪浪来喝一口。”情绪不免颓唐，诗确是好诗，虽然有点玩文学的味道。

此诗艺术表现上注意在重叠中求变化，从而形成绝妙的咏叹调。一是情感上的重叠变化。首句先括尽题意，说得意诚可高兴失意亦不必悲伤。次句则是首句的补充，从反面说同一意思：倘不这样，“多愁多恨”，是有害无益的。三、四句则又回到正面立意上来，分别推进了首句的意思：“今朝有酒今朝醉”就是“得即高歌”的反复与推进，“明日愁来明日愁”则是“失即休”的进一步阐发。从头至尾，诗情有一个回旋和升腾。二是音响即字词上的重叠变化。首句前四字与后三字意义相对，而二、六字（“即”）重叠。次句是紧缩式，意思是多愁悠悠，多恨亦悠悠，形成同意反复。三、四句句式相同，但三句中“今朝”两字重叠，四句中“明日愁”三字重叠，但前“愁”字属名词，后“愁”字乃动词，词性亦有变化。可以说，每一句都是重叠与变化手牵手走，而每一句具体表现又各各不同。把重叠与变化统一的手法运用得尽情尽致。

下第后上永崇高侍郎

（唐）◎高　蟾

天上碧桃和露种，日边红杏倚云栽。芙蓉生在秋江上，不向东风怨未开。

关于此诗有一段本事，见《唐才子传》：“（高蟾）初累举不上，题诗省墙间曰：‘冰柱数条撑白日，天门几扇锁明时。阳春发处无根蒂，凭仗东风次第吹。’怨而切。是年人论不公，又下第。上高侍郎云。”

唐代科举尤重进士，因而新进士的待遇极优渥，每年曲江会，观者如云，极为荣耀。此诗一开始就用“天上碧桃”、“日边红杏”来作比拟。“天上”、“日边”，象征着得第者“一登龙门则身价十倍”，地位不寻常；“和露种”、“倚云栽”比喻他们有所凭恃，特承恩宠；“碧桃”、“红杏”，鲜花盛开，意味着他们春风得意、前程似锦。这两句不但用词富丽堂皇，而且对仗整饬精工，正与所描摹的得第者平步青云的非凡气象相称。

《镜花缘》第八十回写打灯谜，有一条花名谜的谜面就借用了这一联现成诗句。谜底是“凌霄花”，非常贴切。“天上碧桃”、“日边红杏”所以非凡，不就在于其所处地势“凌霄”吗？由此可以体会到诗句暗含的另一重意味。唐代科举惯例，举子考试之前，先得自投门路，向达官贵人“投卷”（呈献诗文）以求荐举，否则没有

高蟾（？—？），郡望勃海（今河北沧洲）人。出身寒素，累举不第。僖宗乾符三年（876）登进士第，昭宗乾宁中官至御史大夫。《全唐诗》存诗1卷。

被录取的希望。这种所谓推荐、选拔相结合的办法后来弊端大启，晚唐尤甚。高蟾下第，自慨“阳春发处无根蒂”，可见当时靠人事“关系”成名者大有人在。这正是“碧桃”在天，“红杏”近日，方得“和露”、“倚云”之势，又岂是僻居于秋江之上无依无靠的“芙蓉”所能比拟的呢？

第三句中的秋江芙蓉显然是作者自比。作为取譬的意象，芙蓉是由桃杏的比喻连类生发出来的。虽然彼此同属名花，但“天上”、“日边”与“秋江”之上，所处地位极为悬殊。这种对照，与左思《咏史》名句“郁郁涧底松，离离山上苗”类似，寄托贵贱之不同乃是“地势使之然”。秋江芙蓉美在风神标格，与春风桃杏美在颜色妖艳不同。《唐才子传》称“蟾本寒士……性倜傥离群，稍尚气节。人与千金无故，即身死不受”，又说“其胸次磊块”等等。秋江芙蓉孤高的格调与作者的人品是统一的。末句“不向东风怨未开”，话里带刺。表面只怪芙蓉生得不是地方（生在秋江上）、不是时候（正值东风），却暗寓自己生不逢辰的悲慨。与“阳春发处无根蒂，凭仗东风次第吹”同样“怨而切”，只不过此诗全用比体，寄兴深微。

诗人向“大人物”上书，不卑不亢，毫无胁肩谄笑的媚态，这在封建时代，是较为难得的。说“未开”而非“不开”，这是因为芙蓉开花要等到秋高气爽的时候，这里似乎表现出作者对自己才具的自信。不妨顺便说一句，高蟾在作诗后的第二年终于蟾宫折桂，如愿以偿了。

杂诗二首

（唐）◎无名氏

其　一

无定河边暮角声，赫连台畔旅人情。函关归路千余里，一夕秋风白发生。

写西北边地羁旅乡思在唐诗中是大量的，有些诗什么都讲清了：高原的景象多么荒凉啊！河上的暮角声多么凄厉啊！我的心儿忧伤，多么思念我的故乡啊……等等，可你只觉得它空洞。然而，有的诗——譬如这首《杂诗》，似乎“辞意俱不尽”，你却被打动了，觉得它真充实。

“无定河边暮角声，赫连台畔旅人情”，这组对起写景的句子，其中没有一个动词，没有一个形容词。到底是什么样的“暮角声”？到底是何等样的“旅人情”？全没个明白交代。但答案似乎全在句中，不过需要一番吟咏。“无定河”，就是那“可怜无定河边骨，犹是春闺梦里人”中的“无定河”，是黄河中游的支流，在今陕西北部，它以“溃沙急流，深浅无定”得名。“赫连台”，又名“髑髅台”，为东晋末年夏国赫连勃勃所筑的“京观”（古代战争中积尸封土其上以表战功的土丘）。据《晋书》及《通鉴》载，台凡二，一在支阳（今甘肃境内），一在长安附近，然距无定河均甚远。查《延安府志》，延长县有髑髅山，为赫连勃勃所筑的另一座髑髅台，与无定河相距不远，诗中“赫连台”当即指此。“无定河”和“赫连台”这两个地名，以其所处的地域和所能唤起的对古来战争的联想，就构成一个特殊境界，有助于诗句的抒情。

在那荒寒的无定河流域和古老阴森的赫连台组成的莽莽苍苍的背景上，那向晚吹起的角声，除了凄厉幽怨还能是什么样的呢？那流落在此间的羁旅者的心

境，除了悲凉哀伤还能是何等模样的呢？这是无须明说的。“暮角声”与“旅人情”也互相映衬，相得益彰：“情”因角声而越发凄苦，“声”因客情而益见悲凉，不明说却更显得蕴藉耐味。

从第三句看，这位旅人故乡必在函谷关以东。“函关归路千余里”，从字面看只是说回乡之路迢遥。但路再远再险，总是可以走尽的。这位旅人是因被迫谋生，或是兵戈阻绝，还是别的什么原因流落在外不能归家呢？诗中未说，但此句言外有归不得之意却不难领会。

暮色苍茫，角声哀怨，已使他生愁；加之秋风又起，“大凡时序之凄清，莫过于秋；秋景之凄清，莫过于夜”（朱筠《古诗十九首说》），这就更添其愁，以致“一夕秋风白发生”。李白名句“白发三千丈”，是用白发之长来状愁情之长；而“一夕秋风白发生”，则是用发白之速来状愁情之重，可谓异曲同工。诗人用夸张手法，不直言思乡和愁情，却把思乡的愁情显示得更为浓重。

“词意俱不尽者，不尽之中固已深尽之矣”（姜夔《白石道人诗说》），这就是诗歌艺术中的含蓄和蕴藉。诗人虽未显露词意，却创造了一个具体的“意象世界”让人沉浸其中去感受一切。全诗语言清畅，形象鲜明，举措自然，又可见含蓄与晦涩绝不是同一回事。

其　二

旧山虽在不关身，且向长安过暮春。一树梨花一溪月，不知今夜属何人？

读这首诗使人联想到唐代名诗人常建的一首诗：“家园好在尚留秦，耻作明时失路人。恐逢故里莺花笑，且向长安过一春。”（《落第长安》）两首诗不但字句相似，声韵相近，连那羁旅长安、有家难回的心情也有共通之处。

然而两诗的意境及其产生的艺术效果，又有着极为明显的不同。

常建写的是一个落第的举子羁留帝京的心情，具体情事交代得过于落实、真切，使诗情受到一些局限。比较而言，倒是这位无名诗人的《杂诗》，由于手法灵妙，更富有艺术感染力。

“旧山虽在不关身”，也就是“家园好在尚留秦”。常诗既说到“长安”又说“留秦”，不免有重复之累；此诗说“不关身”也是因“留秦”之故，却多表达一层遗憾的意味，用字较洗练。

“且向长安过暮春”与“且向长安过一春”，意思差不多，都是有家难回。常诗却把那原委一古脑儿和盘托出，对家园的思念反而表现不多，使人感到他的心情主要集中在落第后的沮丧;《杂诗》做法正好相对，诗人割舍了那切实的具体情事,而把篇幅让给那种较空灵的思想情绪的刻画。

“一树梨花一溪月”,那是旧山的景色、故乡的花。故乡的梨花,虽然没有娇娆富贵之态,却淳朴亲切,在饱经世态炎凉者的心目中会得到不同寻常的珍视。虽然只是“一树”,却幽雅高洁,具备一种静美。尤其在皎洁的月光之下,在潺湲小溪的伴奏之中,三句不仅意象美,同时具有形式美。“一树梨花”与“一溪月”的句中排比,形成往复回环的节律,对表达一种回肠荡气的依恋怀缅之情有积极作用。从修辞角度看,写月用“一溪”,比用“一轮”更为出奇,它不但同时写到溪水和溪水中流泛的月光,有一箭双雕的效果,而且把不可揽结的月色,写得如捧手可掬,非常生动形象。

这里所写的美景,只是游子对旧山片断的记忆,而非现实身历之境。眼下又是暮春时节,旧山的梨花怕又开了吧,她沐浴着月光,静听溪水潺湲,就像婷婷玉立的仙子……然而这一切都“虽在不关身”了。“不知今夜属何人”,总之,是不属于“我”了。这是何等苦涩难堪的心情啊!花月本无情,诗人却从“无情翻出有情”。这种手法也为许多唐诗人所乐用。苏颋的“可惜东园树,无人也著花”(《将赴益州题小园壁》),岑参的“庭树不知人去尽,春来还发旧时花”(《山房春事》),都是著例。此诗后联与苏、岑句不同者,一是非写眼前景,乃是写想象回忆之境,境界较空灵;一是不用陈述语气,而出以设问,有一唱三叹之音。

《杂诗》不涉及具体情事,而它所表现的情感,比常建诗更深细,更带普遍性,更具有兴发感动的力量,能在更大范围引起共鸣。这恰如清人吴乔所说:“大抵文章实做则有尽,虚做则无穷。雅、颂多赋是实做,风、骚多比兴是虚做。唐诗多宗风、骚,所以灵妙。”(《围炉诗话》)

相见欢二首

（南唐）◎李　煜

李煜（937—978），南唐后主。初名从嘉，字重光，号钟隐。李璟第六子。宋灭南唐后，封违命侯，被毒死。后人将他与其父李璟的词合刻为《南唐二主词》。

其　一

林花谢了春红，太匆匆。无奈朝来寒雨晚来风。　　胭脂泪，留人醉，几时重？自是人生长恨水长东。

诗词创作如果仅局限于具体事情，满足于吟风弄月，意义是不大的。李后主词的一个显著的优长便是善于从小小题材中提炼出重大的主题，赋予风花水月以象征意蕴，从而使他的作品具有很强的生命力。这首《相见欢》便是很突出的作品。

在上片里，后主将亡国的哀痛转化为对自然界花木的盛衰的慨叹。“林花谢了春红”与北宋晏殊《破阵子》“荷花落尽红英”句法略同但韵味迥别。“红英”便是“荷花”的同义反复，而“春红”则是春天的红色，生命与青春的象征，写来就多一层意蕴，比一般地写落花要令人心惊，使人联想到同一作者“只是朱颜改”的名句。于是“太匆匆”的一叹尤见沉重，似乎是对春天的抱怨。花谢是无可更改的自然规律，可怨只在这一切来得太快，出人意表。其所以如此，乃是外来摧残的缘故：“无奈朝来寒雨晚来风。”这个九字长句，意思与赵佶《燕山亭》“易得凋零，更多少无情风雨”，辛弃疾《水龙吟》“可惜流年，忧愁风雨”相同。将“风”、“雨”分属“朝”、“晚”是互文，能增添一重风雨相继无休无止的意味。通过这样的对比，最易看出后主在铸词造句上的功夫。

下片从自然界生命的盛衰感慨转入对人生无常的感慨，过渡极其自然。“胭脂泪”三字是春花与美人的混合。“胭脂”承“春红”而来，“泪”承“风雨”而来。可见上文“无奈朝来寒雨晚来风”不仅有风雨落花的含意，同时也兼关岁月催人之意。于是只有借酒浇愁。有人认为“胭脂泪，留人醉”意言当初亡国时宫人哭送情事，虽无不可，却不必然，似更具一般叹惋人生的色彩。“几时重”这一问更进一步，春花谢了还会重开，而失去的青春与欢娱，是永不重来。此即所谓“花有重开日，人无再少年”。所以词人最后归结到人生无常这一普通规律上来：“自是人生长恨水长东。”这一句与作者《虞美人》“恰似一江春水向东流”在明喻上极为相似，但在音情上别饶顿挫。叶嘉莹细致地辨析道：《虞美人》的“恰似一江春水向东流”九字，乃是承接上句的“问君能有几多愁”，“愁”在上句，“水”在下句，因此下一句就是一个单纯的象喻而已，九个字一气而下，中间更无顿挫转折之处；而此词末句把“恨”隐比作“水”，前六字写“恨”，后三字写“水”，因此“自是人生长恨水长东”九字形成了一种二、四、三之顿挫的音节，有一波三折之感。如果以自然奔放而言，则《虞美人》之结句似较胜；但如果以奔放中仍有沉郁顿挫之致而言，则《相见欢》之结句似较胜。

其　二

无言独上西楼，月如钩。寂寞梧桐深院锁清秋。　剪不断，理还乱，是离愁。别是一般滋味在心头。

后主词大都萦回着一种恋旧伤逝情绪，这种情绪，经受过人世挫折的人皆有之，可说是一种极普遍的情绪。这首词中“无言独上西楼”的抒情主人公形象，中夜梦回听“帘外雨潺潺”的“客”者，面对“春花秋月”之景哀怨难排的愁人，都具有一个共同特点，就是对美好过去的痛悼与忏悔。

词人虽然有着帝王身份，却并不过多涉及具体情事，而是常将一己的深哀巨痛与普遍的人生感慨结合，这是后主词表情上一大特色。即如《梦江南》点出“游上苑”，而“车如流水马如龙”的风月繁华之事，也是具有普遍性的经验。而此词中的抒情主人公的身份，也并不是确定的。词人经常的做法是，或将个人特有的哀痛与宇宙人生的哲理感喟融为一体，如《虞美人》（春花秋月何时了），或用模糊语言，说明而不说尽，留下未定与空白，让读者用自身经验去填补，如此词的“别是一般滋味在心头”，只说别是一般滋味，不说别是什么滋味，让人低回深思。

后主词虽然反复歌咏一个主题，却毫无雷同之感，而令人百读不厌，这与他语言和造境的独创性分不开。如比喻这种最通常的修辞手法，在此词中便别开生面。“心乱如麻”，乃是极平常的比喻，然而到后主笔下，变得多么富于艺术魅力啊！究其所以然，盖在比喻四要素（喻体——麻，本体——心，喻词——如，共通特性——乱），通常是不能省略喻体的，而此词恰恰省去这个“麻”，而用“剪不断，理还乱”，将一团乱麻的意念活脱脱表达出来。一个漂亮的、独出心裁的比喻，照亮了全部词境。

后主词潜伏着一种低回唱叹的情韵，这与长短错综的形式的创用大有关系。词人注意形式对抒情的巨大作用，在词中成功地将短而急促和长而连续的两种句式妥帖地安排在一起，来表现沉郁复杂的情感。其词中九字句常常出现在三字句之后，如此词的“月如钩，寂寞梧桐深院锁清秋”、“剪不断，理还乱，是离愁。别是一般滋味在心头”及别一词的“胭脂泪，留人醉，几时重。自是人生长恨水长东”，用这种长短错综的音调来表达莫可名状的惆怅，真有长吁短叹之妙。

戏答元珍

（宋）◎欧阳修

欧阳修（1007—1072），字永叔，号醉翁，晚号六一居士，吉水（今属江西）人。“唐宋八大家”之一。天圣八年（1030）进士。曾任枢密副使、参知政事。因议新法与王安石不合，退居颍州。谥文忠。曾与宋祁合修《新唐书》，并独撰《新五代史》。有《欧阳文忠公集》、《六一词》等。

春风疑不到天涯，二月山城未见花。残雪压枝犹有橘，冻雷惊笋欲抽芽。夜闻归雁生乡思，病入新年感物华。曾是洛阳花下客，野芳虽晚不须嗟。

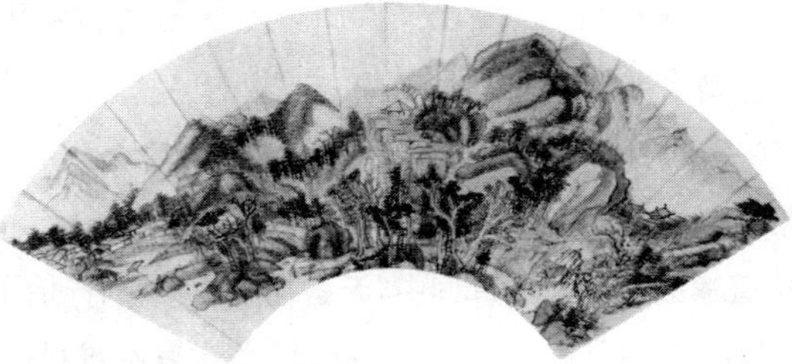

仁宗景祐三年（1036）作者因好友范仲淹落职，被贬峡州夷陵（今湖北宜昌）县令。次年，峡州判官丁宝臣（字元珍）有《花时久雨》一诗相赠，作者便写了这首“戏答”。

当年峡州春寒，花事推迟。春风不到天涯云云，流露了被贬后的抑郁心情。欧阳修对这两句沾沾自喜，说：“若无上句，则下句何堪？既见下句，则上句颇工。”（《笔说》）其实此诗首尾，特别是开头这两句，完全落在初唐张敬宗《边词》彀中：“五原春色旧来迟，二月垂杨未挂丝。即今河畔冰开日，正是长安花落时。”且比原句好不到哪里去。

次联的写景有新意，抓住了峡州是橘乡又是竹乡的特点。上句说“残雪压枝犹有橘”，是惊奇的口吻，也是奇妙的景色，试想雪白与金黄同时点缀在枝头，该是何等的醒目！这还是实景，而下句“冻雷惊笋欲抽芽”则纯出经验与想象，可以说是一种期待，是对生命力的歌咏。从来惊蛰只令人想到动物，写出“惊笋”，就有新意。一个“欲”字，赋予了竹笋以知觉和对严寒终将过去的信心。

三联融合了好些古诗的诗意，如谢灵运《登池上楼》“徇禄反穷海，卧疴对空林。……池塘生春草，园柳变鸣禽”，赵嘏《寒塘》有“乡心正无限，一雁度南楼”，刘长卿《新年作》有“乡心新岁切，天畔独潸然。老至居人下，春归在客先”，杜审言《和晋陵陆丞早春游望》有“独有宦游人，偏惊物候新”，这些诗句在此都对作者发生了潜在的影响。难得他作成对仗，自然工整，可圈可点。

末联推开一层自慰，自言曾为洛阳留守推官，而洛阳花园天下第一，牡丹天下第一，如此说来也是“曾经沧海”的人了，别说是此处“野芳虽晚”，就是无花，又有什么可以遗憾的呢？这是强颜一笑，所谓“戏答”的意味就见于此。

采桑子

（宋）◎欧阳修

群芳过后西湖好，狼藉残红，飞絮蒙蒙，垂柳阑干尽日风。
笙歌散尽游人去，始觉春空。垂下帘栊，双燕归来细雨中。

作者中年知颍州时，爱其地利而人和，即有终焉之志。此词为晚年后以太子少师致仕退居颍州时，歌咏颍州西湖之作。原为联章体，共十首，此写暮春花事阑珊、游人散尽之后感觉到的闲适之情，原列第四。

上片写暮春湖景，耐人寻味在“群芳过后——西湖好”这一句。照说万紫千红春满园才好，残红满地、一片狼藉有什么好？说它好，须从“尽日”二字及下片中体会。

下片“笙歌散尽”紧承前意，正因为花事已了，所以游客散尽。繁华热闹虽然消失，代之而起的却是一种宁静安适舒畅的感觉——眼前这“飞絮蒙蒙，垂柳阑干尽日风”的景色，不亦别具宁静之趣？“尽日”，有尽日无人之意。“垂下帘栊”二句为倒装，先是开帘待燕，双燕归来，始垂下帘栊。而双燕从细雨中回到窝中的安乐，正是词人静观自适的生活乐趣的反映。

人们都把“天下没有不散的筵席”当作人生憾事，然而筵席不散，就得不到休息的乐趣。不散固好，散了也好。知好之为好，是人云亦云；说了之为好，是此翁独到处。

但人情往往也有矛盾，往往执热愿凉。欧阳修一生经历了不少政治风浪，晚年值王安石厉行新法，不可与争，于是退闲世外。解除世纷固觉轻快，而脱去世务又感到空虚——词中“笙歌散尽游人去，始觉春空”，不仅是表现安闲自适，还微妙地表现了这种矛盾的心情，故谭献说此句“悟语是恋语”。

淮中晚泊犊头

（宋）◎苏舜钦

苏舜钦(1008—1049),字子美,绵州盐泉(今四川绵阳)人,迁居开封。少以父荫补官。景祐元年(1034)进士。曾任大理评事,范仲淹荐为集贤校理、监进奏院。被劾除名,寓居苏州沧浪亭。后复为湖州长史。有《苏学士文集》。

春阴垂野草青青，时有幽花一树明。晚泊孤舟古祠下，满川风雨看潮生。

此诗未系年，有人根据它收入集中的位置考定，苏舜钦于庆历三年（1043）下半年旅居山阳（今江苏淮安），次年为范仲淹所荐，春间自山阳入汴京任职，诗当作于旅次。

本篇是宋诗之近唐音者。刘克庄谓“极似韦苏州”，诗中写春阴天气、孤舟晚泊、水边野草幽花及春潮带雨的情景，似曾相识于《滁州西涧》，但对看毕竟不同。

一是画境较为开阔。这里写的是川不是涧。写天气是“春阴垂野”，“垂野”二字见于杜甫“星垂平野阔”，着意在那个“阔”字，有点“天似穹庐，笼盖四野”的味道。

二是妙用色彩对比。这里天是灰蒙蒙的，地是青青的，色彩暗淡，“时有幽花一树”则是在暗淡的画面中点上些明快的颜色，使人眼睛为之一亮。它不破坏整个画面暗的效果，却显示出“春阴”的特点。“时有”二字颇妙，见得是行船所见。以画喻诗，就好像是在慢慢展开一个长卷。

三是寄意不同。“春潮带雨晚来急，野渡无人舟自横”描写的是任凭雨急潮急、孤舟悠闲自得的意态，乍看“晚泊孤舟古祠下，满川风雨看潮生”也有相同的意趣，细味又有“无人”、“有人”的不同。

按当时范仲淹任参知政事，推行庆历新政，朝廷中展开激烈党争，作者在入京途中已听到对新法的种种非议，虽然这时候他还是个旁观者，但联系后来行事，应该说也已经有搏击风雨的思想准备。所以，就诗论诗，末句从审美观照的角度写出，令人神往。就寄托而言，则别有意味了——“幽花一树”、“晚泊孤舟”和“垂野春阴”、“满川风雨”形成强烈对比，隐隐表现出一种不为环境所动的精神力量。这“境界”有些像柳宗元的《江雪》和山水游记。

戚氏

（宋）◎柳　永

晚秋天，一霎微雨洒庭轩。槛菊萧疏，井梧零乱，惹残烟。凄然，望江关，飞云黯淡夕阳间。当时宋玉悲感，向此临水与登山。远道迢递，行人凄楚，倦听陇水潺湲。正蝉吟败叶，蛩响衰草，相应喧喧。　　孤馆，度日如年，风露渐变，悄悄至更阑。长天净、绛河清浅，皓月婵娟。思绵绵。夜永对景，那堪屈指，暗想从前。未名未禄，绮陌红楼，往往经岁迁延。　　帝里风光好，当年少日，暮宴朝欢。况有狂朋怪侣，遇当歌对酒竞流连。别来迅景如梭，旧游似梦，烟水程何限。念利名憔悴长萦绊，追往事、空惨愁颜。漏箭移、稍觉轻寒。渐呜咽画角数声残。对闲窗畔，停灯向晓，抱影无眠。

柳永（?—1053），字耆卿，原名三变，字景庄，世称柳七，崇安（今属福建）人。景祐进士。官至屯田员外郎，故又称柳屯田。卒于润州。有《乐章集》。

《戚氏》是柳永的创调，词中以宋玉自比，大约作于外放荆南（今湖北江陵）时期，其时已年过半百。由于柳永早年混迹伶工乐妓，不为宋仁宗所喜，久不调职，后来得官，亦难于立朝，外放州郡小官，心情很是郁闷。通篇刻画宦游生涯中的驿馆旅思，是其长技所在。

词为三叠长调。结构上以时间为线索，从傍晚、深夜一直写到破晓，其中插入对往事的追忆，脉络十分清楚。上片写凄清的秋绪。“晚秋”点出时令是九月，接着刻画薄暮时分微雨刚过的驿馆景色。井梧、槛菊，点缀着驿馆的荒寂，残烟上着一“惹”字，暗牵愁情。“凄然”以下八句，写登高望远，怀古伤神，将宋玉《九辩》悲秋

之思织入:“悲哉秋之为气也,萧瑟兮草木摇落而变衰”、“坎壈兮贫士失职而志不平,廓落兮而无友生”,正好贴切个人感怀。煞拍以一“正”字,领起三句,回到写景,而出以听觉形象。“应”字、“喧喧”字,把蝉鸣、蛩响,彼此呼应的秋声写得十分传神。

中片写永夜的幽思。“孤馆”二句点明处境,心态。“风露渐变”以下,转写更深夜景,与上片又有不同。一“渐”字写出对时令的细微感受。“夜永对景”直到煞拍,当一气读下,文意上的断句当为“夜永对景,那堪、屈指暗想从前——未名未禄,绮陌红楼,往往经岁迁延”。这就过渡到对往事的追忆上来。

下片换头不断曲意,追写狂放不羁的少年生活,补足了“暗想”的内容。最后归结到厌倦征逐名利的官场生活这一主旨上来。从前面的“绮陌红楼”到本片的“狂朋怪侣”,措辞上便有无限留恋与伤逝之感,由此跌出“念利名憔悴长萦绊”这一全篇的主题词。早年对酒当歌,而功名蹭蹬,是一度失落;临老为利名牵绊,而风流云散,是再度失落。以彼易此,究竟值得不值得?“空惨愁颜”作了回答。最后回到写景,又有一番时间的推移。末二句“停灯向晓,抱影无眠”,“抱影”二字写尽伶仃孤处的滋味,为神来之笔。

全词从秋色秋声展开吟咏,感伤岁月蹉跎,个人发展可能性已不复存在,只有零落一途待人蹒跚——充满着封建时代知识分子为命运嘲弄的不平之鸣,其思想意义虽不能与《离骚》等同,但在有志报国而得不到统治者理解这一点上,则有相通之处。王灼《碧鸡漫志》说:“离骚寂寞千载后,戚氏凄凉一曲终。”可见它在当时的影响。

全词212字,为重头巨制。篇幅虽长,却多三言四言的短句,句法活泼,平仄通叶,韵位错落有致。全词音律考究,特别是四言对仗句式的频频出现,有如骈赋,已为周美成词开启门径。可见柳永不仅长于文辞,而且精通音乐,只有兼此两长者,才可能创制出这样的新声。

夜半乐

（宋）◎柳　永

冻云黯淡天气，扁舟一叶，乘兴离江渚。度万壑千岩，越溪深处。怒涛渐息，樵风乍起，更闻商旅相呼。片帆高举，泛画鹢、翩翩过南浦。　　望中酒旆闪闪，一簇烟村，数行霜树。残日下、渔人鸣榔归去。败荷零落，衰杨掩映，岸边两两三三，浣纱游女。避行客、含羞笑相语。　　到此因念，绣客轻抛，浪萍难驻。叹后约丁宁竟何据？惨离怀、空恨岁晚归期阻。凝泪眼、杳杳神京路，断鸿声远长天暮。

此词亦羁旅行役之三叠长调，作于作者浪迹浙江时，故词中用了许多与浙江有关的地名和典故。

一叠写旅途经历。首点时令为深秋天气，“扁舟一叶”二句写旅中上路的情况。“度万壑千岩”以下直到煞拍，写在舟中欣赏沿途景色。“乘兴”用王子猷访戴事语；以“万壑千岩”总括越中山水之美，系用顾长康赞美会稽山水为“千岩竞秀，万壑争流”语；“樵风”即顺风，后汉会稽人郑弘取道若耶溪采薪，从神人乞得“旦南风，暮北风”，以助水运之方便。以本地故事入咏，是作者遣词的细密。“南浦”二字出江淹《别赋》“送君南浦，伤如之何”，暗逗下文怨别之情。总的说来，此叠写出发的心情，还是较为轻快的。

二叠以“望中”二字笼罩，继续写舟中所见景物与人事。“酒旆闪闪”三句写岸上，从“残日下”到“败荷零落”写江中，“衰杨掩映”以下又写岸上。视线随意扫描，织成一幅生动的秋江图。在萧飒衰败的景物中，忽然出现一群天真活泼，一面含

羞避客一面又说又笑的浣纱女郎，使景物增添了生气，也牵动了词人的愁思。这种写法与王维《山居秋暝》“竹喧归浣女，莲动下渔舟”，杜牧《南陵道中》“正是客心孤迥处，谁家红袖倚江楼”，苏轼《蝶恋花》“墙里秋千墙外道。墙外行人，墙里佳人笑。笑渐不闻声渐悄，多情总被无情恼”有同致，是词心微妙之处。

三叠抒发感慨，以“到此因念”四字贯彻全叠。虽然沿途景物清佳，聊可破愁解闷，但一群浣女的出现打破了心态的平衡，勾起了离恨。许昂霄说本叠“乃言去国、离乡之感”，沈祖棻云“以去国与离乡分言，深合词意”。“惨离怀”句写怀念乡里的家眷，古代诗词中的“归期”例对还家而言。“凝泪眼”句写挂念汴京的情人。词人此时只恨分身无术了。最后一句“断鸿声远长天暮”，是写照传神的妙笔，以“断鸿”遥寄怀思，景物、人物的形象都非常鲜明，乃柳词典型的结法。他如《玉蝴蝶》“黯相望，断鸿声里，立尽斜阳”、《雪梅香》“无聊恨，相思意尽，分付征鸿”、《曲玉管》“一场消黯，永日无言，却下层楼”等。

全词在表情上，前两叠多叙景物，从容不迫；末叠纯作情语，转为急促。前松正为后紧蓄势，备极弛张之妙。歌唱起来，声情相应，自能动人。

玉蝴蝶

（宋）◎柳　永

望处雨收云断，凭阑悄悄，目送秋光。晚景萧疏，堪动宋玉悲凉。水风轻、苹花渐老，月露冷、梧叶飘黄。遣情伤，故人何在，烟水茫茫。　难忘，文期酒会，几孤风月，屡变星霜。海阔山遥，未知何处是潇湘？念双燕、难凭远信，指暮天、空识归航。黯相望，断鸿声里，立尽斜阳。

此词亦羁旅行役之作，与《戚氏》、《夜半乐》内容相近。篇幅稍短，风味亦异。"望处"二字统摄全篇，一起写"雨收云断"、暮色苍茫景象，是词人的一种常用开篇手法。"晚景"二句联想及宋玉《九辩》悲秋，引起共鸣。以下对千汇万状的秋光，只捕捉最典型的水风、苹花、月露、梧叶，用"轻"、"老"、"冷"、"黄"四字烘托，交织成一幅冷清孤寂的图景。"遣情伤"三句折到怀人之思。

过片插入回忆，写怀念故人之情。"几孤"即几度孤（辜）负，言文酒之疏，"屡变"言经历之久。以上与《戚氏》语异情同。"海阔"两句言隔离之远，"念双燕"言思念之切。"空识归航"犹言空知返程而不能返，与《八声甘州》同用小谢句，而含意不同。结尾与《夜半乐》同致，见伫立之久，羁愁之深。此词四言偶句特多，尤其是上下片有两组上三下四的对仗句，很有骈赋的风味，渐近美成。

泊船瓜洲

(宋)◎王安石

京口瓜洲一水间，钟山只隔数重山。春风又绿江南岸，明月何时照我还？

王安石(1021—1086)，字介甫，晚号半山，抚州临川（今江西抚州)人。庆历二年(1042)进士。嘉祐三年(1058)上万言书，提出变法主张。神宗熙宁二年(1069)任参知政事，行新法。次年拜同中书门下平章事。七年罢相，次年再相；九年再罢相，退居江宁（江苏南京)半山。封舒国公，旋改封荆，世称荆公。卒谥文。有《王临川集》等。

诗作于熙宁八年(1075)二月，当时王安石第二次拜相，奉诏入京。前此王安石深感推行新法之不易，从熙宁五年起曾多次要求解除相务，宋神宗一再挽留，直到熙宁七年才允许他辞职离京，知江宁府，时年五十四岁。但由于在朝执政的变法派分为若干小集团，相互攻讦，没有一个服众的领袖，于是神宗不得不再度起复王安石。尽管他两次上书推辞，均未获准，只好勉强上任。此诗是舟次京口(今江苏镇江)对岸的瓜洲时写的，诗中表现了作者为衔君命、再度入相时的复杂心情。

前二句写舟次瓜洲登陆远眺，对岸是京口，经过一日行程，此去钟山还不算很远——然已隔数重山矣。说“只隔数重山”是自我安慰，不胜留恋之意见于言外。次句中两用“山”字，寓取风调，唐李商隐诗最习见(如“杜牧司勋字牧之，清秋一首杜秋诗”)，非病复也。

此诗最为传诵的是三、四句，特别是第三句。清袁枚说：“作诗容易改诗难，一诗千改始心安。”王安石就最善改诗，他曾为谢贞改“风定花犹舞”为“风定花犹落”，其语顿工。此诗则是他修改己作使之完美的著名诗例。《容斋随笔》卷八云：“吴中士人家藏其草。初云‘又到江南岸’。圈去‘到’字，注曰‘不好’，改为‘过’。复圈而改为‘入’。旋改为‘满’。凡如是十许字，始定为‘绿’。”“绿”字之所以为优，是因为其他字都是就风写风，比较抽象；只有“绿”字透过一层，从春风的效果作想，所以别具手眼。同时，“又”字也下得好，不仅表现了时光流逝及由此引发的感慨，而且可以令人联想到“前度刘郎今又来”的“又”字。可以说是“欣慨交心”，全诗表情的复杂微妙也正在这一点上。

末句“明月”是眼前所见，表明夜色降临，作者对钟山的依恋弥深。所以他相信投老山林，终将有日——只是不知道将是功成身退呢，还是失意归来。所以“明月何时照我还”这句的意味仍是很微妙很复杂的。

夜 直

（宋）◎王安石

金炉香烬漏声残，剪剪轻风阵阵寒。春色恼人眠不得，月移花影上栏干。

“夜直”即值夜班。按宋制翰林学士每夜轮流一人在学士院里值班住宿。王安石于治平四年(1067)九月为翰林学士，未即赴。熙宁元年(1068)四月奉诏越次入对，始至京师。本诗写春夜值班，时间当在二年——其时宋神宗已决定采纳他的意见，推行新法。

前二句写深夜对时间与环境的感受。“金炉香烬”所见也，“漏声残”所闻也，都表现出长夜时光的流逝。言下有杜甫“明朝有封事，数问夜如何”(《春宿左省》)之意。次句从韩冬郎《夜深》“恻恻轻寒剪剪风”点化而来。原诗有感伤情调，此纯写从室内踱到室外时感受到的凉意和清新。

三句“春色恼人”是个关键词，意为春色撩人，从罗隐《春日叶秀才曲江》“春色恼人遮不得”化出。原句“遮不得”是说遮不得寒士窘态。此外“眠不得”则因君臣际遇，即将一展宏图，心情兴奋所至。

末句为写景妙句。“月移花影”就表时间推移而言，与首句“香烬漏残”呼应，然而更带有一种东风相借、时来运转的愉悦感。——诗中“春色”一词与《元日》诗题一样，包含政治意义。盖作者久蓄改革之志，曾向仁宗皇帝上万言书倡言改革，未被采纳，神宗即位，这才有“时来天地皆同力”的愉悦感。

诗中把政治上的际遇与自然界的春色融为一体，表现不露一点半点痕迹。要不是《夜直》这个题目略点本事，简直可以乱真唐人宫词，非“知人论事”不得其措意。难怪宋代周紫芝等粗心读者把它当作一首艳诗，并怀疑是否王安石之作，殊不知是自己未能读懂之过。

定风波

（宋）◎苏　轼

沙湖道中遇雨，雨具先去，同行皆狼狈，余独不觉，已而遂晴，故作此。

莫听穿林打叶声，何妨吟啸且徐行。竹杖芒鞋轻胜马，谁怕！一蓑烟雨任平生。　料峭春风吹酒醒，微冷，山头斜照却相迎。回首向来萧瑟处，归去，也无风雨也无晴。

苏轼（1037—1101），字子瞻，一字和仲，号东坡居士，眉州眉山（今属四川）人。苏洵子。嘉祐进士。曾上书力言王安石新法之弊，因作诗刺新法下御史狱，贬黄州。哲宗时任翰林学士，曾出知杭州、颍州，官至礼部尚书。后又贬谪惠州、儋州。历州郡多惠政。卒谥文忠。有《东坡七集》、《东坡易传》、《东坡书传》、《东坡乐府》等。

元丰五年(1082)三月七日作于黄州谪所，词借途中遇雨的生活小事，抒写作者人生情怀。“穿林打叶声”直写风雨来势甚急。对此，有两种态度，一是快点跑，找个地方躲雨——然须人家不远，人家远时，跑有何用？二是“何妨吟啸且徐行”，如一个笑话所说——“前边也在下雨”，这话歪打正着——苏东坡就是这个心态。“竹杖芒鞋”乃郊行之轻装，下雨地滑，更不怕了——“谁怕”二字，虽是凑韵，却也天然。接下来的“一蓑烟雨任平生”，更将值雨和值雨的态度，扩大到整个人生，这是升华。

这难道仅仅是一次生活纪实吗？是，又不是。只要知道东坡一生出处大略，知道其乐观的禀性，知道其所受禅宗思想的影响，才能充分玩味其诗词中表现的那一份性情与学养，才能从词的无字处看到“任凭风浪起，稳坐钓鱼台”，“风雨即将过去，阳光就在前头”，“走自己的路，让人家去说吧”等等意味，从而受到一种情操的陶冶。

“料峭春风（带寒意的春风）吹酒醒”，带来的是阵阵的凉意。然凉意无多，“微冷”而已，何况“山头斜照却相迎”，还送来一点点暖意。一个“却”字，找回了微妙的平衡。“回首向来萧瑟处”——对于遇雨来说，是已经过去的那场风雨；对于人生来说，则曾是曾经遭遇的不顺，曾经遭遇的挫折，曾经遭遇的风波。而当这些不顺、这些挫折、这些风波都成过去的时候，它反而是一种人生财富。人永远要相信，时间会解决一切的问题。

下片“归去”二字相当于陶的“归去来”三字，表现的是一种超越，一种超脱。“也无风雨也无晴”是什么意思呢？难道是“阴”吗？——诗词不是这个读法。这是说，我既不以风雨为意，自然也不会以晴为意。一句话，不在乎！既无大喜，也无大悲，有的是从容，是淡定，是平和，是愉悦。这是苏的境界，也是陶的境界。

忽然想起一件事儿。一位朋友打电话来倾述他的苦恼，说想报个奖项，却不断受阻。希望我拿个主意。我只说了两个字——放弃。补充三个字——不在乎！又补充一句——我就这个态度。不料他急将起来，在电话那头大喊：“你骗人！——这把年纪了，我还不知道什么是真话！”我立刻把电话挂断，心生悲凉（我本以为他要说——这把年纪了，谁还会在乎！）——时月不见，竟然可以隔膜到这种程度。我很想说，老兄，你的陶诗，都读到哪儿去了？

苏轼的陶诗，真没白读！

登快阁

（宋）◎黄庭坚

黄庭坚(1045—1105)，字鲁直，自号山谷道人，晚号涪翁，洪州分宁(今江西修水)人。"苏门四学士"之一。治平进士。哲宗时以校书郎为《神宗实录》检讨官，迁著作佐郎，以修史"多诬"遭贬。有《山谷集》、《山谷琴趣外篇》。

痴儿了却公家事，快阁东西倚晚晴。落木千山天远大，澄江一道月分明。朱弦已为佳人绝，青眼聊因美酒横。万里归船弄长笛，此心吾与白鸥盟。

作于元丰五年(1082)。快阁在太和县治东澄江边，以江山广远，景物清华得名。阁名快阁，诗亦快诗。

一起即叙公余登阁之事及当时的愉快心情。作者因阁名而联想到晋夏侯济的话："生子痴，了官事，官事正未易了也。了事正作痴，复为快耳。"大意是官事不易办完，办完正说明太痴，但也快乐。这使人联想到金圣叹批"拷红"所说的："作县官每日打退堂鼓时，不亦快哉！"叙事之中就融入了抒情。次句的"倚"字是倚阁而赏的意思，比径用"赏"字要耐读，出于杜诗"注目寒江倚山阁"(《缚鸡行》)。

次联写景——时逢深秋，千山落叶，天空为之远大；入夜后素月分辉，静影沉璧，江景一何光明！两句上四下三，各含两个具有因果关系的片语。境界开阔略近杜诗"无边落木萧萧下，不尽长江滚滚来"，但峡景动荡，野景宁静，又有不同。

三联抒感。用钟子期死，俞伯牙终身不复鼓琴之典，言世无知己，只好用美酒遣怀。"青眼"用阮籍故事，"横"字下得很绝。两句"朱弦"、"青眼"，"佳人"、"美酒"，对仗极为工稳。

末联言欲弃官归隐，"白鸥盟"典出《列子·黄帝篇》，言人无机心，始可盟鸥。归船、长笛、白鸥等形象的运用，造成一种很美的意境。

全诗且叙事，且写景，且抒情，一气盘旋而下，前人谓"寓单行之气于排律之中"，如太白歌行写法，很能道出这首七律的特点。作者腹笥甚广，虽语有来历，但左右逢源，俯拾即是，多么自在！

病起荆江亭即事

（宋）◎黄庭坚

翰墨场中老伏波，菩提坊里病维摩。近人积水无鸥鹭，时见归牛浮鼻过。

组诗共十首，是黄庭坚晚年作。宋徽宗即位，意于调停“元祐”（旧派）与“绍圣”（新派）两派矛盾，把年号定为建中靖国，起用了一批“元祐党人”。黄庭坚因得于元符三年（1100）十一月离开戎州（今四川宜宾）贬所，次年即建中靖国元年到峡州（今湖南宜昌），在那里待命，诗即作于其时。此其一。

《后汉书·马援传》载伏波将军马援六十二岁时尚自请出征，并据鞍顾盼，以示可用。首句引以自譬，加“翰墨场中”则判明彼此区别，避免拟人不伦。维摩诘是佛经中一个有学问、有文才的人物，其病在菩提坊事，见于《维摩诘经》。而“文殊问病”故事，在唐已成说唱，是当时人所共知之典。山谷信佛，此时卧病沧江，故以病维摩自喻。

末二句重在写所居荒凉，虽在江边，却看不到亲近于人、飞止于水上之水鸟如鸥鹭之类，只能看到穷乡僻壤放牛娃牧归情景——“时见归牛浮鼻过”，在此穷极无聊之时，自成景观，抵一幅李可染画图。而人之苦闷心情亦见于言外矣。

牛浮鼻渡水，语出佛书，唐人陈咏已有“隔岸水牛浮鼻过，傍溪沙鸟点头行”，但未一炮打响。而经山谷用于沧江抱病抒写无聊况味，遂成名句。

当时不仅黄庭坚自己境遇不好，他的一帮朋友也境遇不好，如组诗其六写陈师道、秦观一存一殁的情况道：“闭门觅句陈无己，对客挥毫秦少游。正字不知温饱未，西风吹泪古藤州。”

定风波·次高左藏使君韵

(宋)◎黄庭坚

万里黔中一漏天,屋居终日似乘船。及至重阳天也霁,催醉,鬼门关外蜀江前。　　莫笑老夫犹气岸,君看,几人黄菊上华颠?戏马台南追两谢,驰射,风流犹拍古人肩。

此词为作者在黔州贬所的作品。唐置黔中郡,后改黔州,治所在今四川彭水,在宋时是边远险阻的处所。绍圣二年(1095)黄庭坚以修《神宗实录》不实的罪名,贬为涪州(今重庆涪陵)别驾,黔州安置,开始他生平最艰难困苦的一段生活。当时他的弟弟知命有诗云:"人鲊瓮中危万死,鬼门关外更千岑。问君底事向前去,要试平生铁石心。"(《戏答刘文学》)写出他在穷困险恶的处境中,不向命运屈服的博大胸怀。这种心境见于词体创作,则一变早年多写艳情的故态,转而深于感慨了。此阕通过重阳即事,抒发了一种老当益壮、穷且益坚的乐观奋发精神。

全词分四层写。上片首二句写黔中气候,以明贬谪环境之恶劣。黔中秋来阴雨连绵,遍地是水,人终日只能困居室内,不好外出活动。不说苦雨,而通过"一漏天"、"似乘船"的比喻,形象生动地表明秋霖不止叫人不堪其苦的状况。"乘船"而风雨喧喧,就有覆舟之虞。所以"似乘船"的比喻不仅是足不出户的意思,还影射着环境的险恶。联系"万里"二字,又有去国怀乡之感。这比使用"人鲊瓮中危万死"的夸张说法来得蕴藉耐味。其实,前二句与其说是夸张黔中环境的艰难困苦,

不如说是为以下二句蓄势。下三句一转，写重阳放晴，登高痛饮。用“及至”、“也”二虚词呼应斡旋，有不期然而然、喜出望外之意。久雨得晴，是一可喜；适逢佳节，是二可喜。遂逼出“催醉”二字。“鬼门关外蜀江前”回应“万里黔中”，点明欢度重阳的地点。“鬼门关”即石门关，在今重庆奉节东，两山相夹如蜀门户，“天下之至险也”（陆游《入蜀记》）。但这里却是用其险峻来反衬一种忘怀得失的胸襟，大有“鬼门关外莫言远，五十三驿是皇州”（作者《竹枝词》）的意味。如果说前二句起调低沉，此三句则稍稍振起，已具几分傲兀之气了。

过片三句承上意写重阳赏菊。古人在重阳节有簪菊的风俗（杜牧《九日齐山登高》：“尘世难逢开口笑，菊花须插满头归”），但老翁头上插花却不合时宜，即所谓“几人黄菊上华颠”。作者却借这种不入俗眼的举止，写出一种“气岸遥凌豪士前，风流肯落他人后”（李白《流夜郎赠辛判官》）的不服老的气概。“君看”、“莫笑”云云，全是自负口吻。这比前写纵饮就更进一层，词情再扬。但高潮还在最后三句。这里用了一个典故：晋时刘裕北征至彭城，九月九日会将佐群僚于戏马台（台为项羽所筑，在今江苏铜山县南），赋诗为乐，当时名诗人谢瞻、谢灵运各赋诗一首（诗见《文选》卷二十）。“两谢”即指此二人。此三句说自己重阳节不但照例饮酒赏菊，还要骑马射箭，吟诗填词，其气概直追古时的风流人物（如在戏马台赋诗之两谢）。末句中的“拍肩”一词出于郭璞《游仙诗》“右拍洪崖肩”，即追踪的意思。下片分两层推进，从“莫笑老翁犹气岸”到“风流犹拍古人肩”彼此呼应，一气呵成，将豪迈气概表现到极致。

行路难·小梅花

（宋）◎贺　铸

贺铸（1052—1125），字方回，号庆湖野老，山阴（今浙江绍兴）人，北宋词人。其词内容、风格多样，兼有豪放、婉约二派之长。有《东山词》。

缚虎手，悬河口，车如鸡栖马如狗。白纶巾，扑黄尘，不知我辈可是蓬蒿人？衰兰送客咸阳道，天若有情天亦老。作雷颠，不论钱，谁问旗亭美酒斗十千？　　酌大斗，更为寿，青鬓长青古无有。笑嫣然，舞翩然，当垆秦女十五语如弦。遗音能记秋风曲，事去千年犹恨促。揽流光，系扶桑，争奈愁来一日却为长。

词人"既是一位豪爽的侠士，也是一位多情的诗人；既是一位严肃苦学的书生，也是一位处理政事的能手。他生活在北宋晚期的社会，史称他'喜剧谈天下事'，但经历的都是些难展抱负的文武小职"（宛敏灏《张先和贺铸》），这些个人特点反映在词体创作中，就有"行路难"一类作品。此词调寄《小梅花》，"行路难"实即词题。它原系乐府诗题，多写志士失路的悲愤。词本属乐府一支，然自《花间集》以来，文人所作，以歌筵酒席浅斟低唱者为多；用以书愤，得乐府诗遗意，还是词坛较新的消息。

"缚虎手，悬河口"均借代人才。手能暴虎者为勇士，可引申为有军事才能的人；口如悬河者为谋士，可引申为有政治才干的人。倘若逢辰，这样的文武奇才当高车驷马，上黄金台，封万户侯。可眼前却穷愁潦倒，车不大，像鸡窝，马不壮，像饿狗。"车如鸡栖马如狗"语出《后汉书·陈蕃传》，极形车敝马瘦，与"缚虎手，悬河口"的夸张描写适成强烈对照，不平之气溢于言表。以下正面申抱负，写感慨："白纶巾，扑黄尘，不知我辈可是蓬蒿人？""白纶巾"亦犹白衣之类，为未出仕之人所着。"黄尘"指京城的尘土，黄庭坚《呈外舅孙莘老》诗："九陌黄尘乌帽底，五湖春水白鸥前。”任渊注引《三辅黄图》:“长安城中,八街九陌。”这六字两句参用陆机《代顾彦先赠妇》“京洛多风尘,素衣化为缁”之意,谓白衣进京。结合下句“不知我辈可是蓬蒿人”,谓此行不知可否取得富贵。李白《南陵别儿童入京》:“游说万乘苦不早,著鞭跨马涉远道。会稽愚妇轻买臣,余亦辞家西入秦。仰天大笑出门去,我辈岂是蓬蒿人!”李诗题说“入京”,诗句说“游说万乘(皇帝)”、“辞家西入秦”,皆贺词“扑黄尘”注脚。词径取李诗末句,而易一字增二字作“不知我辈可是蓬蒿人”,自负成了疑问,则一种彷徨苦闷情态如见,与李白的仰天大笑、欣喜如狂恰好相反,读来别有意味。以下“衰兰送客咸阳道,天若有情天亦老”,则袭用李贺《金铜仙人辞汉歌》原句。但原辞是通过汉魏易代之际铜人的迁移,写盛衰兴亡之悲感,言天若有感情天也会衰老,何况乎人。此处则抒写不遇者奔走风尘,“天荒地老无人识”的悲愤。以上从志士之困厄写到志士之牢骚,继而便写狂放饮酒。做了侠义之事不受酬金,像“雷颠”(东汉人雷义,事见《后汉书》本传)一样;唯遇美酒则不问价。李白《行路难》云:“金樽清酒斗十千,玉盘珍羞值万钱。”“作雷颠,不论钱,谁问旗亭美酒斗十千”,写出不趋名利,纵酒放歌,乘醉起舞,一种狂放情态。其中含有无可奈何的悲愤,但写得极有气派。词情稍稍上扬。

上片由愁写到酒,而下片则由酒写到愁。过片极自然,不过上片所写的愁,主要是志士失路的忧愁;而下片则转出另一重愁情,即人生短促的忧愁:“酌大斗,更为寿,青鬓长青古无有。”词情为之再抑。以下说到及时行乐,自非新意,但写得极为别致。把歌舞与美人打成一片写来，写笑以“嫣然”，写舞以“翩然”，形容简妙；“当垆秦女十五”云云是从乐府《羽林郎》“胡姬年十五，春日正当垆”化出，而“语如弦”三字，把秦女的声音比作音乐一样动人，新鲜生动，而且不必写歌已得歌意。这里极写生之欢愉，是再扬，同时为以下反跌出死之可悲作势。汉武帝《秋风辞》云：“欢乐极兮哀情多，少壮几时兮奈老何？”秋风曲虽成“遗音”，但至今使人记忆犹新，觉“事去千年犹恨促”。由于反跌的作用，此句比“青鬓长青古无有”句更使人心惊。于是作者遂生出“揽流光，系扶桑”的奇想，似欲挽住太阳，系之于扶桑之树，“使之朝不得回，夜不得伏。自然老者不死，少者不哭”（李贺《苦昼短》）。这种超现实的奇想，都恰好反映出作者无法摆脱的现实苦闷。“志士惜日短”，只有怀才不遇的人最易感到生命短促、光阴虚掷的痛苦。所以下片写生命短暂的悲愁，与上片写志士失路的哀苦也就紧密联系在一起，“行路难”的题意也已写得淋漓尽致了。不料最末一句却来了个大转折：“争奈愁来一日却为长！”前面说想留驻日光，使人长生不死，这里却说愁人情愿短命；前面说“事去千年犹恨促”，这里却说一天的光阴也长得难过（二句语本李益《同崔邠登鹳雀楼》“事去千年犹恨速，愁来一日即为长”）。一句几乎翻转全篇，却更深刻地反映出志士苦闷而且矛盾的心情，将“行路难”的“难”字写到入木三分。

“词别是一家”，在当时是很流行的看法，而这首词却写得像诗中的歌行体。“行路难”本就是乐府歌行的题目；《小梅花》的调式也很特殊，以三字句、七字句为主，间用九字句，“三三七”、“三三九”、“七七”的句式交替使用，句句入韵，平仄韵互换，都与歌行相近；大量化用前人歌行诗句，其中以采自李白、李贺者为多。贺铸曾说：“吾笔端驱使李商隐、温庭筠常奔命不暇。”（周密《浩然斋雅读》引贺语）可见善于隐括前人诗意或化用前人诗句，是贺词的一个艺术特点，此词表现即很突出。

词表现作者于失意无聊、纵酒放歌之际，既感乐往悲来、流光易逝，又觉愁里光阴无法排遣的矛盾苦闷心情，但却用刚健的笔调、高亢的声调写成，章法上极抑扬顿挫之能事，读来觉跌宕生姿，属于贺词中的幽洁悲壮之作。

绝　句

（宋）◎陈师道

书当快意读易过，客有可人期不来。世事相违每如此，好怀百岁几时开？

陈师道(1053—1102)，字履常，一字无己，号后山居士，彭城（今江苏徐州）人。少贫，学文于曾巩，绝意仕进。元祐初，苏轼等荐为徐州教授。后任太学博士、秘书省正字等职。有《后山先生集》、《后山谈丛》。

作于元符二年(1099)困居徐州时。尽管不堪其贫，作者却不以为意，依然左右图书，欲以文学名后世。其时黄庭坚被斥逐戎州，苏轼被贬海外，张耒任职宣州，皆无因相见。时有《寄黄充》诗也说：“俗子推不去，可人费招呼。世事每如此，我生亦何娱！”可参读。

全诗发抒生活苦闷，纯以意为。前二各说一事。上句说心爱的书可惜容易读竟——要是总有“且待下回分解”敢情好，只是想得美！谁叫你一读起来连饭也不想吃，非一口气读竟不行。所以从古以来乐读的人对心爱的书，就存在想读完又怕读完的一种自相矛盾的心态，如嵇康“每读二陆之文，(就)未尝不废书而叹，恐其卷之竟也”。

下句说性情投合的人，天天盼他来，老是盼不来——盼谁谁就来敢情好，还是想得美！没有预约，可人怎么会来？可人非神，何从知道你盼他来？即使知道你盼他来，但可能因为不得已的原因，未必来得了。此一命题的逆命题，即“俗子推不去”，也成立，但无重复必要。首句换言读书，各为一意，了不相干而又未尝无干，顿觉精警无比。

谁没读过好书，谁没有期待过可人？这两句所写，都是常人共有的生活感受，而又发常人所未发，所以叫人过目不忘，觉得作者简直是在为我写心。末二句由以上个别事例推及一般，说人生事与愿违的情况之多，往往如此，结论是难怪人生的苦恼总是多于快乐。诗的结论代表了一种认识误区。作者不明白什么是“完美”，若要好，须是了也(“一定要有完全的休止，才纺织成完美的音乐”)。凡事都要进得去、出得来呀。作者只知道读书投入的乐趣，然而好书读竟也是一种满足呀。作者又未免太自我中心，可人不来，你为何不去呢？再说也可以打个电话约呀，何必自找烦恼呢？此东坡所以为东坡，而后山所以为后山。

本篇毕竟道出了很有意思的生活体验，固无妨其为佳作。

满庭芳·夏日溧水无想山作

（宋）◎周邦彦

风老莺雏，雨肥梅子，午阴嘉树清圆。地卑山近，衣润费炉烟。人静乌鸢自乐，小桥外、新绿溅溅。凭阑久，黄芦苦竹，拟泛九江船。　　年年，如社燕；飘零瀚海，来寄修椽。且莫思身外，长近尊前。憔悴江南倦客，不堪听急管繁弦。歌筵畔，先安簟枕，容我醉时眠。

周邦彦(1056—1121)，字美成，号清真居士，钱塘（今浙江杭州）人。元丰初，为太学生，以献《汴都赋》为神宗所赏识，命为太学正。后任庐州（今安徽合肥）教授、溧水县令。徽宗时，提举大晟府。有《清真居士集》，已佚，今存《片玉词》。

此词作于知溧水时(1093—1096)，时作者正当中年，经历宦海沉浮。无想山在县南十八里，一名禅寂院，中有韩熙载读书堂，词记游抒怀。

上片写江南初夏景色。一起三句就是名言，抓住了江南初夏物候特征。作者信手拈来小杜“风蒲莺雏老”、老杜“红绽雨肥梅”诗句，铸为联语，对仗极工。“老”、“肥”二字皆形容词作动词活用，便觉词气飞动。二字既概括了从春至夏，禽鸟与果实的生长过程，又暗示了时光的流逝。“风”、“雨”切合梅雨季节天气，既表春归，又为后文山居潮湿伏笔。“午阴嘉树清圆”句抓住了夏日树冠茂密、而正午日头当顶的特点，“嘉树”、“清圆”两个造语都新鲜可人，颇有陶诗“蔼蔼堂前林，中夏贮清阴”之意。

“地卑山近”二句，写溧水地低，而无想山草木茂密，又值梅雨季节，所以空气潮湿。二句之妙在于不但写潮湿，还写出到底如何潮湿——“费”字见烤干不易，

“烟”字见生火不旺，皆具体生动。“人静乌鸢自乐”三句，写晴明天气中的快乐，乌鸢故是“自乐”，而人则乐其所乐。而晴天看水，更觉“新绿”之妙。“凭阑久”三句回应上文“地卑山近”，化用《琵琶行》“住近湓江地低湿，黄芦苦竹绕宅生”，而以被贬江州的白居易自譬，同时生出泛舟遣兴之想。

下片抒漂泊宦游倦思。“年年”四句又生一喻，以迁徙不定的海燕自比，谓出京后的这几年，曾教授庐州，又到过荆州，而今居溧水，一如燕子之寄人篱下，有一种未能找到归宿的感觉。“瀚海”活用，指大海。“且莫思身外”二句，化用杜诗“莫思身外无穷事，且尽尊前有限杯”，接“拟泛”句，有耽玩以遣兴之意。

“憔悴江南倦客”二句，再用《琵琶行》诗意，谓遣兴归遣兴，但外来的刺激也可能引起迁谪之意。所谓“不堪听急管繁弦”，即化用“却坐促弦弦转急”到“江州司马青衫湿”诗意，因无迹，所以人皆知“黄芦苦竹”用白诗，不知此处亦承前用白诗也。“歌筵畔”三句语出《南史·陶潜传》“潜若先醉，便语客：我醉欲眠卿可去”，而意不同，谓对酒当歌，不过借以麻痹自己，故须先安排簟枕，逃避以梦也。

此词大量熔铸前人诗语，因词中以乐天自比，故多用其句，信手拈来，有意无意，有一气呵成之妙。盖作者自具生活感兴，满心而发，一反故态，是写不是做，虽多用语，却不为语累，近于诗，远于赋，故读来尤有清空之感，而无质实之态。

声声慢

（宋）◎李清照

寻寻觅觅，冷冷清清，凄凄惨惨戚戚。乍暖还寒时候，最难将息。三杯两盏淡酒，怎敌他、晚来风急！雁过也，正伤心，却是旧时相识。　　满地黄花堆积。憔悴损，而今有谁堪摘！守著窗儿，独自怎生得黑！梧桐更兼细雨，到黄昏、点点滴滴。这次第，怎一个愁字了得！

李清照(1084—1151？)，自号易安居士，齐州章丘（今属山东）人。李格非女，赵明诚妻。金兵入据中原，流寓南方，明诚病卒，境遇坎坷。有后人辑本《漱玉词》，今人辑本《李清照集校注》。

本篇是李清照晚年杰作，倾诉了词人夫亡家破、饱经乱离的哀愁，直是一篇悲秋赋。

开篇即连下十四叠字，如倒倾鲛室、明珠走盘。这完全是兴到神会、妙手偶得，有层次地、恰如其分地表达了一种微妙复杂而难于表达的心理变化过程——“寻寻觅觅”是“寻觅”的叠词，既“寻觅”必有失落，对于南渡后的词人来说，失落的东西太多。“冷冷清清”是“寻觅”的结果，是什么也找不回来。“凄凄惨惨戚戚”是心理感受，是因寻觅无着而导致的极度悲凉的感觉。这一串叠字出自情绪自然消长，而非有意的文字猎奇，以奇特的音情和创意称绝千古（南宋张端义谓之“公孙大娘舞剑手”），因而具有不可模仿性（元曲家乔吉作《天净沙》“莺莺燕燕春春，花花柳柳真真，事事风风韵韵”云云，使人感到造作；郭沫若为大跃进凑热闹而作《声声快》“轰轰烈烈，闹闹热热”云云，使人感到滑稽）。

深秋如早春，天气忽暖忽寒，体质衰弱的人容易发生感冒，最难保养（“将息”）。“乍暖还寒” 在这里虽然是直接说天气，却又使人联想到风雨飘摇的时局——又何尝不是“乍暖还寒”！使人联想到世态的炎凉和人情的冷暖——又何尝不是“乍暖还寒”！词人一向深爱陶诗，此时此刻，又如何能保持平和的心态？“三杯两盏淡酒，怎敌他、晚来风急”，透过一层，则是说自我的慰藉相对于恶劣的环境，毕竟势单力薄，“三”、“两”和“淡”等，下字极有分寸。“怎敌他、晚来风急”，即李后主所谓“无奈朝来寒雨晚来风”（《乌夜啼》）。按，“晚来”一作“晓来”，孰是孰非，见仁见智。我取“晚来”，是因为它与下片“黄昏”相呼应，将全篇情景定位于秋晚，使词境从整体上切合词人凄凉的晚景。再说煞拍的“雁过也”，也属秋晚景象。正在伤心的时候，忽然听到长空雁叫，使人更觉凄凉。北雁南飞，很自然地和北人南渡搭成联想，构成同情——其实是移情于物。说大雁“却是旧时相识”，是感觉而不是事实。然而它唤起的是对故乡热土及往昔所有的怀念。

过片由晚风，写到满地的落花，那是陶潜深爱的、也是词人自己深爱的菊花。

“堆积”二字，形象地展示了风扫落花、遍地狼藉的情景。本来，菊花就给人以“瘦”的感觉，加之晚风的肆虐，更觉“憔悴”。“而今有谁堪摘”的一问，使人想起唐人“有花堪折直须折，莫待无花空折枝”(《金缕衣》)的名言，一语双关地痛惜着永别了的人生花季——正是“韶华不为少年留”(秦观《江城子》)，同时还能使人想到国事的不堪。“守著窗儿”的“守”字，写出人在窗边的时间之久，这一个黄昏好难捱也；“独自怎生得黑”的“黑”字代夜，以口语入词，将一个险韵，安顿得十分妥帖。“梧桐更兼细雨”是一个古典的情景，从白居易的“秋雨梧桐叶落时”(《长恨歌》)到温庭筠的“梧桐树，三更雨”(《更漏子》)，诗人词客已有许多的创意。而这一情景出现在本词，仍有新意，那就是“到黄昏、点点滴滴”，再用叠字，从音情上加大感染的力度。点点滴滴，收不住的雨脚，象征的是绵绵不绝的愁情。

昔人言愁，多用比喻，或如一江春水，或如无边丝雨，或如满城风絮。此词结尾写愁，尽弃前人窠臼，直抒胸臆道：“这次第、怎一个愁字了得！”纯出口语，而一语百情。盖人在一筹莫展时，常会发出“这咋得了哦”，即古人所谓“徒唤奈何”的叹息。“怎一个愁字了得”就包含着这个口气，放进了一个“愁”字，却又说并非一个“愁”字可以尽之。这使人想到魏晋时代的“言意之辨”。言不尽意，不如以不尽尽之，结果就留下空白，让读者主动填补，与李后主“别是一番滋味在心头”(《乌夜啼》)之句，实有异曲同工之妙。

词中一阵风过、一阵雁过、一阵花落、一阵雨来，层层渲染，自始至终紧扣悲秋之意，即景、即事、即兴而作，故一片神行，妙于浑成。此外又深于境界，具有象征意蕴，不局限于一时一事，而包容甚大。在修辞上善用叠字，开篇即用十四叠字，后片又用四字再叠，如大珠小珠落玉盘。在语言上不用骈偶典故，无妆点字面，将口语提炼入词，却避免了打油腔调，真正做到了雅俗共赏。词用入声韵，句中亦多入声字，入声字多属舌齿音，做成啮齿叮咛、喁喁自语的声情，适宜于表现低抑的情感内容。在全宋词中，此词风格特别，表现了很高的创调才能(辛弃疾于博山道中作《丑奴儿》，自称“效李易安体”，但读来读去只觉是辛词，故知易安词格不易模仿)。

伤 春

（宋）◎陈与义

陈与义(1090—1139)，字去非，自号简斋，洛阳（今属河南）人。政和三年(1113)登上舍甲科。绍兴中，历官至参知政事。有《简斋集》、《无住词》。

庙堂无策可平戎，坐使甘泉照夕烽。初怪上都闻战马，岂知穷海看飞龙！孤臣霜发三千丈，每岁烟花一万重。稍喜长沙向延阁，疲兵敢犯犬羊锋。

高宗建炎四年(1130)作于邵阳(今属湖南)。上年十一月金兵大举渡江攻破建康(今南京)，十二月攻入临安(今杭州)，高宗逃自明州(今浙江宁波)乘舟入海；本年四月金兵复攻破明州，高宗泛海逃至温州。“伤春”原与悲秋一样，在古人笔下多写因时序流逝而抒写个人伤怀。至杜甫一改旧法，用以抒发对国事的忧念。此诗亦忧念时事，抒发孤愤之作。

前四句直抒国难而抨击国策。《史记·匈奴列传》述云：“胡骑入代、句注边，烽火通于甘泉(汉行宫名)、长安数月”，首联即借咏时事，而重点在直斥“庙堂无策”——国难当头，只有两策，要么战，要么和。你和他不和，结果就只有逃跑。所以“无策”其实是无能，“无策”其实是失策。

次联紧接写金兵连下宋之都城，竟逼得高宗从海上逃跑。“上都”本指京都，因南渡之初，建都未定，建康、临安均在拟议之中，故云。或云此处“上都”指汴京，系追说靖康事，亦通。此联用“初怪”、“岂知”勾勒，一气贯注，写两个想不到——

想不到金人能轻易攻入都城，想不到皇帝会从海上狼狈逃窜。这里虽然没有直接的议论，但字里行间充满对不抵抗主义、逃跑主义的愤慨和不满。“飞龙”一词出自《易经》，形容逃跑皇帝，来与“战马”相对，尤具讽意。

三联抒写对国事的忧念，乃一篇之警策。“孤臣”本指失势之臣（柳宗元“孤臣泪已尽，虚作断肠声”），此则指失君之臣，紧扣上文“穷海飞龙”而来。两句分别化用安史之乱前后李白所写的“白发三千丈，缘愁似个长”《秋浦歌》、杜甫所写的“关塞三千里，烟花一万重”（《伤春》）来表达自己的孤忠与忧愤，两句一情一景，情景对照，用来浑成无迹，如自己出。按杜甫（《伤春》）本是广德中吐蕃攻破长安，代宗逃陕州之际，诗人在阆州所作，这与陈与义身在湖南，心怀江浙的流亡皇帝的心境相似。“烟花一万重”前着“每岁”二字，即有自然界春花秋月依旧，不管人间沧桑之意。万重“烟花”与千丈“霜发”，构成强烈对比，所谓“乐景衬哀，倍增其哀”。“孤臣”与“每岁”的成对，相当精微（“孤”是一、“每”是每一）。总之，此联沉郁凝练的风格，酷肖老杜。

末联歌颂抵抗，即是对“庙堂”实行的逃跑主义作侧面批判。向子諲于建炎中知潭州（今湖南长沙），三年（1129）金兵犯州，向率军民坚守，城围八日而陷，又督兵巷战，突围后又收拾残部继续抗金。向原任直秘阁学士，直龙图阁——宋廷藏图书典籍之处，相当于汉廷之“延阁”，故以呼之。“疲兵”云云，不讳言向部势单力薄，以弱击强，这里表彰的不是胜利，而是勇气、斗志，是一个“敢”字。在国家民族生死存亡的关头，斗则存，不斗则亡。“稍喜”的措辞有分寸，一方面是肯定其带头抗金的意义，另一方面又嫌当时敢于抗金者太少。

诗主题明确，心关天下，忧念现实，歌颂抵抗，反对逃跑，可谓大义凛然。诗以意行，而主要的意思大都包含在首尾两联中。中间的两联对主题则起着烘托、渲染、深化的重要作用，特别是第三联中“每岁烟花一万重”景语的加入，生色不少，无此句则未免直质枯淡，有此句则全篇兴象、声情顿佳。诗人非常注意勾勒字的运用，“坐使”、“初怪”、“岂知”、“稍喜”等等，关联呼应，使全诗意脉一气盘旋而下。独于第三联不作勾勒，既变叙述为描绘，又加强了它的鲜明性和警策性。

石州慢·己酉秋吴兴舟中作

（宋）◎张元干

雨急云飞，惊散暮鸦，微弄凉月。谁家疏柳低迷，几点流萤明灭，夜帆风驶，满湖烟水苍茫，菰蒲零乱秋声咽。梦断酒醒时，倚危樯清绝。　心折。长庚光怒，群盗纵横，逆胡猖獗。欲挽天河，一洗中原膏血。两宫何处？塞垣只隔长江，唾壶空击悲歌缺。万里想龙沙，泣孤臣吴越。

张元干（1091—1170），字仲宗，号芦川老隐，又号芦川山人，神州长乐（今属福建）人。政和、宣和间，以词名。靖康元年（1126）李纲任亲征行营使，为属官。官至将作少监。秦桧当权，弃官而归。有《芦川归来集》、《芦川词》。

宋高宗建炎三年（1129），岁在“己酉”。这年春上，金兵大举南下，直扑扬州。高宗从扬州渡江，狼狈南逃，江北地区完全失守。作者当时避乱南行，秋天在吴兴（今浙江湖州）乘舟夜泛，抚事生哀，写下了这首悲壮的词作。“泣孤臣吴越”即全词主题之句，通篇都写孤愤。

上片写景，亦即愤激之情的郁积过程。它用色彩黯淡的笔调画出舟中所见之夜色：雨霁凉月，疏柳低迷，流萤明灭，菰蒲零乱，烟水苍茫，秋声呜咽……一切都阴冷而凄迷。其意味深厚，又非画图可以比拟。首先，“雨急云飞”的开篇就暗示读者，这是一阵狂风骤雨后的宁静，是昏鸦乱噪后的沉寂，这里，风云莫测、沉闷难堪的秋来气候，与危急的政局有一致之处。其次，这里展现的是一片江湖大泽，类乎放逐的骚人的处境，于中流露出被迫为“寓公”的作者无限孤独彷徨之感。写景的同时，显现着景中活动着的人物形象。他在苦闷中沉饮之后，乘着一叶扁舟，从湿萤低飞、疏柳低垂的水路穿过，驶向空阔的湖中，冷风拂面，梦断酒醒，独倚危檣……此情此景，不正和他"怅望关河空吊影，正人间鼻息鸣鼍鼓"(《贺新郎》)所写的一致么？只言"清绝"，不过意更含蓄罢了。于是，一个独醒者，一个梦断后找不到出路的爱国志士形象逐渐鲜明起来。这就为下片尽情直抒胸臆作好了准备。

过片的"心折"(心惊)二字一韵。这短促的句子，成为全部乐章的变徵之声。据《史记·天官书》载，金星(夜见于西方称"长庚")主兵戈之事。"长庚光怒"上承夜景，下转时事的感慨和书愤，就像水到渠成般自然。时局可谓内外交困。建炎二年济南知府刘豫叛变降金；翌年，苗傅、刘正彦作乱，迫高宗传位太子，后被平服。"群盗纵横"句该是痛斥这些奸贼的。不过据《宋史·宗泽传》载，当时南方各地涌现了很多义勇组织，争先勤王，而"大臣无远识大略，不能抚而用之，使之饥饿困穷，弱者填沟壑，强者为盗贼。此非勤王者之罪，乃一时措置乖谬所致耳"，则此句作为对这种不幸情况的痛惜语亦可讲得通。要之，这一句是写内忧。下句"逆胡猖獗"则写外患。中原人民，生灵涂炭，故词人痛切之极。这里化用了杜诗"安得壮士挽天河，尽洗甲兵长不用"(《洗兵马》)的名句，抒发自己的强烈愿望："欲挽天河，一洗中原膏血。"

愿望归愿望，现实是无情的。词人进而指出三重不堪的事实。一是国耻未雪，徽钦二帝尚被囚于金。"两宫何处"的痛切究问，对统治者来说无异于严正的斥责。二是国土丧失局面严重——"塞垣只隔长江"。三是朝廷上主战的志士横遭迫害，"唾壶空击悲歌缺"。《世说新语·豪爽》："王处仲(敦)每酒后辄咏'老骥伏枥，志在千里。烈士暮年，壮心不已'，以如意打唾壶，壶口尽缺。"王敦所咏曹操《龟虽寿》中的句子本含志士惜日短之意，这里暗用以抒发爱国主张横遭摧抑，志不获申的愤慨，一"空"字感喟良深。由于这一系列现实障碍，词人的宏愿是无从实现了。这恰与上片那个独醒失路的形象吻合。末二句挽合全词："万里想龙沙，泣孤臣吴越。""龙沙"本指白龙堆沙漠，亦泛指边塞，这里则借指二帝被掳囚居处。"孤臣"即词人自指，措词带愤激的感情色彩。"泣孤臣吴越"的画面与"倚危檣清绝"遥接。

张元幹本能为清丽婉转之词，与周、秦肩随，而他又是将政治斗争内容纳入词作，为南宋豪放词导夫先路的人物。此词就是豪放之作，它上下片分别属写景抒情，然而能将秋夜泛舟的感受与现实政局形势密切结合，词境浑然一体。语言流畅，绝去雕饰，然而又多用倒押韵及颠倒词序的特殊句法，如"唾壶空击悲歌缺"(即 "悲歌空击唾壶缺")、"万里想龙沙"("想龙沙万里")、"泣孤臣吴越"("吴越孤臣泣")等，皆造语劲健，耐人咀嚼。

水调歌头

（宋）◎张元幹

举手钓鳌客，削迹种瓜侯。重来吴会，三伏行见五湖秋。耳畔风波摇荡，身外功名飘忽，何路射旄头？孤负男儿志，怅望故园愁。　梦中原，挥老泪，遍南州。元龙湖海豪气，百尺卧高楼。短发霜粘两鬓，清夜盆倾一雨，喜听瓦鸣沟。犹有壮心在，付与百川流。

作者壮年曾从李纲抗金，秦桧当国后致仕南归，绍兴中坐送胡铨及寄李纲词除名。此词题下原注“追和”，即若干年后和他人词或自己旧作。查集中《水调歌头·同徐师川泛太湖舟中作》一篇，其中有“底事中原尘涨，丧乱几时休”、“想元龙，犹高卧，百尺楼”及“莫道三伏热，便是五湖秋”等句，与此词句意相近，或即是本词所和之篇。张元幹曾从徐俯（师川）学诗，徐亦应有同题的词，惜已佚。徐俯因参与元符党人上书反对绍述，被列入邪等，名上党人碑；高宗绍兴二年被召入都，赐进士出身。张元幹绍兴元年休官回福建，因此“同徐师川泛太湖舟中”作词之事当在建炎年间。而此“追和”之词，从“重来吴会”两句看，应是辞官南归后约二十年某一夏日，重游吴地时作。集中《登垂虹亭》诗句“一别三吴地，重来二十年”可证。

上片即自写心境，自画出一个浪迹江湖的奇士形象，着意写其豪放不羁的生活和心中的不平。首二句就奠定了全词格调。“举手钓鳌客，削迹种瓜侯”，皆以古人自譬。钓鳌种瓜，本隐逸者事，而皆有出典。《史记·萧相国世家》载秦时人召平为东陵侯，秦亡后隐居长安东种瓜，世传“东陵瓜”。这里用指作者匿迹销声，学故侯归隐。而“钓鳌客”的意味就更多一些。赵德麟《侯鲭录》：“李白开元中谒宰相，封一版，上题曰：‘海上钓鳌客李

白。'相问曰:'先生临沧海钓巨鳌,以何物为钓线?'白曰:'以风浪逸其情,乾坤纵其志。以虹霓为丝,明月为钩。'又曰:'何物为饵?'曰:'以天下无义丈夫为饵。'时相悚然。"作者借用此典,则不单纯寄意于隐逸,其恨不得"以天下无义丈夫为饵"之意亦隐然句下,锋芒所指似在"时相"。

吴会即吴县,地近太湖,"重来吴会"即重游故地;"三伏"、"五湖秋",拈用前词"莫道三伏热,便是五湖秋"字面,以说时令,也不无仍承前词上文"惟与渔樵为伴,回首得无忧"的那种在炙手可热的势焰下暂得解脱的寓意。以下三句愤言国事关心,而功名未立,请缨无路。"耳畔风波摇荡",谓所闻时局消息如彼;"身外功名飘忽",谓自己所处地位如此。"耳畔"、"身外",皆切合不任事、无职司的情况。南宋爱国人士追求的功名就是恢复中原,如岳飞《小重山》词说的"白首为功名"。"旄头"为胡星(见《史记·天官书》),古人以为旄头跳跃主胡兵大起。"何路射旄头"即言抗金报国之无门,这就逼出后文:"孤负男儿志,怅望故园愁。"这里的"故园",乃指失地;"男儿志"即"射旄头"之志。虽起首以放逸归隐为言,结句则全属壮心犹在之意。下片全从这里予以申发。

过片写想望故国百端交集的心情:"梦中原,挥老泪,遍南州。""梦中原"是由"怅望故园愁"所导致。"挥老泪",沾襟可也,何能"遍南州"?这是夸张,也是风雨入梦的影响。几句大有后来陆游"胡未灭,鬓先秋,泪空流"之慨。因在睡中,故又得"高卧"二字,联及平生意气,遂写出"元龙湖海豪气,百尺卧高楼"的壮语。借三国陈登事,以喻作者自己"豪气未除"(《三国志》许汜议陈登语)。可见作者湖海闲游,实非心甘情愿。以下"短发霜粘两鬓"从"老"字来,"清夜盆倾一雨"应"泪"字来,正写中宵闻雨惊梦事。何以会"喜听瓦鸣沟"?这恰似陆游所谓"夜阑卧听风吹雨,铁马冰河入梦来"(《十一月四日风雨大作》)。滂沱大雨倾泻于瓦沟,轰响有如戈鸣马嘶,中为"一洗中原膏血"的象征,此时僵卧而尚思报国的人听了怎能不喜?是的,自己"犹有壮心在"呢!壮心同雨水汇入百川,而归大海,是人心所向,故云"付与百川流"。——末韵结以豪情,也是顺流而下。

全词就这样交织着壮志难酬而壮心犹在的复杂情绪,故悲愤而激昂,相应地,词笔亦极驰骋,从行迹写到内心,从现实写到梦境。又一意贯穿,从"钓鳌客"、"五湖秋"、"风波摇荡"、"湖海豪气"、"盆倾一雨"、"瓦鸣沟"到"百川流",所有意象都汇合成一股汹涌的狂流,使人感到作者心潮澎湃,起伏万千,具有极强的艺术感染力。词中屡借古人酒杯浇自己块垒,言有尽而意无穷,故能豪放而不粗疏。词写风雨大作有感,笔下亦交响着急风骤雨的旋律。"芦川词,人称其长于悲愤"(毛晋《芦川词》跋),评说甚当。

满江红

（宋）◎岳　飞

岳飞（1103—1142），字鹏举，相州汤阴（今属河南）人。出身农家，北宋末投军，任秉义郎。建炎三年（1129）金兀朮渡江南进，率军拒之，屡建战功，历少保、河南北诸路招讨使，进枢密副使。反对议和，终为秦桧所陷，以“莫须有”之罪被害。孝宗时追谥武穆，宁宗时追封鄂王，理宗时改谥忠武。有《岳武穆遗文》。

怒发冲冠，凭栏处、潇潇雨歇。抬望眼，仰天长啸，壮怀激烈。三十功名尘与土，八千里路云和月。莫等闲、白了少年头，空悲切。　　靖康耻，犹未雪。臣子恨，何时灭？驾长车，踏破贺兰山缺。壮志饥餐胡虏肉，笑谈渴饮匈奴血。待从头、收拾旧山河，朝天阙。

岳飞是宋代著名的民族英雄，他出身农家，北宋末投军，南宋时归宗泽，为留守司统制。建炎三年（1129）率军拒金，屡立战功。历少保、河南北诸路招讨使，进枢密副使，封武昌郡开国公。为秦桧以“莫须有”之罪陷害。

这首传诵极广、影响甚大的词作，今能确认的较早记载，是明代天顺中汤阴岳庙及弘治中杭州岳坟之石刻。明清人信为岳飞所作，无人疑伪。但因碑刻未具词作之来历，近人余嘉锡提出质疑，曾在学术界引起争论。迄今尚无充足理由认为伪作，故本文仍从旧说。其写作年代可定在岳家军颇试锋芒、急于北上直捣黄龙之际。

开篇就是登高临远，凭栏眺望，展现出抒情主人公的高大形象。句中隐括了《史记》描写荆轲辞燕入秦、义无反顾一节的若干文辞。荆轲在饯筵上和筑声而歌，初为“变徵”（调名，宜悲歌）之声，唱《易水歌》，“复为羽声（亦调名，宜抒激情）慷慨，士皆瞋目，发尽上指冠”。“发尽上指冠”这一精彩文句，陶诗曾化为“雄发指危冠，猛气冲长缨”（《咏荆轲》）二句，有所发挥；此处则凝为“怒发冲冠”四字，益见精策，掷地有声。有人还指出，连“潇潇雨歇”一语，亦神似易水之歌（见《七颂堂词绎》），写疾风暴雨，既壮勇士之行色，又可借以暗示曾经存亡危急的时局，有双重妙用。句下还隐约以虎狼之秦喻金邦，也是恰切的。史载荆轲提一匕首入不测之强秦，有誓死之心却无必胜的把握。而岳飞劲旅北上，实有决胜信念。“潇潇雨歇”的“歇”字，似乎意味金人嚣焰既煞，中兴转机将至。可以说，起首三句便奠定了全词气吞骄虏的基调。

紧接着，词的音情发为高亢：“抬望眼，仰天长啸，壮怀激烈。”“啸”，乃魏晋名士用以抒发难以言宣的复杂情感的一种口技，“长啸”为“啸”之一体。“长啸”而“仰天”，就与独坐幽篁中弹琴者的长啸大为不同，那啸声必然响遏行云，如数部鼓吹，非如此不足表“壮怀”之“激烈”。而抬头仰天的动作，又给人以一种暂得扬眉吐气、解恨开怀之感（如李白之“仰天大笑出门去”）。对于古人，君父于臣子均可譬之“天”，仰天长啸，抒发的无非是一腔忠义之情，这已遥起下文“臣子恨”三字。古人珍惜盛年，以“立功”为三不朽之一，而作者却将“三十功名”视同尘土，则其壮怀在于国家之中兴，民族之奋起欤（按，或以为岳飞并不讳言功名，“尘与土”谓风尘奔波，以照应下文“云和月”，亦通）！为光复国土，岳家军昼夜星霜，驰骋千里，浴血奋战，屡挫敌锋。“三十功名”与“八千里路”两句，一横一纵，兼写壮怀壮举，概括性极强，形象性悉称。“尘与土”与“云和月”天然成对，妙合无垠。

到这里，字里行间全是破虏雪耻、只争朝夕之意，于是作者信手拈来古乐府警句“少壮不努力，老大徒伤悲”（《长歌行》）化入词中，及时努力之意与抗金事业联系，便洋溢着强烈的爱国主义激情，可谓与古为新。无怪陈廷焯称赏“莫等闲、白了少年头，空悲切”二语“当为千古箴铭”（《白雨斋词话》）。

上片歇拍充满一种责任感、紧迫感，过片不断曲意，直书国耻，声调就转为悲愤了。公元 1127 年，金人南下掳徽钦二宗及皇室宗族多人北去，这就是历史上有名的靖康之乱，为有宋一代的奇耻大辱。当时，“靖康耻”岂但“犹未雪”，肉食者中无意雪者亦大有人在，故主战的英雄不得不痛切地大声疾呼：“臣子恨，何时灭？”这里的“臣子”二字，当痛下眼看，须知对于囚在北地的“二圣”，高宗赵构亦在臣子之列。因而，过片四句无异乎“夫差，尔忘越王杀尔父乎”那样沉痛直切的呼告，使人联想到作者在《南京上高宗书略》中的慷慨陈词：“乘二圣蒙尘未久，虏穴未固之际，亲帅六军，迤逦北渡。则天威所临，将帅一心，士卒作气，中原之地，指期可复。”

“贺兰山”在今宁夏境内，与当时金邦黄龙府方位大相径庭。但既是诗词语言，便不可拘泥解会。盖以“贺兰山”代

敌我相争之地，唐诗已习见，如“贺兰山下阵如云”（王维《老将行》）、“一时齐保贺兰山”（卢汝弼《和李秀才边庭四时怨》）；宋人更以代指敌方根据地，如北宋姚嗣宗诗云“踏碎贺兰石，扫清西海尘”，即以代指西夏，宋末汪元量诗云“厉鬼终须灭贺兰”，又代指元蒙。此词则以“贺兰”代指金邦。说到破敌，悲愤之情遂化作复仇的激烈言辞：“壮志饥餐胡虏肉，笑谈渴饮匈奴血。”“饥餐渴饮”的熟语与“食肉寝皮”的意念熔铸一联，切齿之声纸上可闻，这便是作者在别处说的“嗣当激励士卒，功期再战，北逾沙漠，蹀血虏廷，尽屠夷种”（《五岳祠盟记》），如实反映了惨遭凌暴的宋人对于女真统治者的特殊民族仇恨，声可裂石。又由于“壮志”、“笑谈”等语，造成“为君谈笑静胡沙”式的轻快语调，惬心贵当。

复仇亦非终极目的，杀敌乃为“还我河山”。词的结尾即以此深自期许：“待从头、收拾旧山河，朝天阙。”山河破碎，故须“收拾”，使金瓯完固，方能勒石纪功，班师奏凯。决胜的气概镇住全词，与发端的力量悉敌，非如椽之笔，难以到此。

全词濡染大笔，直抒胸臆，忠义愤发，元气淋漓，寓绝大感慨，饶必胜信念，塑造了一个有血有肉的民族英雄自我形象，使之深入人心不可磨灭。此词属于豪放一路，与传统词风迥乎不同，但其音情颇饶抗坠，词情由豪迈转悲壮、转激烈，终归于乐观镇定。唯其如此，故无粗滑叫嚣之病，而有起懦振顽、感发人心的力量。虽燕赵之感慨悲歌，亦无以过之。所用语言，文随情生，凡所化用，皆如己出。它称得上一首思想性与艺术性高度统一的杰作，故虽不传于元蒙时代而终风靡后世，至与岳飞英名，同垂不朽。

剑门道中遇微雨

（宋）◎陆　游

衣上征尘杂酒痕，远游无处不销魂。此身合是诗人未？细雨骑驴入剑门。

作于孝宗乾道八年（1172）冬。作者本年正月应四川宣抚使王炎之聘赴南郑（今陕西汉中）任干办公事兼检法官，参预军事机密。是冬调任成都府路安抚使范成大幕任参议官，诗为途经剑门山作。陆游此行是从国防前线到后方大都会，是去危就安、去劳就逸，然而并不合其心愿，故有失落情绪，俱见此诗。

前二句写途中落魄况味。赴任途中，风尘仆仆，人的领口是黑的，胸口有酒渍——长途跋涉的辛苦全反映在久未换洗的外套上。“销魂”换言之即狼狈，表面上是扣题面“遇微雨”来的——即杜牧所谓“路上行人欲断魂”。说“远游无处不”云者，意谓纵使无雨也销魂——暗寓着此次调动从内心深处给诗人造成的失望。

接下来该是发牢骚，却没有。后二句自我调侃道：“我今生命中注定是个诗人么？”何以言之，答案在最后一句——“细雨骑驴入剑门”。一则唐诗人郑綮答人索句，谓“诗思在灞桥风雪中驴子背上，此处哪得有诗”，盖唐代诗人（如孟浩然、李贺、贾岛等）多有山程水驿中驴背敲诗的经验，故成为名言；再则，“自古诗人多入蜀”，李白是蜀人，杜甫、高适、岑参、元白、李商隐、韦庄皆有入蜀之行，而杜甫就是从剑门山走过来的。所以从“骑驴”、“入蜀”两重意义上看来，都合该是诗人了。

很多人梦想做诗人而做不成，而以英雄、战士自我期许的陆游，却偏偏只有做诗人的命。幸乎，不幸乎？唯有天知。全诗通过自嘲的口吻，表现了一位爱国者失意的思想感情。作品意蕴是复杂的，文化内涵是丰富的，唐人绝句无此种风味。

陆游（1125—1210），字务观，号放翁，越州山阴（今浙江绍兴）人。“中兴四大诗人”之一。绍兴中应礼部试，为秦桧所黜。孝宗即位，赐进士出身，曾任镇江、隆兴通判。乾道六年（1170）入蜀，任夔州通判。乾道八年，入四川宣抚使王炎幕府。官至宝章阁待制。晚居山阴镜湖。有《剑南诗稿》、《渭南文集》、《南唐书》、《老学庵笔记》等。

临安春雨初霁

（宋）◎陆　游

世味年来薄似纱，谁令骑马客京华？小楼一夜听春雨，深巷明朝卖杏花。矮纸斜行闲作草，晴窗细乳戏分茶。素衣莫起风尘叹，犹及清明可到家。

淳熙十三年(1186)由山阴赴召知严州时，作于临安客舍。此时陆游六十二岁，已退居五六年，宦情已淡，他还是怀着一线希望赴阙。严州有子陵滩、钓台，为东汉大隐士严光隐居处，故陛辞时孝宗特嘱以“山水胜处，职事之暇，可以赋咏自适”，则放翁亦可称奉旨作诗了。正是“辜负胸中百万兵，百无聊赖以诗鸣”(梁启超)。知此，便不难理会此诗何以有厌倦官场的心情。

首联言宦情已淡，偏又出山。用迷惘、自责的口吻，表现出此次赴召的失望心情。以“薄似纱”形容宦情(“世味”)，赋无形以具象，极为佳妙。“谁令”，除了胸中那颗爱国心，还有谁呢？结果被自己的感情欺骗了。

次联撇开话头，写临安春雨初霁之景。其所以脍炙人口(据说传入宫中，深为孝宗所赏识)，首先在于它抓住了江南风物特色，其次在于通过听觉描写淡荡春光。诚然，这容易使人联想到老前辈陈与义“客子光阴诗卷里，杏花消息雨声中”的下句，而且陈诗的上句，也隐含在陆诗的后一联中。然而陆游将“杏花消息雨声中”，扩为一联，增加了不少新意，大大丰富了原有的诗味。一是明确了一夜春雨与明朝杏花之间的因果关系，二是增加了“春在卖花声里”（王季夷）的意思。是卖花人将先到郊野的春光，带入了临安街头巷尾。小楼屋檐滴雨声未绝，而街头巷尾卖花声已起。诉诸听觉，但已具一幅何等别致的早春都市风情画。然而这样的都市风光，在那个特定的时代，对这个特定的人物来说，不有点过于和平了么！

三联写寓所生活情事。也显得过于清闲无事，究心于书道与茶道——这两事非有闲心不办的。东汉大书法家张芝写草书十分考究，平时都写楷字，人问其故，答云：“匆匆不暇作草。”陆游善书，今存手迹疏朗有致，风韵潇洒，盖亦深谙个中三昧，故云“闲作草”。“矮纸”指尺幅较短的纸。“分茶”即品茶、点茶，是宋代流行的一种茶道，后传入日本（参黄遵宪《日本国志》）。“细乳”指茶水面上浮起的白色泡沫。“戏分茶”与“闲作草”一样，皆幽人雅致，非志士所宜，无怪放翁并不满意。

末联明点倦宦之意。晋人陆机诗云“京洛多风尘，素衣染为缁”，是说两京车马辐辏，容易把浅色衣服领口弄脏，后世多用为倦于宦游故事。此处“素衣”前置，诗人好像是拍拍衣裳，宽慰自己道，估计清明前可以赶回家乡，祭扫先人坟茔，并与家人团聚。遥应篇首，反映了这次临安之行的失望情绪。

秋夜将晓出篱门迎凉有感

（宋）◎陆　游

三万里河东入海，五千仞岳上摩天。遗民泪尽胡尘里，南望王师又一年。

光宗绍熙三年（1192）作于山阴，时年六十八。这是在一个热得反常的秋晚，诗人不得安睡，忧念国事之作。原题下共二诗，此其二。

前二句痛悼中原失地，是陆游名句。“三万里河”指黄河，“五千仞岳”指泰、华二山（《寒夜歌》“三万里之黄河入东海，五千仞之泰华摩苍冥。坐令此地没胡虏，两京宫阙悲荆榛”可为注脚），用代中原失地。汉民族本发轫中原，黄河、泰华从来都是华夏民族的骄傲和象征，丧失中原对于华夏民族就等于丧失了根本。而南宋安于江南半壁河山既久，国人神经多已麻木；一经作者提起，顿觉疾首痛心。这两句在内容上是触目惊心的，在形式上则打破七言律句以“二二三”为节奏的常规，作“三一三”对起，音情是非常的，形式是严重的。

后二句思念中原遗民，类似结尾也见于范成大诗及作者本人的《关山月》。尽管南宋统治者已无意于收复失地，但老诗人还没死心，还要提个醒儿——除了宗庙河山，北方还有同胞骨肉啊。还能再麻木下去吗？就题材重大和感情容量深厚而言，此诗达到了七绝艺术的极诣。

示 儿

（宋）◎陆　游

死去原知万事空，但悲不见九州同。王师北定中原日，家祭无忘告乃翁。

作于宁宗嘉定二年(1209)年底，是陆游的绝笔。这首诗几乎是率意直书、不假雕饰的，但人们一致认为此诗篇幅虽小，分量却重，完全可以作为诗人全集的压卷之作。

你能体会一个八十五岁高龄的老人临死的心情么？中年人要撒手人生，于心不甘；青年人面临绝境，简直是痛苦的。而老年却不同。古人说："七十老翁何所求。"当死亡渐渐逼近的时候，他会觉得除了赶紧休息，一切都不重要了。所以梁漱溟之将死，家人问以编集的事，他说："那都是小事。"刘海粟之将死，对身边人说："很累，要休息。"陆游之将死，虽亦觉万事皆休，却只有一件事放不下，那就是"但悲不见九州同"。在一般人看来，有什么比死更可悲的呢，陆游却觉得"不见九州同"比死更可悲，足使读者感动。

他留下什么遗嘱呢？没有别的，而是要求儿孙到时不要忘记报告王师北定中原的胜利消息。在陆游面前，连一代英雄曹操分香卖履之类的遗嘱都未免琐屑，至于为几根灯草咽不下气的严监生之类，更可以立即羞死。

盼了一辈子恢复，皇帝都换了几代了，活到八十五岁的份上，居然还没死心，还肯定会有"王师北定中原"之日，这是何等坚强的信念，难怪前人赞道："较之宗泽三呼渡河之心，何以异哉！"(徐伯龄)

水龙吟·登建康赏心亭

（宋）◎辛弃疾

辛弃疾（1140—1207），字幼安，号稼轩，济南历城（今山东济南）人。绍兴三十一年（1161），聚义抗金，归耿京，为掌书记。奉京命奏事建康，京为张安国杀害，擒诛安国。次年率部渡淮南归。历任湖北、江西、湖南、福建、浙江安抚使等职。有《稼轩长短句》。

楚天千里清秋，水随天去秋无际。遥岑远目，献愁供恨，玉簪螺髻。落日楼头，断鸿声里，江南游子。把吴钩看了，栏干拍遍，无人会，登临意。　　休说鲈鱼堪脍，尽西风、季鹰归未？求田问舍，怕应羞见，刘郎才气。可惜流年，忧愁风雨，树犹如此。倩何人唤取，红巾翠袖，揾英雄泪。

词人南归十年，一直投闲置散，不得一遂报国之愿，在建康通判任上，年方而立的他是很苦闷的。城西有赏心亭下临秦淮，与白鹭亭相连，以扼淮口，乃金陵设险之地。在秋高气爽的黄昏登高北望，令人感慨无端，心潮起伏。建康所在的长江中下游战国时属楚国，亭上纵目首先感受到的是楚天辽远空阔，秋色无边无际，大江东去，消逝在天的尽头。

首句先点“楚天”、“清秋”，然后有意识将“天”、“秋”二字重复一次，这是染笔。“水随天去秋无际”，词人笔下景色是展开的、扩张的，将兴起浩茫的心事——“遥岑远目，献愁供恨，玉簪螺髻”，这是典型的倒装句法，意为：放望远山，其状如玉簪螺髻，可惜此刻只献愁供恨，引起我满脸烦恼，又焉能“赏心”！“献愁供恨”固然是拟人的手法，“玉簪螺髻”何尝又不是如此，而且俨然把河山比成红妆素裹的佳丽，与词尾的“红巾翠袖”遥相映带。联系苏东坡《念奴娇》里的“小乔初嫁”、毛泽东《沁园春》里的“江山多娇”，可悟壮词摄取风韵之一法。

从“落日楼头”直贯到煞拍，如在散文只是一句，即“在落日楼头、断鸿声里，江南游子把吴钩看了，拍遍栏干，无人会其登临意”，中间着不得句号。然而“江南游子”这一最不能顿断的地方，按律恰恰是押韵断句的关纽所在，这样的处理，使得歌者到此虽然照例换气，听众却敛声屏息静候其下文，直到把“无人会，登临意”唱完，悬念才松放下来，感到十分够味。这种在散文为常的写法，一到词中就变成大胆的创举和精彩的奇笔。“以文为词”的奥妙，正要从此中去体会。

词中的“江南游子”当然不是别人，而是辛弃疾本人，一个从沦陷区南下的义勇军将领，此刻他的情怀，应比王粲登楼激烈十倍。吴钩本是杀敌武器，却闲置腰间，抽出来看看，引出的是英雄无用武之地的苦恼。据《渑水燕谈录》载，刘孟节其人落落寡合，胸中郁结，常吁唏独语，或用手拍栏，以求发泄。“把吴钩看了，栏杆拍遍”二句寓强烈的思想感情于平淡的叙写笔墨，耐人玩味。“无人会，登临意”写出了作者的一颗爱国心得不到理解和支持的苦闷。

虽有一官半职，却不能有所作为，从来是志士最难堪的处境，倦宦之心多由此而生。《晋书》传载张翰字季鹰，在洛阳做官时，因秋风起而想到家乡苏州土特产菰菜、莼羹，鲈脍等，便拂袖弃官而归。眼下正是秋风劲吹时候，词人不免也有弃官归去的念头，然而北方的家园回得去吗?“休说”云云，意味是十分痛楚的。就算是归得去，自己又能够抛弃国是而不问，甘心做个求田问舍的凡夫俗子吗? 那可是要招豪杰白眼的。

《三国志》传载许汜去看望陈登，陈对许冷淡，让他睡下床，而自己踞上床。许汜一直耿耿于怀。刘备知道了教训他说：今天下大乱，君有国士之名而求田问舍，言无可采，如换了我，就让你睡地下，我自己卧百尺楼上。辛弃疾词多用三国事以譬时局，刘备、孙权都是他景仰的英雄，此词中用许汜事表明自己不能心安理得地归隐，怕遭到来自刘备那样的抢白，具有很强的责任心。归去既不忍，留下又无用，虽然尚属壮年，但深恐岁月虚掷，时不我待。

《世说新语》载桓温北伐过金城，见昔日手种柳树已粗数围，不禁叹息道：“木犹如此，人何以堪！”词语用其上句，意则兼有下句。这样无可奈何，即使是对酒当歌，也未必能取畅于怀。虽说“男儿有泪不轻弹”，然而男人也有脆弱的时候，此之谓英雄气短；而最能安慰一个失意男人的，除了酒，只有女人。词的结句忽出旖旎字面：“倩何人唤取，红巾翠袖，揾英雄泪。”体现了词的本色，也增添了词的韵味。

《水龙吟》在慢词调中很有特色，除上下片发端为长句，一般以四字句为主，三句一群，煞拍的一韵以一字领起，末句作“上一下三”结构，以见拗折，语调颇具文趣，为稼轩所乐用。

水调歌头·舟次扬州和杨济翁周显先韵

（宋）◎辛弃疾

落日塞尘起，胡骑猎清秋。汉家组练十万，列舰耸层楼。谁道投鞭飞渡，忆昔鸣髇血污，风雨佛狸愁。季子正年少，匹马黑貂裘。　　今老矣，搔白首，过扬州。倦游欲去江上，手种橘千头。二客东南名胜，万卷诗书事业，尝试与君谋。莫射南山虎，直觅富民侯。

此词约作于淳熙五年（1178），时作者由大理少卿出领湖北转运副使，溯江西行。舟次扬州时，与友人杨济翁（炎正）、周显先有词作唱和，此词即其一。周生平未详。杨为有名词人，其原唱《水调歌头》（登多景楼）存于《西樵语业》中，为忧愤时局，感慨“报国无路”之作。作者在南归之前，曾在山东、河北地区从事抗金活动，重过扬州，又读到友人伤时的词章，他心潮澎湃，遂写下这一首抚今追昔的和韵词。

词的上片是“追昔”。古代北方少数民族统治者常在秋高马肥的时节犯扰中原，“胡骑猎清秋”即指完颜亮 1161 年率军南进事。前一句“落日塞尘起”则先造气氛。从意象看：战尘遮天，本来无光的落日，便显得更其惨淡。这就渲染出敌寇甚嚣尘上的气焰。紧接二句则写宋方抗金部队坚守大江。以“汉家”与“胡骑”对举，自然造成两军即将接仗，一触即发的战争气氛。写对方行动以“起”、“猎”等字，属于动态的；写宋方部署以“列”、“耸”等字，是偏于静态的。相形之下，益见前者嚣张，后者镇定。“组练（组甲练袍，指军队）十万”、“列舰”、“层楼”，均极形宋军阵容盛大，有一种决胜的信心感。以下三句进一步回忆当年完颜亮南进溃败被杀事。

完颜亮南进期间，金上层统治集团内部分裂，军事上复受挫折，士气动摇。当完颜亮迫令金军三日内渡江南下时，却被部下所杀，中止了这次战争。“谁道投鞭飞渡”三句即书其事。句中隐含三个故实：《晋书·苻坚载记》载前秦苻坚南侵东晋，曾不可一世地说“以吾之众，投鞭于江，足断其流”，结果一败涂地，丧师北还。《史记·匈奴传》载匈奴头曼单于之太子冒顿作鸣镝（即“鸣髇”，响箭），命令部下说：“鸣镝所射而不悉射者斩之。”后在一次出猎时，冒顿以鸣镝射头曼，他的部下也跟着发箭，头曼遂被射杀。“佛狸”，为北魏太武帝拓跋焘的小字，他南侵中原受挫，被太监杀死。作者融此三事以写完颜亮发动南侵，丧于内乱，事与愿违的史实，不仅贴切，又出以问答，更觉有化用自然之妙。

宋朝军民敌忾同仇，而金国有“离合之衅”可乘，在作者看来这是恢复河山的大好时机。当年，这位二十出头的义军掌书记就策马南来，使义军与南宋政府取得联系，以期协同作战，大举反击。“季子正年少，匹马黑貂裘”，正是作者当年飒爽英姿的写照。苏秦字“季子”，乃战国时著名策士，以合纵政策游说诸侯，佩六国相印。他年轻时曾着“黑貂裘”西入秦。作者以“季子”自拟，乃是突出自己以天下为己任的少年锐进之气。于是，在战争风云的时代背景上，这样一个“锦襜突骑渡江初”（《鹧鸪天》）的少年英雄亮相，显得虎虎有生气，与下片搔白首而长叹的今“我”判若两人。

过片即转为“抚今”。上片结句才说到“年少”，这里却继以“今老矣”一声长叹，其间掠过了近二十年的时间跨度。这里的叹老又不同一般文人喜欢叹老嗟卑的心理，而是类乎“时易失，心徒壮，岁将零”（张孝祥《六州歌头》），属于深忧时不我待、老大无成的志士之苦。南渡以来，作者长期被投闲置散，志不得申，此时翘首西北，“望中犹记、烽火扬州路”（《永遇乐》），真有不胜今昔之感。

过片三短句，情绪够悲怆的，似乎就要言及政局国事，但却没有，是“欲说还休”。此下只讲对来日的安排，分两层。一层说自己，因为倦于宦游，想要归隐田园，种树置产。三国时吴丹阳太守李衡在龙阳县氾洲种柑橘，临死时对儿子说："吾州里有千头木奴，不责汝衣食，岁上一匹绢，亦可足用耳。"（见《三国志·吴书·孙休传》注引《襄阳记》）此处化用李衡语，既饶风趣，又故意表现出一种善治产业、善谋衣食的精明口吻。然联想作者"求田问舍，怕应羞见，刘郎才气"（《水龙吟》）的词句，不难体味这里隐含的无奈、自嘲及悲愤的复杂情绪。说"欲去"而未去，正表现出作者内心的矛盾。

二层是劝友人。杨济翁原唱云："忽醒然，成感慨，望神州。可怜报国无路，空白一分头。都把平生意气，只做如今憔悴，岁晚若为谋？"其彷徨苦闷，可谓与弃疾相通。作者故而劝道：您们二位（"二客"）乃东南名流，腹藏万卷，胸怀大志，自不应打算归隐如我。但有一言还想与君等商议一下：且莫效李广那样南山习射，只可直取"富民侯"而已。《史记·李将军列传》载，李广曾"屏野居蓝田南山中射猎"，"广所居郡闻有虎，尝自射之"。《汉书·食货志》："武帝末年悔征伐之事，乃封丞相为富民侯。"李广生不逢高祖之世，未尽其才，未得封侯；而"富民侯"却能不以战功而取。此谓朝廷"偃武修文"，放弃北伐，致使英雄无用武之地，其意不言自明。无论说自己"倦游欲去江上，手种橘千头"也好，劝友人"莫射南山虎，直觅富民侯"也好，都属激愤语。如果说前一层讲得较为平淡隐约，后一层"莫射"、"直觅"云云，语意则相当激烈明显。分两步走，便把一腔愤懑尽情发泄出来。

词前半颇类英雄史诗的开端，然而其壮词到后半却全无着落，反添落寞之感。通过这种跳跃性很强的分片，有力表现出作者失意和对时政不满的心情。下片写壮志销磨，全推在"今老矣"三字上，行文腾挪，用意含蓄，个中酸楚愤激，耐人寻味，词情尤觉沉着。愤语、反语的运用，也有强化感情色彩的作用。

水调歌头·送章德茂大卿使虏

（宋）◎陈　亮

陈亮（1143—1194），字同甫，世称龙川先生，婺州永康（今属海港）人。绍熙四年（1193）进士第一。授签书建安府判官，未赴任卒。有《龙川文集》、《龙川词》。

不见南师久，谩说北群空。当场只手，毕竟还我万夫雄。自笑堂堂汉使，得似洋洋河水，依旧只流东。且复穹庐拜，会向藁街逢。　尧之都，舜之壮，禹之封。于中应有，一个半个耻臣戎。万里腥膻如许，千古英灵安在，磅礴几时通？胡运何须问，赫日自当中。

唐代有政治诗，杜甫是一大宗，而宋代向无政治词，直到辛派词人，尤其是陈亮乃有之。据叶适说，他每作一词便叹道："平生经济之怀，略已陈矣。"词以载道，这是新鲜事，又是陈亮的一大特色。《龙川词》压卷第一篇便是这首送章森使金的议论词。

自隆兴和议之后，宋金处于和平对峙阶段。和议规定双边为叔（金）侄（宋）关系，骨子里不平等，表面上却和平亲善。每年元旦和皇帝生辰，双方照例互派使者，但尊卑名分既定，礼数上便有微妙差别，"冠盖使，纷驰骛，若为情"（张孝祥《六州歌头》）！淳熙十二年（1185）十二月，孝宗命章森（字德茂）以大理少卿试户部尚书衔为贺万春节（金世宗生辰）正使，出使金国，陈亮便写了此词为他送行。章森使金充当的是摇橄榄枝的角色，"使虏"这种说法是关起门讲的话。

陈亮在著名的《上孝宗皇帝第一书》中沉痛地指出"南师之不出，于今几年矣"，但主张北伐的志士仍不乏人。"不见南师久，谩说北群空"就有这层意思。"北群空"出自韩文"伯乐一过冀北之野而马群遂空"（《送温处士赴河阳军序》），与"南师久"在字面上对仗工稳。当时朝廷不少人患恐金症，即使担任贺使，也避之唯恐不及，乐意接受使命也不容易。陈亮在书信中称赞章森为"英雄磊落，不独班

行第一，于今大抵罕其比矣”。这正是“当场只手（只手支撑局面），毕竟还我万夫雄”的意思。但无论怎么说，这使命本身是并不光彩的，所以称赞只能到此为止，难道堂堂大宋使节就像河水永远朝宗于海那样，去向北方的穹庐（毡帐）施礼吗？不，那只能是权宜之计，不得已而为之。汉代的长安有一条外国使节下榻的藁街，汉将陈汤曾斩匈奴郅支单于悬首此街，以示“人若犯我，我必犯人”之意。汉唐气魄到哪里去了呢？宋人就甘心情愿当孙子吗？不！——这是陈亮的回答：“且复穹庐拜，会向藁街逢。”宋人不能永远示弱，仇要报，耻要雪。

现实障碍是巨大的，但它不是外敌的强大，而是内部的软弱。言念及此，词人不禁热血沸腾，大声疾呼：难道产生过尧舜禹的民族，如今没种了吗！“尧之都，舜之壮，禹之封。于中应有，一个半个耻臣戎。”从绍兴和议起，宋每年向金纳贡称臣，连皇帝在名义上都由金册立，双方文书金称诏、宋称表，“臣戎”的说法乃是事实。“应有一个半个”云云则出以义愤，并不意味着有良心的国人就这么少，其目的在于唤醒国人的自尊心和同仇敌忾。陈廷焯评这几句“精警奇肆，几于握拳透爪，可作中兴布露读”，正是以论为词。紧接着，词人直面现实，正视危机，大声为民族精神招魂：“万里腥膻如许，千古英灵安在，磅礴几时通？”最后以乐观的预言结束，言金必败，宋必胜：“胡运何须问，赫日自当中。”与陆放翁诗“群阴伏，太阳升，胡无人，宋中兴”同具有我无敌气概。“赫日”即光茫万丈的太阳，这是爱国者心目中的祖国的象征，词以这一意象结束，给人以信心和希望。

这是宋词中大发政论的典型词作，堪称词中《正气歌》。它大气磅礴，有很强的鼓动性。尽管它反映的不是什么永恒的人性，也不追求含蓄凝练的艺术魅力，却产生了巨大的精神力量，在当时和后世都能唤起读者的民族自尊心和历史责任感，自有其不可替代的审美价值和教育作用。陈亮自许有“推到一世之智勇，开拓万古之心胸”，毛泽东很赏识他的词，尝赞美柳亚子道：“尊作慨以当慷，睥视陈亮陆游。”把陈亮和陆游并提，并许似“慨以当慷”，就是一种高度评价。

正气歌

（宋）◎文天祥

天地有正气，杂然赋流形。下则为河岳，上则为日星。于人曰浩然，沛乎塞苍冥。皇路当清夷，含和吐明庭。时穷节乃见，一一垂丹青。

在齐太史简，在晋董狐笔。在秦张良椎，在汉苏武节。为严将军头，为嵇侍中血。为张睢阳齿，为颜常山舌。或为辽东帽，清操厉冰雪。或为出师表，鬼神泣壮烈。或为渡江楫，慷慨吞胡羯。或为击贼笏，逆竖头破裂。是气所磅礴，凛烈万古存。当其贯日月，生死安足论！地维赖以立，天柱赖以尊。三纲实系命，道义为之根。

嗟予遘阳九，隶也实不力。楚囚缨其冠，传车送穷北。鼎镬甘如饴，求之不可得。阴房阒鬼火，春院闭天黑。牛骥同一皂，鸡栖凤凰食。一朝蒙雾露，分作沟中瘠。如此再寒暑，百疠自辟易。哀哉沮洳场，为我安乐国。岂有他缪巧，阴阳不能贼。顾此耿耿存，仰视浮云白。悠悠我心悲，苍天曷有极！哲人日已远，典型在夙昔。风檐展书读，古道照颜色。

文天祥(1236—1283)，字履善，一字宋瑞，号文山，吉州庐陵（今江西吉安）人。宝祐四年(1256)进士。度宗朝，累迁直学士院，知赣州。德祐初，除右丞相，以都督出江西，兵败被执，囚于燕京四年，不屈而死。有《文山集》、《文山乐府》。

本篇系作者就义前一年作于大都(今北京)狱中，是一首对后世影响巨大的义理诗，也是一首应该以超审美的标准来予以评价的诗。诗前有序，自言被囚禁于大都一座幽暗龌龊的土牢中，与他囚杂处，夏季气味特别难受，潮气、地气、暑气、烟气、霉气、汗气、腐臭气混合在一起，足以致人疫病。然而作者以文弱之身，在其中住了两年，安然无事。他把原因归结为修养所致，即孟子所谓养气，于是写下了这首《正气歌》。诗分三段。

一段阐明何为正气。作者认为正气是客观存在于天地之间，无所不在的绝对理念。表现在空间上，上则有日月之明，下则有山河之丽。对于人来说，正气就是孟子所谓可以充塞天地的“浩然之气”。在太平时代，正气蕴涵为祥和之气，造成安定的政治局面。在动乱时代，正气则表现为气节操守，永为后世纪念。

二段表彰历代忠良。这是一个高风亮节名垂千古的历史人物的丹青画廊，各有具体不同的表现。有的表现为秉公正直、威武不屈，如春秋时代齐国的太史兄死弟继、晋国的董狐书法不隐，结果是邪不侵正。文天祥早年在朝不趋附权臣贾

似道，乞斩内侍董宋臣，勇气似之。有的表现为爱国义举、民族气节，如张良破家财为韩报仇，苏武持汉节北海牧羊。文天祥举兵抗元，被执不屈似之。有的表现为宁为玉碎、不愿瓦全，如口称“只有断头将军，没有投降将军”的汉臣严颜，死于王事血溅晋惠帝衣的侍中嵇绍，死守睢阳眦裂齿碎的唐臣张巡，讨逆骂贼断舌殉难的常山太守颜杲卿，拒绝拉拢以笏击贼官赠太尉的段秀实等等。文天祥终于以生命的实践与之同归。有的表现为在政治上不同流合污，坚持清白，如汉末节士管宁。文天祥在度宗时曾被诬落职，身体力行于此道。有的表现为恢复国土、救亡图存，如击楫中流、收复河南的晋将祖逖，率军北伐写下《出师表》的蜀相诸葛亮等。文天祥和他们有同样的志向。然后作一小结——正气不但在空间上无所不在，在时间上也万古长存。于是照应首段，说明上述事例，证明正气是维系天柱、地维、人伦的力量，是三纲、道义的本质。

三段自叙遭逢和决心。先六句写自己竭忠尽力，而不幸被俘，传车解送至大都，甘心成仁。继十六句(从“阴房阒鬼火”到“苍天曷有极”)，基本上是将序言内容作诗体表述，末云：难道是有什么特异功能，使各种邪气不能侵害于我？看来这是正气赋予我力量，“不义而富且贵，于我如浮云”。只是无力扭转国运这一点，使我悲伤痛苦，有时真想大叫一声：“悠悠苍天，曷其有极！”(《唐风·鸨羽》)最后四句，承二段点明作歌主旨，谓古代忠良时代虽然越来越远，但他们树立了做人的榜样，在心理上和我非常亲近。我想象自己坐在通风的屋檐下读圣贤书，受到传统美德的感召，心里充满正气，容颜自然开朗了。

本篇由生命实践写成，充满对伦理道德精神力量的赞美，是一支崇高人格的颂歌，因而对后世志士仁人产生过巨大影响，应以超审美的标准评价其伟大性。就诗论诗，受杜甫的影响较大，如充满爱国与战斗精神的《北征》有云：“此举开青徐，旋瞻略恒碣。昊天积霜露，正气有肃杀。祸转亡胡岁，势成擒胡月。胡命其能久，皇纲未宜绝。”与此诗在音情上相似。只不过《正气歌》更偏重义理，由于字字发自肺腑，故觉真力弥满，并不枯窘。

大江东去

（金）◎蔡松年

蔡松年（1107—1159），字伯坚，号萧闲老人，真定（今河北正定）人。以宋人随父降金，官至右丞相，加仪同三司，封卫国公。词与吴激齐名，号吴蔡体。有《明秀集》。

离骚痛饮，问人生佳处，能消何物。江左诸人成底事，空想岩岩青壁。五亩苍烟，一丘寒玉，岁晚忧风雪。西州扶病，至今悲感前杰。　　我梦卜筑萧闲，觉来岩桂，十里幽香发。块磊胸中冰与炭，一酌春风都灭。胜日神交，悠然得意，离恨无毫发。古今同致，永和徒记年月。

《大江东去》与《念奴娇》同调而异名，这个词牌名系取自苏东坡那首鼎鼎有名的赤壁怀古之作，其词开篇就是“大江东去，浪淘尽，千古风流人物”。蔡松年此词，不仅用东坡名句为词牌，而且也取了假吊古以抒怀的格局，乃至步韵东坡，故写法上自属豪放一派。

词以纵饮遣怀开篇，“离骚痛饮，问人生佳处，能消何物”，亦有铁板铜琶气象。语出《世说新语·任诞》：“王孝伯言名士不必须奇才。但使常得无事，痛饮酒，熟读《离骚》，便可称名士。”原是清狂自饰，玩世不恭之语，作者这里却用其语而更其意，说人生的乐趣，只须读骚饮酒。这是极达观的话。但既标出“离骚”，又显然是有感而发的话。以放言议论开篇，又与坡词以江山起兴的手法不同，显得格外痛快，同时也引起一番伤今吊古之情。

上片中词人怀想到两起古人。一是晋时空谈误国的王衍诸人。“江左诸人”一作“夷甫当年”，夷甫是王衍的字，其人曾位居宰辅，清谈误国，桓温曾说：“使神州陆沉，百年丘墟，王夷甫诸人不得不任其责。”（《世说新语·轻诋》）又据载他徒有其表，顾恺之曾借识者之言赞为“岩岩秀峙，壁立万仞”，所以词中说“空想岩岩青壁”。再就是晋时一代名相谢安。《江宁府志》载：“晋时谢安为人爱重，及镇新城，以病舆入西州（即古扬州）门，薨后，所知羊昙，辍乐弥年，不由西州路。尝游石头，大醉，扶路唱乐，不觉至州门，左右曰‘此西州门’，昙悲感，以马策叩门，咏曹子建诗云：

‘生存华屋处，零落归山丘。’因恸哭而去。”词云“西州扶病，至今悲感前杰”本此。这里的怀古，既显有“浪淘尽，千古风流人物”之慨叹，又不无抑扬褒贬之意。

蔡松年乃随父由宋仕金，处于宋金对峙的时代，当其怀想晋代风流之际，自会有许多现实的联想和现实的感慨。词的上片在议论抒感之中，夹入“五亩苍烟，一丘寒玉，岁晚忧风雪”这样的暗示自身处境的写景之句，诚非偶然。这里有以岁寒翠竹自比之意，也有因岁晚风雪自忧之思。《明秀集》注称：“是时公方自忧，恐不为时所容，故有此句。”正有见于此。

过片以“我梦”领起，进入了另一番境界。作者曾在镇江别墅筑有萧闲堂，并自号萧闲老人。可见“卜筑萧闲”非“梦”。“我梦卜筑萧闲”，意即我卜居萧闲堂酣饮醉梦，忘怀得失。其间有几分逃避现实的意味。所以上片还有“岁晚忧风雪”之虞，而这里却是春和景明，馨香宜人：“觉来岩桂，十里幽香发。”所谓“岩桂”，当属春桂，取其“幽香”也。在这种境界里，自使人“心旷神怡，宠辱皆忘，把酒临风，其喜洋洋者矣”（范仲淹《岳阳楼记》）。所以下文便说：“块磊胸中冰与炭，一酌春风都灭。”这里“春风”指酒而言（苏轼：“万户春风为子寿”），是说尽管胸中有不平之气，但一醉之后全都消失了。值此青春佳日，神交古人，又使人感到悠然自得，毫无遗恨了。

词人根据自己的一番生活体验，就很自然地想到王羲之《兰亭集序》所抒发的人生感慨，起了共鸣。王序云：“夫人之相与，俯仰一世。……虽取舍万殊，静躁不同，当其欣于所遇，暂得于己，快然自足，曾不知老之将至；及其所之既倦，情随事迁，感慨系之矣。”作者从“忧”、“悲”转而“悠然得意”，不也正是一种暂得的欣遇么？于是他又想到王序“每览昔人兴感之由，若合一契……后之视今，亦犹今之视昔……虽世殊事异，所以兴怀，其致一也”，因而结句说：“古今同致，永和徒记年月。”其所以这样说，是因为王序首先写明了年代时令（“永和九年，岁在癸丑，暮春之初”）的缘故，也有凑韵的考虑在内，在写法上还是颇具别趣的。

表面看来，这首词的内容仍未出“昔人兴感”的范围，但实际上却反映了宋金对峙时期文人中特有的一种复杂心理，由于他们身处忧患，故多悲咽之声，因而此作是颇具代表性的。词中多用晋人典故，亦非偶然，盖时势有相近之处，故精神风度亦与相通。元好问以此词为蔡氏“乐府中最得意者”，诚非偶然。

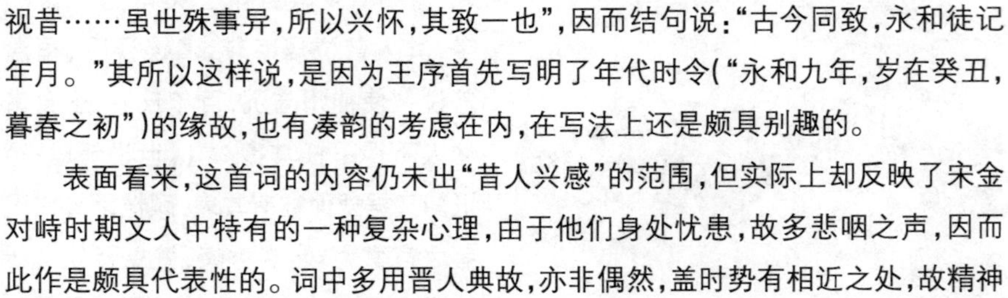

在金日作

（金）◎宇文虚中

遥夜沉沉满幕霜，有时归梦到家乡。传闻已筑西河馆，自许能肥北海羊。回首两朝俱草莽，驰心万里绝农桑。人生一死浑闲事，裂眦穿胸不汝忘。

宇文虚中（1079—1146），字叔通，金成都华阳（今属四川）人。宋徽宗大观三年（1109）进士，累官至中书舍人。高宗建炎二年（1128）使金被留。在金屡迁至礼部尚书，翰林学士承旨。因谋归宋被杀。有集行世，今不传。

作者本宋朝文士，高宗建炎初使金被羁留，为翰林学士。金熙宗皇统六年（1146）密谋劫持金帝，挟宋钦宗南归，事败被杀。这首七律是留金初期的作品，其心志已俱见诗中。

由于南宋政权从一开始就实行了妥协求和的对金政策，大大助长了金人气焰，所以出使金国早就成为屈辱的使命。加之作者北上后又被羁留，无法南归，故其内心的愤慨是难以言传的。时令不过深秋，北方的气候已经十分寒冷。身在毡乡，尤觉长夜难消："遥夜沉沉满幕霜"写的就是这种情景。"沉沉"是长夜的深沉，也是沉重的心理感受。严霜本来布满帐外，而寒气逼人，令人觉得它已经充斥帐幕。"有时归梦到家乡"有两重意味，须反面会意。一是暗示身被软禁，欲南归家乡已不自由；二是暗示更多时候不能成梦，或梦不到家乡。故"有时"一句流露出一种似喜实悲、喜过生悲的凄凉。

在春秋时的平丘之盟时，晋人执鲁国季孙意如，晋国的叔鱼和季孙意如说："鲋（叔鱼）也闻诸吏将为子除馆于西河。"（《左传·昭公十三年》）诗人借用这个典故来譬喻金人对自己的招降。"传闻已筑西河馆"，既是"传闻"，也就还未成为事

实。但后来的情况证实了这传闻的可靠性。筑馆招降,“礼遇”有加,而背后还有威逼。这对于被招降者,不只是荣辱的选择,简直是生死的考验!诗人抉择十分明确,表达却很婉曲:“自许能肥北海羊。”用苏武牧羊故事(《汉书·苏武传》),意谓别的事我做不了,但自信还能够养肥北海的羊群。换言之,即金帝也别费心了,要安排我官职的话,就让我到北海去当放羊倌吧,在这上面我还有点信心。其诗味全在潜在的幽默感。在生死关头还能幽默的人,往往都有大智大勇。虽然后来宇文虚中并没有牧羊北海,却仍然以一种曲线方式,实践了自己的诺言,成全了民族大节。“自许”一句至今使人感到意味深长。

诗人冷冷地一笑之后,立刻恢复了阴沉的面容。因为他时时未忘国难国耻。一是靖康之乱,徽钦被虏,六宫北辕:“回首两朝俱草莽。”二是山河破碎,河洛腥膻,农业生产遭到惨重破坏:“驰心万里绝农桑。”这两句忧君忧民,唯独没有提到个人休戚,分量是很重的,非等闲对仗可比。可以说字字血,声声泪。它实际上说明了“自许能肥北海羊”的立志的原因和动机。

结尾处诗人再次明确表示他早已置个人生死于度外,而以国家民族大仇为重的态度:“人生一死浑闲事,裂眦穿胸不汝忘!”这里的“汝”指金人;“裂眦穿胸”极言愤怒,逾于“痛心疾首”。后一句以传统诗教衡之,于含蓄沉着略有欠焉,比起文文山“人生自古谁无死,留取丹心照汗青”来,也许算不得名句。然而,它们表达的意念,却是完全一致的。“愤怒出诗人”,“诗可以怨”,而诗到愤极怨极,只一真字动人,原是难以寻常工拙相计较的。

横波亭·为青口帅赋

（金）◎元好问

孤亭突兀插飞流，气压元龙百尺楼。万里风涛接瀛海，千年豪杰壮山丘。疏星澹月鱼龙夜，老木清霜鸿雁秋。倚剑长歌一杯酒，浮云西北是神州。

元好问（1190—1257），字裕之，金太原秀容（今山西忻县）人。曾读书于山西遗山，因号遗山山人，世称元遗山。金宣宗兴定五年（1221）进士。官镇平、内乡、南阳等县县令。后入朝，历尚书省左司员外郎，入翰林，知制诰。金亡不仕。有《遗山先生文集》四十卷。又编金人诗为《中州集》十集。

横波亭在江苏赣榆县的河边，金时属青口辖区。金将移剌粘合驻防其地，“杨叔能，元裕之皆游其门，一时士望甚重。为将镇静，守边不扰，军民便之”（刘祁《归潜志》）。当时蒙古崛起北方并已南侵，破中都燕京，入潼关。曾经为宋人饱尝的民族耻辱，金人同样地尝到了；曾经为宋人抒发过的民族忧患与义愤，也出现在金邦的爱国志士笔下。青年元好问登上横波亭，感时的激情澎湃胸中，不能自已，因对青口统帅移剌粘合有所寄望，为他写下了这首气概不凡的七律。

笔立在河上的高亭，本给人以孤危之感。登楼远望，则会自然地引起一种古今茫茫、百端交集的情怀。诗人首先就抓住这种深刻感受，写出豪迈的诗句：“孤亭突兀插飞流，气压元龙百尺楼。”注意“插飞流”这个说法。似乎本应写楼高插天，然而“突兀”二字已有横空出世之意，因而诗人还要多写一重险要，即横波亭的下临飞流，从而也暗点“横波”亭名之来由。第二句是对横波亭气势的比拟夸张。“百尺楼”本出自刘备对许汜说的一句盛气凌人的话；因为牵涉到陈元龙事，所以元好问熔铸为“元龙百尺楼”一语，辞采雄壮。大概是因其事本豪，而“元龙”这个字号也很大气的缘故。总之这一造语颇使诗人惬意，所以一再用到。但“元龙百尺楼”毕竟是子虚乌有的楼，所以说“气压元龙百尺楼”就格外有味。似乎天下临水之楼，竟无一可与横波亭比拟，只能拟之于想象中的“元龙百尺楼”。同时也暗用刘备语意，谓移剌粘合远非别的将帅可比。正是“玉帐牙旗得上游，安危须共主君忧”（李商隐），期许之意贯彻篇终。

青口去大海很近，诗人面对“飞流”，很自然地想到这一点，同时在诗中将大海揽入，也更有气势。“万里风涛接瀛海”句出杜诗“万里风烟接素秋”（《秋兴》），而将时间范畴换为空间范畴。“接瀛海”点出江流去脉，而“万里”还兼关江流来龙，此句包括之大亦非杜莫比。紧接便是抚今怀古：“千年豪杰壮山丘。”无论是就时局还是登临题材本身而言，怀古似乎都是应有之义，这使读者联想到不久前南国的辛弃疾在京口北固亭写下的“千古江山，英雄无觅孙仲谋处”（《永遇乐》）。不同的是，辛词是慨叹国中无人，而元好问诗是庆言金邦得士，那移剌粘合大将，是被包括在“千年豪杰”之内的。诗人这样推重其人，当然是有所期待。

接下去似乎应该写写形势才对，然而诗人却用苍劲之笔画出一派江景，酷肖

杜甫《秋兴》:“疏星澹月鱼龙夜,老木清霜鸿雁秋。”句中平列六个名词和“秋”、“夜”这一时间概念,疏星、澹月、老木、清霜形成一派清寒江景,雁唳长空,鱼潜水底,更增加了画面的清寥。而在这一派苍凉惨澹肃杀的秋夜景色中,读者隐约可以感觉到时局艰危在诗人心中引起的忧患意识,它已不自觉地渗透在景物之中,“如空中之音,相中之色,水中之月,镜中之象,言有尽而意无穷”(《沧浪诗话》)。《秋兴》有“鱼龙寂寞秋江冷”之句,为遗山诗所本。而本篇不言“寂寞”,“寂寞”与“冷”意转深。

诗的结尾进而化用《古诗》“西北有高楼,上与浮云齐”,抒发作者报国热情并以收复失地期许对方:“倚剑长歌一杯酒,浮云西北是神州。”其时金邦立足中原已久,作者以神州儿女自居是无可非议的,就像在南边唱着“何处望神州”的辛弃疾以神州儿女自居一样无可非议。爱国主义是中华各民族共有的精神财富,对汉人是如此,对女真人同样如此。令读者十分惊异的是,遗山本篇与辛弃疾在南方“过南剑双溪楼”写的《水龙吟》,立意、造境、遣辞、用典上都十分神合。辛词就像是倒说过去的:“举头西北浮云,倚天万里须长剑。人言此地,夜深长见,斗牛光焰。我觉山高,潭空水冷,月明星淡。待燃犀下看,凭栏却怕,风雷怒,鱼龙惨。

峡束苍江对起,过危楼,欲飞还敛。元龙老矣!不妨高卧,冰壶凉簟。千古兴亡,百年悲笑,一时登览。问何人又卸,片帆沙岸,系斜阳缆。”

辛词悲壮,元作豪壮,而强烈的爱国意识则并无二致。除了在行政地域上的敌对,可以说,两位作家在文化心理结构上已没有什么差异。由于政治上的对峙和时间上的接近,元好问似乎不大可能读到这首辛词。它们之间的神似,只能说是英雄同感,不谋而合。

水调歌头·赋三门津

（金）◎元好问

黄河九天上，人鬼瞰重关。长风怒卷高浪，飞洒日光寒。峻似吕梁千仞，壮似钱塘八月，直下洗尘寰。万象入横溃，依旧一峰闲。　　仰危巢，双鹄过，杳难攀。人间此险何用，万古秘神奸。不用燃犀下照，未必佽飞强射，有力障狂澜。唤取骑鲸客，挝鼓过银山。

这是一首赋写黄河三门峡（即三门津）的壮词。三门峡为黄河中游著名峡谷之一，在今河南三门峡市和山西平陆县间，旧时河床中有岩岛将水道分成三股急流：北为“人门”，中为“神门”，南为“鬼门”，故名。

词的上片在描写黄河雄壮气势之中着重渲染三门峡的险要。开篇就以夸张的手法，点出黄河源头之高。“黄河九天上”，与李白“黄河之水天上来”的名句先声夺人的效果仿佛。紧接笔锋一掉直取峡形，堪称竣快：“人鬼瞰重关。”言及“人”、“鬼”而不及“神”（门），乃举二以概三。这种省略，为格律诗体所习用。不过这里的省略还造成一种双关，即三门津这样的险关，是人见人愁、鬼见鬼怕的。句中不曰“看”而曰“瞰”，则照应首句得居高临下之势。“长风怒卷高浪，飞洒日光寒”二句承“黄河九天上”，标出一个“高”字。三门峡风高浪快，日色长昏的自然现象，在词人笔下被染上了神奇色彩：那长风怒卷着高浪，飞洒天宇，使得太阳的热力也为之消退。“峻似吕梁千仞，壮似钱塘八月”承“人鬼瞰重关”，再写峡形的险峻壮观。据载，“孔子观于吕梁（山名，在今山西离石县东北），悬水三十仞，流沫三十里，鼋鼍鱼鳖之所不能游也”(《列子·黄帝》)。这里即用以比三门峡之险峻。又用了钱塘江八月潮水，来比峡中急流的壮观。以上结合河与峡写来，笔势奇横。既而总挽一句“直下洗尘寰”，于是这里的急湍横溢泛滥，可以吞没万象；而巍然屹立，不为所动者，唯中流砥柱而已。这里“万象入横溃”，形容黄河水势之大，“依旧一峰闲”，以见砥柱山势之稳，一动一静，相映成趣。至此三门峡的形势乃至声威可谓尽收笔底了。

过片仍承“依旧一峰闲”写起，但笔势由跳荡转为舒徐，写景由概括转为具体：“仰危巢，双鹄过，杳难攀。”似乎是一个舟中人的自言自语，给人以身历其境的感觉。这就自然过渡到抒发感慨：“人间此险何用，万古秘神奸。”这既是说三门峡险要如神鬼控御，奥秘莫测；又隐约暗示另一重意思，即天地设险，往往为大奸巨蠹所凭依，成为政治祸患，一旦势力养成，则难于制约。以下词人接连反用两个典故，一见《晋书·温峤传》：“至牛渚矶，水深不可测。世云其下多怪物，峤遂燃犀角而照之。”一据传说周代楚国勇士佽飞，渡江遇两蛟夹舟，飞拔剑斩蛟以脱险(“佽飞”又为汉武官名，掌弋射)。“不用燃犀下照，未必佽飞强射，有力障狂澜”，既是承上意言中流砥柱亦未必能力挽狂澜，然而接上政治借喻，又觉弦外有音。读到这里，不禁使人想起李白《横江词》中的兴叹：“白浪如山那可渡，如此风波不可行！”

词情至此已极悲壮激愤，大有抑塞不舒之气。不料末二句忽作积极振起之词，足以立懦起顽：“唤取骑鲸客，挝鼓过银山。”这里“银山”形容波涛的高大(张继“万叠银山寒浪起”)，“骑鲸客”意指作者理想之中能驾驭时势的风云人物。既曰“唤取”，则现实当中还未出现。这二句的含义倒与异日龚定庵“我劝天公重抖擞，不拘一格降人材”的名句用意颇为相近。这一笔对全词至关紧要，它使读者感受到一种奋发向上、积极乐观的人生激情，从而精神上为之振作。

综上所述，此词前十七句层层设险，唯结句作石破天惊之语，力足扛鼎，在结构上很是奇特。虽以“赋”为主，却又杂以抒情议论；明写山川壮丽奇险，实寄寓着现实的政治感慨，乃至理想的召唤。笔墨纵横恣肆，情感深沉浑厚。慷慨悲歌，大声镗鞳，而不流于叫嚣，故堪为苏辛之匹亚。

越调·天净沙·闲题

（元）◎吴西逸

吴西逸（？—？），元人，生平事迹不详。

长江万里归帆，西风几度阳关，依旧红尘满眼。夕阳新雁，此情时拍阑干。

“长江万里归帆”一句，关键词是“归帆”：远别还家，值得羡慕；“西风几度阳关”一句，关键词是“几度”：征行未息，令人感喟。两种情景，概括了两种人生状态。而作者自己属于哪一种呢？“依旧红尘满眼”，“红尘”与世外相对，关键词是“依旧”，可见作者对处境的不满。

主观上不是不想归去，客观上有不能立即归去的理由，难怪他伫立楼头，面对夕阳西下、北雁南飞的景象，无法平静。看他手拍阑干的那副样子，可知他的归去，只是一个时间问题。所谓“此情”，非此而何！

散曲本以直露尽致为本色，元曲后期作家的小令例如本曲，则相对含蓄。然而，由于用韵较密而平仄互押，故韵度仍与诗词有别。

双调·雁儿落带过得胜令

（元）◎吴西逸

春花闻杜鹃，秋月看归燕。人情薄如云，风景疾如箭。留下买花钱，趱入种桑园。茅苫三间厦，秧肥数顷田。床边，放一册冷淡渊明传；窗前，钞几联清新杜甫篇。

归隐田园，先从城中说起：暮春闻杜鹃，秋来送归燕，光阴似箭，耽误了多少的春花秋月啊。同是说世态炎凉，“人情薄如云”较“人情薄如纸”一字之差，则不但形容了薄，而且意味着多变。凡此，总见城中无可留恋。

城里人喜欢赏花，离开城市，等于省下一份买花钱，到乡下可以置一份田产：一带桑园，几间茅屋，数顷秧田，衣食不愁了。农闲时读一读陶潜传，抄一抄杜甫诗，精神生活也有了。

陶潜是田园隐逸诗人，杜甫却是忧国忧民的诗人，原是扯不到一块儿的。不过杜甫居成都时，也曾经营草堂，也曾留恋闲适生活，而且写过“两个黄鹂鸣翠柳，一行白鹭上青天”、“泥融飞燕子，沙暖睡鸳鸯”那样的名句，作者所抄，大概就是这一类联语吧。

黄钟·人月圆

（元）◎倪　瓒

惊回一枕当年梦，渔唱起南津。画屏云幛，池塘春草，无限销魂。旧家应在，梧桐覆井，杨柳藏门。闲身空老，孤篷听雨，灯火江村。

倪瓒（1301—1374），字元镇，号云林子、幻霞子等。其先西夏人，五世祖徙家无锡。性格孤傲，绝意仕进，好诗、善画、嗜藏书，中年尽鬻田产，晚年漂泊东吴。明洪武七年（1374）还乡而卒。

用倒折的手法，一起即写惊梦。本来已经入梦，梦见当年情事："画屏云幛，池塘春草，无限销魂。"用谢灵运"池塘生春草，园柳变鸣禽"的名句，明明是写春天美景，与"画屏云幛"一样，不属于现实，而属于梦境，所以"销魂"。

打断梦境的，是从南边渡口传来的声声渔歌。歌声提醒痴人：你已身在江湖，快别做梦了。于是画屏、云幛、池塘、春草，皆化乌有。于是伤感地想：故园就是还在，由于无主，也应是梧桐叶落满天井，杨柳树遮掩家门了呵。

结尾写现实处境，"江村"、"孤篷"与开篇的"渔唱"取得呼应。盖元末农民起义风起云涌，倪大师疏散无锡家财，浪迹江湖。中夜梦回，自有不胜今昔之感，如李后主然。

越调·小桃红

(元)◎倪　瓒

一江秋水澹寒烟。水影明如练。眼底离愁数新雁。雪晴天。绿蘋红蓼参差见。吴歌荡桨,一声哀怨,惊起白鸥眠。

一江秋水,上下天光。江上弥漫着寒烟,江水透明如白练。天上数行新雁在飞,水边绿蘋、红蓼高低不齐。忽有渔家姑娘乘舟而来,桨声,歌声,惊起滩头白鸥,扑腾着飞向远方。

不折不扣的空间显现,当得起"曲中有画"之誉。然而令人不解的,是其中的"雪晴天"。既说"雪晴",就该是冬景;既出现白雪,就不该同时出现红蓼、绿蘋。理智的读者不免振振有词。

不过,《梦溪笔谈》说:王维画物,就不问四时,往往以桃杏、芙蓉、莲花同画一景;袁安卧雪图,竟有雪中芭蕉。此乃兴到笔随,得心应手。既然画可以,诗也可以;王维可以,倪瓒就不可以?所以曲中"雪晴天"绝非误笔,而是增补造化之笔。

有　感

（明）◎张以宁

马首桓州又懿州，朔风秋冷黑貂裘。可怜吹得头如雪，更上安南万里舟。

张以宁(1301—1370)，字志道，号翠屏山人，元古田(今属福建)人。泰定四年(1327)进士。明洪武初授侍讲学士，奉使安南。北还时卒于途中。有《翠屏集》四卷。

作者身历两朝，在元至正间官至翰林侍读学士，知制诰。明洪武初，复授侍讲学士，奉使安南。这时他已年近七旬，不堪奔命，北还时卒于途中。本篇为奉使安南时抒慨而作。

“马首桓州又懿州，朔风秋冷黑貂裘”，桓州在今内蒙多伦西北滦河北岸，明初置桓州驿，号称“开平西南第一驿”。懿州在今辽宁阜新。此二州皆地处中国之极北。“马首”则有唯某某马首是瞻的意思。故首句系言自己听命于洪武帝朱元璋，奔劳于北方诸州。北方苦寒，故有“朔风秋冷”之感。“黑貂裘”暗用苏秦“说秦王书十上而说不行，黑貂之裘敝……”(《战国策·秦策》)表示奔波劳苦疲惫之态，也有功名未遂的意味。总之是既不得已，又不得意，于是二句已有思归息心之念头，殊不知身不由己。

“可怜吹得头如雪，更上安南万里舟”，上句“黑貂裘”还给人少壮之感，此句“头如雪”则成翁矣。黑白对照之间，不免有“空悲切”或“徒伤悲”之慨。加上“可怜”二字，又全是顾影自怜意。“吹得”二字由上文“朔风秋冷”一气贯注，意转辞连，极为自然。读到此句，令人不禁要想：该是休息的时候了，该是下马的时候了。可才下马，又上船，诗人以古稀发白之年出使安南(今越南)，不禁感慨系之。正是“肃肃宵征，夙夜在公”、“实命不犹”(《诗经·召南·小星》)啊！

元明七绝之病往往在于“浮响”，即有唐人腔口而无唐人之凝重。本篇则没有这个毛病。诗以“南”、“北”二字相起，意味无穷。盖原先奔波桓、懿，皆极北之边州；此日向安南，又为极南之半岛。则张夫子一生可谓天南海北之至！日前不堪“朔风秋冷”之苦，往后呢？瘴气暑热较“朔风秋冷”又何如也？“更上安南万里舟”，诗人虽不甚言其苦，字里行间已若不堪忧矣。

送岳季方还京

(明)◎郭　登

郭登(?—1472),字元登,明定远(今属安徽)人。洪熙(1425)时授勋卫。正统七年(1442)、九年均立战功。土木之役以功封定襄伯。英宗复辟,谪戍甘肃。成化初(1465)复爵,卒赠侯,谥忠武。有《联珠集》(含其父兄之作)行世。

登高楼,望明月,明月秋来几圆缺?多情只照绮罗筵,莫照天涯远行客。天涯行客离乡久,见月思乡搔白首。年年长自送行人,折尽边城路旁柳。东望秦川一雁飞,可怜同住不同归。身留塞北空弹铗,梦绕江南未拂衣。君归复喜登台阁,风裁棱棱尚如昨。但今四海歌升平,我在甘州贫亦乐。甘州城西黑水流,甘州城北黄云愁。玉关人老貂裘敝,苦忆平生马少游。

作者为明代英宗朝武臣,屡立战功。瓦剌军俘英宗后大肆入侵,他以破敌有功封定襄伯。英宗复辟后,谪戍甘州(今甘肃张掖)。岳季方则因忤权幸贬谪肃州(今甘肃酒泉),成化初年,复官修撰。本篇即写于岳季方还京复职时。全诗四句一韵,五换韵,可分三段。

前二韵为一段,写久谪思归之情。诗人用近乎迷惘的调子唱出了:“登高楼,望明月,明月秋来几圆缺?”事实上秋天明月只圆缺三次,诗人似乎弄不清楚,这只能说明他度日如年,深感困惑罢了。聂夷中《咏田家》诗云:“我愿君王心,化着光明烛。不照绮罗筵,只照逃亡屋。”这里却因其意而用之,用埋怨语气对明月说:“多情只照绮罗筵,莫照天涯远行客。”似乎月亦势利。以下转韵,又一次使用顶针格从“天涯行客”即待罪的自身说起,言在乡思之中,常作他乡送客,特别难堪。“折尽边城路旁柳”似是反用“主父西游困不归,家人折断门前柳”(李贺)的名句。总之,这一起可谓声酸词苦,为全篇定调。

第二段亦由二韵组成,点题。“秦川一雁飞”系喻指岳季方一人还京。而自己则继续羁留边州,眼睁睁看着友人际遇的好转,故曰“同住不同归”。“空弹铗”用

冯谖事写思归,“未拂衣”即未能归隐。这一韵仍续上段苦辞。以下一转又为朋友的解脱感到高兴。因岳某被贬前在内阁遇事敢言,今又重返,棱角尚在,故诗赞云:“风裁棱棱尚如昨。”然说到“但今四海歌升平,我在甘州贫亦乐。”通观前后,似有强颜欢笑之态。事实上作者的心情并不那么坦然。

最后一韵为第三段,再次抒写谪居边州的感慨,与第一段抱合。“黑水”即墨河,在甘州城西十三里。塞外风尘很大,云呈黄色。“甘州城西黑水流,甘州城北黄云愁”,排比感兴,“黑”是虚色,“黄”属实色,相映成趣,写出边地苦寒荒凉。北宋神宗时,蔡挺知渭州既久,有“玉关人老”之叹(《宋史》本传)。战国时苏秦游说秦王,十上书而不报,黑貂之裘敝,黄金百斤尽。“玉关人老貂裘敝”即合用二事,自慨生平。

《后汉书·马援传》载马援尝曰:“吾从弟少游,常哀吾慷慨多大志,曰:‘士生一世,但取衣食裁足,乘下泽车,御款段马,为郡掾吏,守坟墓,乡里称善人,斯可矣。致求盈余,但自苦耳。”这位马少游所持守、所宣扬的是一种不求上进之道,一种明哲保身之道,它要求人们安于现状,不图进取,故为有志之士所不屑。然而压抑摧残人材的社会现实,往往逼得人们放弃理想,选择这种以谋身为目的的退路。用象棋行话来说即“退后一步自然宽”。诗人用典意味深长:“苦忆平生马少游。”他不一定是全盘否定自己的过去,也不是肯定马少游的人生观,只是借此表现个人的感喟不平罢了。

全诗语言通俗,间用典故但并不晦涩,适当运用顶针辞格,都增添了诗歌流畅婉转的韵度。

言　志

（明）◎唐　寅

不炼金丹不坐禅，不为商贾不耕田。闲来就写青山卖，不使人间造孽钱。

唐寅（1470—1523），字伯虎，一字子畏，号六如居士、桃花庵主。弘治十一年（1498）举乡试第一。程敏政被劾，寅亦株累下狱，谪为吏，耻不就。筑室桃花坞，日饮其中，蔑视世俗，狂放不羁。善书画，与祝允明、文徵明、徐祯卿称“吴中四才子”。

本篇不见于唐伯虎本集，见载于《尧山堂外纪》及《夷伯斋诗话》。从诗的内容及语言形式的惊世骇俗和脍炙人口的情况看，当为唐寅所作。“不炼金丹不坐禅，不为商贾不耕田”，前二句一连用了四个“不”，写诗人在摒弃功名利禄之后的有所不为。

“不炼金丹不坐禅”，即不学道，不求佛。唐伯虎是一个不肯趋炎附势，但又并不放弃世俗生活快乐的漂泊者，读者对他“高楼大叫秋觞月，深幄微酣夜拥花”的放浪形骸的生活方式不妨批判，但对其作为封建礼教的叛逆者那点精神应予肯定。“不炼金丹不坐禅”，大有“子不语怪力乱神”意味。“不为商贾不耕田”，则是不事人间产业。“不为商贾”是不屑为；“不耕田”是不能为，即孔夫子所谓“吾不如老农”、“吾不如老圃”也。四个“不”一气贯注，语极痛快干脆。

“闲来就写青山卖，不使人间造孽钱”，唐伯虎可以自居的头衔是画家，其画与祝允明、文徵明齐名。他不慕荣华，不耻贫贱，以鬻文卖画、自食其力为荣。“闲来就写青山卖”是何等自豪。这是从事精神财富的创造者应有的豪言壮语，能“写青山”而“卖”之，自有可参造化之笔。此为实话，亦自负语。假清高的人往往以卖画讨润笔为可羞，殊不知这是卖知识产权，和写文章“拿稿酬”一样天经地义。

所以，作者敢于当街叫卖：“谁来买我画中山！”这样挣来的钱花着舒心。由此，诗人又反跌一意：“不使人间造孽钱。”这一笔可厉害呀，一竹竿打一船人！“造孽”本作“造业”，乃佛教用语，即要遭报应的作恶。“造孽钱”即来路不正的钱。一切的巧取豪夺、贪污受贿、投机倒把、偷盗抢劫、诈骗赌博等而获得的非法收入，得之即“造孽”，花之亦“造孽”，“不是不报，时候未到”而已。此句足使人深长思之。

清清白白做人，正正当当谋生。“志士不饮盗泉之水，廉者不受嗟来之食”，何况其余！这就是中国人传统的美德。思想染上铜臭而知惭愧的人，请读唐伯虎《言志》诗。

感怀

(明) ◎文徵明

三十年来麋鹿踪，若为老去入樊笼！五湖春梦扁舟雨，万里秋风两鬓蓬。远志出山成小草，神鱼失水困沙虫。白头博得公车召，不满东方一笑中。

文徵明(1470—1559)，初名壁，以字行，更字徵仲，号衡山。明正德末年(1521)以岁贡生诣都，授翰林院待诏。世宗时，预修《武宗实录》。年九十而卒，私谥贞献先生。工书画。有《甫田集》。

文徵明初学文于吴宽，学画于沈周，本无游宦之意。宁王宸濠慕其名，礼聘之，辞不就。正德末以岁贡生荐试吏部，授翰林院待诏，当时他已接近五十岁，三年后即辞归。这首诗是他待诏翰林时自嘲之作。

“三十年来麋鹿踪”一句概括了徵明前半生浪迹江湖的生活。苏轼贬黄州作《赤壁赋》云：“况吾与子渔樵于江渚之上，侣鱼虾而友麋鹿。驾一叶之扁舟，举匏樽以相属。”这种生活虽不富贵，但有淡泊自甘，闲适自在之乐。“若为老去入樊笼”一句则表现出深刻的思想矛盾。一方面他已经应试得官职，这并不是一厢情愿的强加，说明诗人入世出仕之心未泯；另一方面他又感到若有所失，想起陶渊明“久在樊笼里，复得返自然”(《归田园居》)那种解脱羁绊的快乐，自己倒像是背道而驰似的。显然，待诏翰林的徵明，这时已是悔恨代替了如意。觉得“老去入樊笼”，是办了一件错事，弄得前功尽弃。

“五湖春梦扁舟雨，万里秋风两鬓蓬”二句以景语承上句抒慨，其间融入了两个故事。一是春秋时范蠡的事，他在灭吴之后，功成身退，乃乘扁舟，入五湖，隐姓埋名，过优闲生活(事见《史记》及《吴越春秋》)。“五湖”、“扁舟”语出于此。一是晋人张翰事，他为官于洛阳，见秋风起，因思家乡吴中美味，说：“人生贵得适意尔，

何能羁宦数千里以要名爵！”遂命驾而归。“万里秋风”语出于此。两事一正用，一反用，意为：本来梦想如范蠡泛舟五湖一样潇洒度日，谁知道为名爵所羁，落得秋风万里，两鬓萧瑟。可见这一联全是虚拟之景。

“远志出山成小草，神鱼失水困沙虫”二句继续写悔恨的心情和不称意的处境，是全诗警策所在。“远志”是一种药用植物，其名义颇寓豪情，而其实只是一种“小草”，本无在山出山的区别。诗人用《世说新语》郝隆名言巧妙地将此物名实分属，写作“远志出山成小草”，就综合了“橘生淮南则为橘，生于淮北则为枳”（《晏子春秋》）、“在山泉水清，出山泉水浊”（杜甫《佳人》）这两种意思，意言一念之差，可以使一个人的名节受到很大亏损。“神鱼失水困沙虫”，与俗语“龙游浅滩遭虾戏，虎落平阳被犬欺”同义。在庸俗势力的包围下，高尚没有用武之地。这两句既有对上层社会的厌恶，也有对个人失策的反省，当然是有感而发的。读者不难想象，文徵明待诏翰林的处境，比李白待诏翰林时的处境，也好不了多少。

“白头博得公车召，不满东方一笑中”，“公车”是汉代的官署，臣民上书和被征召，均由公车接待。《史记·滑稽列传》载，东方朔初入长安，于公车上书，后官至太中大夫。东方朔在朝廷也不顺心，他自称避世金马门，多以诙谐调笑自遣。而诗人以白首待诏，似又不能如东方朔自寻开心，故末句云云。

读竟全篇，读者不难猜想，文徵明在应试求职之前，曾对步入仕途有过较良好的愿望，是抱着试一试的机会主义态度。殊不知官场比他所想要复杂得多，他便很快地失望了，这时已有进退失据之感。正是这种矛盾尴尬的状况，使他写成这篇言志感怀之作。诗中多用昔人故事，只因情与境会，故信手拈来，皆成妙谛。

燕子矶口占

（明）◎史可法

来家不面母，咫尺犹千里。矶头洒清泪，滴滴沉江底。

史可法(1602—1645)，字道邻，又字宪之，明祥符（今河南开封）人。清兵入关时，任南京兵部尚书，弘光帝即位。加大学士，督师扬州。城破后自杀未死，为清军所执，壮烈牺牲。

崇祯自缢身死后，弘光帝即位，史可法以大学士督师扬州。这时清军南侵，史可法在江北率师抵御。适逢驻扎在长江中游的明将左良玉以“清君侧”为由，进攻南京。史可法奉命入援，渡江至燕子矶，而良玉军已败退。于是他又率军回江北抗清，而没能回南京见上母亲一面。这首情至文生、口占而成的绝句，就反映了史可法当时复杂的心情，至今读来感人肺腑。

燕子矶在南京市北观音山上，俯瞰大江，形如飞燕。史可法率师到达这里，要回家见母亲一面并非很困难的事，但他这时却不能这样做。因为扬州军情有燃眉之急，关系到王朝的命运。所以母亲虽近在眼前，却像远在天边。“来家不面母，咫尺犹千里”，表情十分复杂，既可看出作者对母亲深厚的感情，对自己不能尽人子之道的内疚；又可以感到他以国事为重的责任感及“忠孝不能两全”的痛苦心情。较之大禹治水“三过其门而不入”的情形，更有悲剧色彩。正是沧海横流，方见英雄之本色。

“矶头洒清泪，滴滴沉江底”二句似直接就“来家不面母”一事而发，其实内涵要深得多。他远不止是对不能探母的痛心，而是对整个国家大局的忧愤。南明危在旦夕，外患内忧。盖弘光政权成立后，权奸马士英执政，与东林党人斗争激烈，而左良玉又从旁发难，造成“窝里斗”的一团糟局面。史可法在扬州抗清用尽九牛二虎之力，又怎奈大厦将倾，独木难支。他在十万火急之中，居然还奉命“勤王”，形同釜底抽薪。这样不争气的局面，怎能叫他不一洒清泪。史可法“矶头洒清泪，”不是忧惧清军强大，而是为外敌当前、内部离心的状况感到悲愤。而这种悲愤未易言之，只能借向母亲临风谢罪的由头，而尽情宣泄了。

“滴滴沉江底”，写泪洒清江，千古至文。泪水何以能沉到江底？除非是铜人铅泪。这就写出了他感情的分量不轻，形象地表现了他忧国的沉痛深至。“滴滴”、“沉底”四个舌齿音（其中有三个为“双音”字），更在音情上加以烘托，效果绝佳。总之无论就思想性还是就艺术性而言，这首诗都算得上明代五绝的一颗明珠。

梅村

（清）◎吴伟业

吴伟业（1609—1672），字骏公，号梅村。江苏太仓人。明崇祯四年（1631）进士，官左庶子。南明时，任少詹事，乞归。入清后，官国子祭酒，因母丧乞归。有《梅村集》。

枳篱茅舍掩苍苔，乞竹分花手自栽。不好诣人贪客过，惯迟作答爱书来。闲窗听雨摊诗卷，独树看云上啸台。桑落酒香卢橘美，钓船斜系草堂开。

张大纯《采风类记》云："梅村在太仓卫东，本王铨部士骐（世贞子）旧业，名贲园。吴祭酒伟业拓而新之，改今名。有乐志堂、梅花庵、娇雪楼、鹿桥溪舍、桤亭、苍溪亭诸胜。"可见这是一处不小的庄园。又据顾师轼《梅村先生年谱》，崇祯甲申（1644）正月吴已居梅村。本篇当作于其时。时当明亡前夕，作者因父死居太仓守制。诗写家居生活的情趣。

"枳篱茅舍掩苍苔，乞竹分花手自栽"，二句所写，正是初置庄园的情景，茅屋、枳篱、苍苔既见其地的幽清，也可见别业就荒的情景。购置之后，当有一番修葺。竹是乞得，花乃分赠，均不破费，可见诗人与周围邻居的关系。仿佛杜甫当年在蜀，背郭堂成，四处乞觅桃、竹、松、桤而植之，沉浸于新居乔迁之乐。"手自栽"是自己动手，如此方能称心如意，大有吾爱吾庐之情。"梅村"就这样落成，诗人有找到归宿之感，因以自号，诗题《梅村》，也是诗人的自画像。

"不好诣人贪客过，惯迟作答爱书来"，二句写居梅村时诗人的意态。看来大有违于"礼尚往来"的人之常情，却十分真实地写出了一种人生况味。盖诗人当时的兴趣中心只在"梅村"，"不好诣人"应是实情，但他又并不反对（甚至是很欢迎）

客人来分享他的快乐。他是那样自满自足，懒于人情往还，“惯迟作答”(不爱回信)又并不是息交绝游，相反，还希望多收几封信(“爱书来”)，借以了解人间信息。总之，两句写出的是一种随缘自适、隐不绝俗的快乐。“不好”与“贪”、“惯迟”与“爱”，矛盾对立中有依存，是一种典型的“自我中心”的生活方式。在世间持这种态度的人历来就有，然而能道出个中情趣的诗句不多，故可圈可点。

“闲窗听雨摊诗卷，独树看云上啸台”，与前二句偏重写心理不同，这两句偏重于写行动，趣味都在自得其乐。读诗是一种乐趣，闲窗雨声是大自然的“诗”，故“听雨”更是一种乐趣；作文是一种乐趣，高空行云是大自然的“文”，故“看云”更是一种乐趣。这里暗用阮籍登台长啸典故。诗人登高舒啸、临风赋诗的悠闲形象，在诗中呼之欲出。

“桑落酒香卢橘美，钓船斜系草堂开”，刘绩《霏雪录》云：“河东桑落坊有井，每至桑落时，取水酿酒，甚美，故名桑落酒。”司马相如《上林赋》云：“卢橘夏熟。”注谓：“枇杷也。”则上句所写，乃“梅村”之美食；而下句“钓船斜系”还暗示水乡游鱼之丰。则“梅村”之乐，可以终老矣。“草堂开”三字最后点题，表明这是新居落成时的题咏。不管是“草堂”字面，还是这首律诗的风格，都令人联想到杜甫漂泊西南，定居成都期间所写的七律。

正如不能从草堂风景诗概括杜甫生活全貌一样，也不能仅从这首诗的描写中去勾画吴梅村当时的生活思想轮廓。这只是梅村的一个方面。生活在明清易代之紧要关头的他，也不可能终日都这样超脱。虽然他努力以“梅村”作为逋逃薮，从“独树看云上啸台”等句中还是流露出孤寂情怀。

自举师不克与二三同志怏怏不平赋此

（清）◎张家玉

张家玉（1615—1647），字玄子，号芷园，东莞（今广东宝安）人。明亡后，先后在赣、粤等地率兵抗清，兵败自杀。

落落南冠且笑歌，肯将壮志竟蹉跎。丈夫不作寻常死，纵死常山舌不磨。

1647年，清兵由广东向广西推进，桂林告急。作者在东尧起兵，与陈邦彦等军配合，牵制了清兵西进，并收复了龙门、博罗等城。后来在率兵进攻增城时战败自杀。“举师不克”即起兵出师不利，受到了挫折。本篇大约作于其起师抗清之初。作者在明亡已成定局的情况下，想要补天填海，拼命硬干，充分反映了他强烈的民族意识和死国的决心。

诗篇一开始就表现自己不可屈服的民族气节，用了一个典故。《左传·成公九年》载，晋国国君在巡视军府时看到一位名叫钟仪的囚犯，头戴楚国人所戴的“南冠”，命之操琴，作“南音”（楚国民族音乐）。后代遂多用“南冠”代囚人，或借以表现不因被俘而丧失民族气节。“落落南冠且笑歌”便是说，即使将来抗清斗争失败下狱，也当谈笑自若。最坏的情况尚且如此，小小挫折又算得了什么呢？“肯将壮志竟蹉跎”，便是对二三同志打气，说：“怎么能将壮志雄心就此消泯呢！”起事者总是希望旗开得胜，马到成功。在出师不利的情况下，不免感到丧气，而怏怏不平。诗人针对这种情况做一做宣传鼓动，对重振士气是必要的。

“常山”指唐天宝间的常山太守颜杲卿。常山地处范阳节度使安禄山的辖境。安禄山叛乱发生后，杲卿起兵讨贼。史思明攻常山，他坚守不屈。后城破被俘，解送洛阳：“禄山怒曰：‘吾提尔太守，何所负而反？’杲卿瞋目骂曰：‘……天子负汝何事而乃反乎？我世唐臣，守忠义，恨不斩汝以谢上，乃从尔反耶？’禄山不胜忿，缚之天津桥柱，节解，以肉啖之。詈不绝。贼钩断其舌，曰：‘能复言否？’杲卿含糊而绝。”（《新唐书·颜杲卿传》）

颜杲卿壮烈死难的事迹，受到历代志士的景仰。文天祥《正气歌》标举“时穷节乃现，一一垂丹青”的英烈谱中，便有“为颜常山舌”一条。“丈夫不作寻常死，纵死常山舌不磨”以宣誓的语言，斩钉截铁道：大丈夫男儿汉，死就要死得像颜常山那样壮烈，那样流芳百世。这铮铮誓言绝非出以一时冲动，作者《军中夜感》诗写道：“惨淡天昏与地荒，西风残月冷沙场。裹尸马革英雄事，纵死终令汗竹香。”同为脍炙人口的豪言壮语。

这首诗所表现出的大无畏英雄气概，超越其时代和阶级的内容，对后代的志士也有激励斗志的作用。李少石烈士《南京书所见》一诗道：“丹心已共河山碎，大义长争日月光。不作寻常床箦死，英雄含笑上刑场。”金声玉振，似有本篇的影响。

览镜词

（清）◎毛奇龄

渐觉铅华尽，谁怜憔悴新。与余同下泪，只有镜中人。

毛奇龄（1623—1716），字大可，号初晴，郡望西河，浙江萧山人。早年参加过抗清活动，后归隐。康熙十八年（1679）应博学鸿词科，授官翰林院检讨。长于经史之学。有《西河合集》。

思妇题材是一个陈旧的题材，难出新意。本篇通过“览镜”这一特定的情节来刻画人物的心理活动，就有些别致。

“渐觉铅华尽，谁怜憔悴新”，表明女主人公不复妆扮，且处境孤独，其意略同于“自伯之东，首如飞蓬。岂无膏沐，谁适为容”（《诗经·卫风·伯兮》）。但通过主人公对镜自伤的情景来表现，就有了一种顾影自怜的楚楚动人之感。“铅华尽”是因为不再化妆的缘故，故着“渐觉”二字。忧能伤人，使人憔悴。加之未施脂粉，更难掩饰。“谁怜”云云，则唯有自怜而已。

分明无一人，只是独自垂泪，后二句偏道：“与余同下泪，只有镜中人。”而“同下泪”的“镜中人”，乃是主人公的影子。这里当然寓有巧思，却又是对镜伤怀的人特有的一种心境，有其自然真挚者在。

苏东坡《木兰花令·次欧公西湖韵》：“与余同是识翁人，唯有西湖波底月。”只是强调识欧公者天下唯我一人而已，偏拉入明月，便道得有味，与本篇构思措辞异曲同工。

解佩令·自题词集

（清）◎朱彝尊

十年磨剑，五陵结客，把平生、涕泪都抛尽。老去填词，一半是空中传恨。几曾围、燕钗蝉鬓。　不师秦七，不师黄九，倚新声玉田差近。落拓江湖，且吩咐歌筵红粉。料封侯白头无分。

朱彝尊（1629—1709），字锡鬯，号竹垞，秀水（今浙江嘉兴）人。康熙十八年（1679）应博学鸿词科，授翰林院检讨。后革职，归家潜心著述。博通经史。诗与王士禛并称。词宗姜、张，为浙西词派创始人。有《曝书亭诗文选》。

作者为浙派词人之祖，本篇则是其词集的题词。

上片由自述生平说到填词缘起。“十年磨剑”用贾岛句，“五陵结客”用汉唐事——自谓少年时亦有建功立业的抱负，其间不知有多少值得感激涕零及悲愤酸辛之事，终而至于一事无成，故云：“把平生、涕泪都抛尽。”

“老去填词”以下写因事业无成，而填词传恨，颇涉用典。盖黄庭坚曾自辩其艳歌小词并非纪实，而是出于艺术虚构的“空中语耳”。作者亦多艳词，故以此自辩，谓“几曾围、燕钗蝉鬓”。其实呢，“一自高唐赋成后，楚天云雨尽堪疑”（李商隐），这里边真真假假，读者“略可意会，不必穿凿求之”（陈廷焯）。

下片从自述作词师承回到身世感慨。宋词人中，秦观婉约，黄庭坚奇崛，张炎清空，各代表一种风格。而清代浙派词人走的是姜夔、张炎的清空而有所寄托一路。接下来作者引杜牧诗句——“落拓江湖载酒行，楚腰纤细掌中轻”，及《李将军列传》语意——“岂吾相不当侯耶”自况，表达了他的政治失意之慨。

以词序词集，而将平生感慨和作填词主张于 66 字尽之，不能不说是高度凝练，颇得力于用典的自然浑成。

屈复(?—?)，清诗人，字悔翁，陕西蒲城人。有《弱水集》。

偶然作

（清）◎屈　复

百金买骏马，千金买美人，万金买高爵，何处买青春？

这是一篇信手书成的小诗，不是什么精心结撰之作。讨厌“粗派”的沈德潜却很欣赏，在《清诗别裁集》中给它一席地位，道理何在呢？

俗话道：“花拳好打，棒喝难为。”这首诗好就好在给人当头棒喝，发人猛省。在拜金主义者看来，金钱是万能的，“有钱能使鬼推磨”。然而这里正有世人的一大误区在。所谓“看钱奴硬将心似铁，空辜负锦堂风月”（马致远），“终朝聚敛苦无多，及到多时眼闭了”（曹雪芹），悠悠万世，能看穿的人又有多少！

“公道世间唯白发，贵人头上不曾饶”（杜牧《送隐者》），金钱最无能为力的，就是留驻青春。即使在有美容术的今天，还是如此。其实，金钱不能买的东西很多，诗人只说“何处买青春”，但他的棒喝是有启发性的，读者可以加以演绎：金钱可以买骏马，但买不到高超的骑术；金钱可以买美人，但买不到甜蜜的爱情；金钱可以买高爵，但买不到尊严和光荣，等等。

本篇前三句句式相同，排比中略有递进，“骏马”、“美人”、“高爵”，依“百金”、“千金”、“万金”逐次增价，免去了几分单调。到后一句却是冷冷地一跌，有“唯觉时之枕席，失向来之烟霞”（李白）之妙。写了一串儿能买，为的是写出最后的一个不能买，最具擒纵之致。这是本篇在艺术上的特点。后来亦有学此体而入妙者，如陈毅《冬夜杂咏》中的好些五绝，其一云：“一切机械化，一切电气化，一切自动化，总要按一下。”

赠友

(清)◎赵关晓

不向人间留姓名，草衣木食气峥嵘。山深虎出伥声急，夜半长歌空手行。

赵关晓(?—?)，清诗人，字开夏，浙江归安人。诸生。

这篇题为《赠友》的绝句，所赠何人，从诗的第一句可知作者是不肯透露的了。此人非无姓名，只是“不向人间留姓名”。一句话就表现了一种推倒千古的价值观念。什么“豹死留皮，人死留名”、“心知去不归，且有后世名”，历来被视为人生最高追求目标之一的东西，在老兄是不屑一顾的。“不向人间”四字，就大有举世皆浊、我行我素的气派。与“名”相联系的、同样的为之趋之若鹜的那个“利”，对他也缺乏吸引力。“草衣木食”这个平中见奇的造语，表现的便是一种自甘淡泊的情怀。粗茶淡饭，亦足饱饥；素朴衣服，自具风流。而这种俭朴生活同时也是一种摄生之道，看来这人善“养吾浩然之气”，从“气峥嵘”二字可以大体领略其神情气貌。读者猜想，这人必是一个修行有术、身怀绝技之士。不信请向下看。

“山深虎出伥声急，夜半长歌空手行”，诗人撇开其人别的行事不说，专拣敢在猛虎出没的深山老林走夜路一个细节写来，真是兴会神到，画龙点睛的妙笔。前句夸张而层深地写山中深夜之险恶，不仅是山，且是深山，不仅有猛虎，还有专门引诱人给虎吃的伥鬼，真是险上加险。不说虎声急，而说“伥声急”，转令人毛骨悚然，亦是奇笔(伥比虎无形而尤可怖也)。突出山中的险恶目的在于烘托诗中主人公胆力之大，后句便从容而层深地写行路人的胆气：他不但在夜半走，而且空手走；他不是悄悄地走，而是唱着歌大步流星地走。这是一种见怪不怪的气派。“长歌空手行”之妙，在于绘声绘色，形容尽致。如果是胆小鬼，“夜过坟场吹口哨——为自己壮胆而已”，那口哨声必有几分胆怯。而此人是长歌，放歌而行，给人感到的只有凛然正气。

此诗似乎就写这样一个远离人间的草泽之士和深山老林环境，然而它却能构成一个象征的境界，使人联想到世上也有“虎”，也有为虎作伥的事，“江头未是风波恶，别有人间行路难”，而唯有那些不图名、不求利、不迷恋富贵、不怕鬼、不信邪、行得直、走得端而又身怀绝招的人，才能够畅行无阻。这首诗便是为如此豪杰所作的“正气歌”。

为人物写真的绝句，从唐代就有，但能给人留下深刻印象的并不多，像杜甫《赠李白》、卢纶《病军人》那样的作品真屈指可数。而就写人的形神兼备，境界颇高，具有理想色彩和浪漫气息而言，这篇七绝是绝不逊色于古人的。

赴戍登程口占示家人

（清）◎林则徐

力微任重久神疲，再竭衰庸定不支。苟利国家生死以，岂因祸福避趋之。谪居正是君恩厚，养拙刚于戍卒宜。戏与山妻谈故事，试吟断送老头皮。

林则徐(1785—1850)，字少穆，一字之抚，福建侯官（今福州市)人。嘉庆十六年(1811)进士，选庶吉士，授编修。累官至湖广总督。道光十八年(1838)被名为钦差大臣，往广州办理海事，查禁鸦片。鸦片战争爆发后，被撤职戍守新疆伊犁。后起复为陕西巡抚，云贵总督。不久因病告归。卒赠太子太傅，谥文忠。有《云在山房诗钞》。

道光二十二年(1842)七月林则徐因禁烟抗英获罪被贬伊犁，由西安启程作别家人时，作二诗，此其一。

“力微任重久神疲，再竭衰庸定不支”是说我很累，实在是累，这是实情，但对这首诗来说无关紧要。紧要的是次联“苟利国家生死以，岂因祸福避趋之”，表达的是舍小从大，以身许国的豪情。诚如其在家书中所说：“但求福国利民与除害，自身生死尚且付诸度外，毁誉更不计及。”(《与妻郑夫人家书》)十四字掷地有声，至今仍广为传诵，乐于引用。“苟利”一句，化用《左传》典故，《左传·昭公四年》载，郑国大夫子产当政，因改革赋税制度受到国人攻击，子产曰：“何害？苟利社稷，生死以之。”

“谪居正是君恩厚，养拙刚于戍卒宜”二句，用逆来顺受的口气，表示心态的平和。如果说前一联有达则兼济天下之意，这一联就有穷则独善其身之意。“君恩厚”，意思是还没有一棍子打死，头颅尚在，还有希望。“养拙”即韬光养晦，而韬光养晦的目的，还是等待时机，东山再起。当然，这些意思表达得很委婉，很隐曲，若有若无，全赖读者设身处地予以领会。

“戏与山妻谈故事，试吟断送老头皮”二句，通过一个生活细节，也许是诗人虚构的生活细节，再表心态的旷达。作者自注：“宋真宗闻隐者杨朴能诗，召对，问：‘此来有人作诗送卿否？’对曰：‘臣妻有一首云：更休落魄贪杯酒，亦莫猖狂爱咏诗。今日捉将官里去，这回断送老头皮。’上大笑。放还山。”又：“东坡赴诏狱，妻子送出门，皆哭，坡顾谓：‘子独不能如杨处士妻作一首诗送我乎？’妻子失笑，坡乃出。”自嘲、幽默、旷达，是身处逆境中人保持健康的最佳办法，从苏东坡到林则徐，不但都有积极的人生追求，而且都有这样的生活智慧。

己亥杂诗(录一)

（清）◎龚自珍

九州生气恃风雷，万马齐喑究可哀！我劝天公重抖擞，不拘一格降人才。

龚自珍(1792—1841)，一名巩祚，字璱人，号定庵，浙江仁和（今杭州）人。道光九年(1829)进士。历官内阁中书、宗人府主事、礼部主事、主客司主事等职。年四十八辞官南归。五十岁卒于丹阳云阳书院。有《龚定庵全集》。

道光十九年(1839)己亥，作者辞官南归，尔后北上迎接眷属。他将往返途中见闻及随想，写成315首七绝，总题《己亥杂诗》。《己亥杂诗》是一组规模空前、思想内容极为丰富的大型七绝组诗，其独创性表现在将叙事、议论和抒情相结合，不受格律拘束，挥洒自如地历叙诗人旅途见闻、生平经历和思想感情。此其一。

此诗是作者路过镇江时，应道士之请而写的祭神诗。见于自注："过镇江，见赛玉皇及风神、雷神者，祷祠万数，道士乞撰青词。"赛神会指当地百姓举行迎神赛会，迎的是玉皇、风神、雷神这三位尊神。作者替道士写的青词，是供道教徒在斋醮仪式上献给"天神"的奏章表文，它是用朱笔写在青藤纸上，所以称"青词"，亦称"绿章"。

"九州生气恃风雷，万马齐喑究可哀"二句，直接赞美风神、雷神，意谓整个宇宙都是靠这二位神灵施威，才打破了沉闷空气，带来了风雷激荡的生气。"我劝天公重抖擞，不拘一格降人才"二句，则是向玉皇祈祷，恳请看在下界芸芸众生的面上，降生有大作为的人来为下民消灾降福，确保国泰民安。

一般青词的内容，本是"不问苍生问鬼神"的，但作者却反其道而行之——借鬼神而说苍生。"回过头来重读这首青词，不难发现头二句实是以自然喻人事，说要使中国重新生气勃勃，就得依靠疾风迅雷般的威力，来打破死气沉沉的政治局面。后两句用的是同样的手法，所谓'天公'明指天上主宰一切的玉皇，暗指人间至高无上的皇帝，他希望清朝皇帝能奋发有为，打破一切陈规旧制，放手让各种各样的优秀人物发挥才能，拯救中国。通篇语意双关，表面上祈祷神灵，实际上议论人事，利用由风雷的震动宇宙的强大力量，引起人们一种对政治风云的联想，把一个充满迷信色彩的祭神诗，一变而为呼风唤雨，鼓动性很强的政治诗了"(汤高才)。

钱穆《中国近三百年学术史》说，清嘉道以还，士大夫稍稍发舒为政论的，龚自珍"则为开风气之一人"。作者有许多诗篇堪称诗的政论，如关于人才问题就几次写到，上面这首诗是其中最有名的一首。

赠梁任父同年

（清）◎黄遵宪

黄遵宪（1848—1905），字公度，嘉应州（今广东梅州）人。光绪二年（1876）举人。历任日、英、美、新加坡等国外交官。官至河南按察使。参加戊戌变法，失败后，免去官职。诗界革命巨子。有《人境庐诗草》、《日本杂事诗》等。

寸寸山河寸寸金，㑳离分裂力谁任？杜鹃再拜忧天泪，精卫无穷填海心。

“梁任父”即梁启超，号任公；“父”（也写作甫）是旧时加在男子名、号下面的美称。“同年”，科举时同榜考中的人。但钱钟联先生《人境庐诗草笺注》说：“案：公度与任公并非举人同年，题称同年，疑是从其季弟遵楷之称，遵楷与任公为举人同年。”从诗题上看，已经表现出黄遵宪对当时维新派首领梁启超的尊重与敬爱。这首诗作于光绪二十二年（1896）四月，当时作者正约梁启超到上海办鼓吹维新的《时务报》。诗歌表达了作者对祖国面临危亡的深深忧虑和变法图存的坚定决心，充满着热爱祖国的精神。

前两句表现作者殷切希望制止瓜分惨祸的心情，推许梁启超能够担此重任。第一句“寸寸山河寸寸金”，是用《金史·左企弓传》典故：“太祖既定燕，企弓献诗，略曰：‘君王莫听捐燕议，一寸山河一寸金。’”用黄金来比喻国土，表现出对祖国山河的深深热爱。然而，就是这样如同金子一样珍贵的国土，如今正在遭受着列强的蚕食，大片大片地被侵吞，怎不叫人痛惜呢！所以第二句紧接着表现渴望结束这种惨剧的意思：“㑳离分裂力谁任？”“㑳”，离绝之意。全句说谁有力量制止世界列强瓜分中国的图谋呢？句中暗含着两层意思：一是慨叹清政府当权者庸碌无能，不能挽救国家的危局；二是寄予梁启超以极大信任，希望他在国难当头之时，能够挑起拯救祖国危亡，避免瓜分的重担。这既是对梁启超的推重，表现出相知

甚深之意，也表露出作者真诚而急切的报国之心。两句一叙一问，语句看似平常，但那强烈、深沉的感情，却蕴含在字里行间，耐人反复体味。

后两句巧妙地把几个典故糅合到一起，含蓄地表达出了对祖国前途的忧思和为拯救祖国而奋斗的坚强决心。前句中的“杜鹃”，据《寰宇记》说：“蜀王杜宇，号望帝，后因禅位，自亡去，化为子规。”它的啼叫声十分悲伤。“忧天”，据《列子·天瑞》，春秋时杞国有个人担心天要塌下来，忧愁得不能吃饭和睡觉。这两个典故合起来，表现自己对祖国命运的悲伤和极度忧虑。而全句诗又用了杜甫《杜鹃》诗中的意思：“杜鹃暮春至，哀哀叫其间。我见常再拜，重是古帝魂。”“再拜”，是古时的一种礼节，连拜两次，表示郑重。这里连续用典和化用古诗，在反复致意中，作者的忧世之泪和报国之心，得到了十分突出的表现。下句单用《山海经·北山经》中的故事：“发鸠之山，其上多柘木，有鸟焉，其状如乌，文首，白喙，赤足，名曰精卫，其鸣自詨。是炎帝之少女，名曰女娃。女娃游于东海，溺而不返，故为精卫。常衔西山之木石，以堙于东海。”“精卫填海”这个故事，已经表现了坚定不移、坚韧不拔的奋斗精神，然而作者尚嫌不够，在句中还嵌以“无穷”二字，把那种为祖国的振兴而奋斗不息的决心，表现得更加深刻。如果说前两句重在表现对梁启超的期许，那么后两句则侧重在表现共同的决心，既是鼓励别人，也是自勉，诗人的一颗赤子之心，在这里完全坦露出来。读至此，我们不禁要为作者的爱国精神深深地感动了。

黄遵宪有的诗用典过多，流于艰涩和枯燥。这首诗在短短四句中，虽然也用了好几个典故，但总的看来，在含蓄中意思还是清楚明白的，绝没有索解为难之病，也没有堆砌之感。个中原因，一方面是感情真挚，在充沛的激情中，自始至终气脉流贯；另一方面，是作者巧妙的安排组合，特别是用典较多的句子，在词语的组合上力求自然，避免了生硬之弊。在这里，作者显得驾轻就熟，游刃有余，体现了较高的艺术技巧。

夜　起

（清）◎黄遵宪

千声檐铁百淋铃，雨横风狂暂一停。正望雄鸡天下白，又惊鹅击海东青。沉阴噎噎何多日，残月晖晖尚几星。斗室苍茫吾独立，万家酣梦几人醒？

黄遵宪是清末维新派的重要人物之一，戊戌变法失败后，受到清王朝迫害，放归广东嘉应(作者家乡，即今梅州市)。但作者关怀国事的一腔热血仍在沸腾，时时表现出对每况愈下的时局的深深忧虑。这首七律《夜起》，作于放归之后的光绪二十七年(1901)，集中表现了这一时期作者的思想感情。

题目《夜起》，说明诗人睡而又起，夜不成寐，两字中已经包含着满腹心事，透露出忧愤和悲凉。前四句围绕题目，用婉转曲折的笔法，写夜起的原因。“千声檐铁百淋铃，雨横风狂暂一停”，作者在狂风骤雨之夜，只听见“檐铁”(即檐马，用金属制成，悬挂在屋檐下，风吹时撞击发声)不停地传来“铃铃”的响声，就像一曲曲悲哀的《雨淋铃曲》，使人心中顿生凄凉之情。“淋铃”，即指《雨淋铃曲》，据《太真外传》，相传唐玄宗入蜀，雨中于栈道闻铃声，因采其声为此曲，以悼念杨贵妃。这里是借喻檐铁的声音。同时，“淋铃”也是檐马相击时“铃铃”的谐音。“千”、“百”，极言声音之多且久，衬托出风雨的猛烈。作者在床上辗转反侧，难以成眠，也不知过了多久，在焦急的期待中，风雨终于暂时停息了下来。这两句，情绪从紧张趋向松弛，到“暂一停”，诗意也稍微一纵。“正望雄鸡天下白，又惊鹅击海东青”这两句的诗意却又正好相反，从稍稍松弛后，立刻又趋向紧张。作者在漫漫长夜中，愁苦难言，多么期望雄鸡快些高唱，东方早点发白啊(诗本李贺《致酒行》中“雄鸡一唱天下白”句)。“正望”二字，表现出焦灼等待、热切盼望的心情。但是，下句却又猛然一转，“又惊鹅击海东青”，从表面意思看，是鹅在扑击“海东青”这种雕，使作者稍稍平息下来的心情，又重新惊动起来。其实，诗意并非如此，而是另有所指。作者在句下有自注：“元杨允孚《滦东杂咏》：‘新腔翻得凉州曲，弹出天鹅避海青。’自注曰：‘海东击天鹅，新声也。海东青者，出于女真，辽极重之。’”海东青是雕的一种，产于辽东，这里是借指我国东北领土。“鹅”与“俄”谐音，指帝俄。光绪二十六年(1900)，八国联军侵略我国，沙俄在参加八国联军的同时，七月又借口保护中东铁路的修筑，调兵分六路侵入我东北，先后攻占哈尔滨、吉林、奉天等地，十月东北三省全部被沙俄侵占。原来，这句是说作者在风雨之中想起帝俄出兵侵占我国东北广大领土，这种丧权辱国的重大事件，真叫人震惊，心情怎能平息得下去呢？在前四句中，“又惊”句起了画龙点睛的作用，点出了诗歌的真正含义。联系前三句来看，檐铁声声、“雨横风狂”显然是指清末风雨飘摇的政治局势，以及作者自己的忧虑情怀，而“正望”句，显然是希望时局尽快好转。作者的满腔忧国之心，在诗中得到了极为形象真切、含蓄深沉的表现。四句起伏变化，一气旋转，读来有一种江河奔流之势，在浑灏汪洋的气势中，有一种悲痛苍凉的情绪，分明感受到作者心潮的翻卷。

想到这些痛心的事情，加上满天风雨的呼号，作者的心情格外伤痛，他当然是睡不着的，只好起床徘徊踯躅了。

后四句即写夜起所见，进一步写出时局的危殆，表现自己孤独的忧愤。“沉阴曀曀何多日，残月晖晖尚几星”，前一句合用《诗经·邶风·终风》“曀曀其阴”和《诗经·邶风·旄丘》“何多日也”句意，是说在风雨暂停之后，室外尚弥漫水气，天气阴沉得可怕，用以比喻当前时局的暗淡，当然，其中也折射出作者自己阴郁的心情。后一句写空中逐渐转晴，出现了“晖晖”月儿，然而却是一钩残月，点缀在它周围的只有几颗稀疏的星星。从“残”字中，我们可以想见国家的残破，时局的艰危，其中仍含有比喻的作用。最后，诗意在经过多层次的曲折变化后，作者终于直接写到了自己，抒情主人公出现到读者面前：“斗室苍茫吾独立，万家酣梦几人醒？”狭小的屋子里(即“斗室”)，作者独自站立着，眼前是一片迷茫的夜色，什么也看不清楚；此时，周围是死一般的沉寂，人们都还在梦中酣睡，有几个人在像我这样的醒着呢？这收尾一联，把作者的孤愤情怀推向了顶点。想到四郊多垒，国家被人瓜分宰割，已经叫人痛心的了，然而更加令人痛心的是，对于这种危险的局势，对于国

家的可悲的前途，却很少有人清醒地认识到，更难有人采取拯救的措施了，这怎不叫人焦急、痛心和忧虑呢?最后一句以问句作结，流露出诗人不能自抑的炽热的感情，表现出作者希望大声疾呼，震聋发聩，以唤起国民，为恢复祖国的领土、为国家的振兴而奋斗的可贵精神。一腔爱国情思，自始至终激荡在诗行中，令人感动不已。

在写作上，这首诗有一个显著的特点，就是把眼前的自然景色与国家的政治局势紧密结合起来，通过对自然景色的描写来暗示出国家的形势，两者结合得十分巧妙、自然。写夜间风雨阴晴的变化，针线细密，有条不紊。开始是风雨大作，接着是“暂一停”，然后是“沉阴曀曀”，最后才是“残月晖晖尚几星”，夜中情形，先后次序，交代得清清楚楚，扣紧了题目《夜起》，其中也隐含着作者心潮的起伏变化。而这一切景色，又无一不与国家的局势紧密相关。作者通过谐音双关（“鹅”谐“俄”）和借代（“海东青”代指东北），把两者的关系自然打通，一支笔直书而下，而在意义上亦此亦彼，密不可分，全诗达到了高度的情景交融，把拳拳的爱国之心和忧时忧国之念，表现得极为动人而又深刻。

纪事诗

（清）◎梁启超

猛忆中原事可哀，苍黄天地入蒿莱。何心更作喁喁语，起趁鸡声舞一回。

梁启超是近代卓越的思想家、政治家和文学家，他年轻时即有感于清廷政治腐败，与康有为一起积极从事维新变法运动。戊戌政变失败后，他曾东渡日本，这首诗便是当时写的，诗中强烈反映了他对国事的关怀和振兴中华的决心。

诗中化用了著名的“闻鸡起舞”的故事。据《晋阳秋》和《晋书·祖逖传》，晋代祖逖和刘琨均怀壮志，且同辟司州主簿，中夜闻鸡鸣而俱起，曰“此非恶声（古人以半夜鸡鸣为不祥）也”，遂舞剑习武。后代用这个故事皆借以抒发有志之士及时努力之豪情。

作者在百日维新失败后，东渡日本，远离神州是非之地，已经得到政治上的避难场所，可以暂享片刻安宁。他既可以潜心学问，也可以享受个人生活乐趣。于是他的生活中也就有了一些日常的，与政治无干的话题。然而，作为一个爱国志士，亡命的生活并不能使他意志消磨，也不能使他完全忘记国家民族的苦难。

“猛忆中原事可哀”的“猛忆”两字，就写出了他内心潜伏着深刻的不安。尽管平时未能表现出来，但这种不安却深藏在他的潜意识中。有时中夜梦回，便会突然想起祖国的情况，深感哀痛。“苍黄”一词源出《墨子》，本谓丝经染色则易变，引申义为天翻地覆。孔稚圭《北山移文》云：“岂期终始参差，苍黄反复。”按天色苍，地色黄，“苍黄反复”就是天翻地覆。

政局动荡，百事荒废，有待治理，有志之士，还有什么心情去谈情说爱呢？“何心更作喁喁语，起趁鸡声舞一回”，诗人将闻鸡起舞的情事，与燕婉温馨的闺房对置，更衬托出爱国志士的顽强意志及其不可销磨的英雄本色。

梁启超（1873—1929），字卓如，号任公，别署饮冰室主人，广东新会人。光绪十六年（1890）举人。会试不第，受业于康有为，主张维新变法。失败后，逃亡日本，创办《新民丛报》。辛亥革命后，曾任北洋政府财政总长，参加了讨袁运动。晚年弃政讲学，执教清华大学研究院。积极主张小说、诗歌革命。有《饮冰室文集》。

黄海舟中日人索句并见日俄战争地图

（近代）◎秋　瑾

万里乘风去复来，只身东海挟春雷。忍看图画移颜色？肯使江山付劫灰！浊酒不销忧国泪，救时应仗出群才。拼将十万头颅血，须把乾坤力挽回。

秋瑾（1875—1907），字璿卿，别号竞雄，又号鉴湖女侠，浙江绍兴人。1904年赴日留学，参加光复会、同盟会。回国后在上海创办《中国女报》，提倡妇女解放。后回绍兴，主持大通学堂，组织起义。事泄被捕，英勇就义。有《秋瑾集》。

本篇一题《日人银澜使者索题并见日俄战地早见地图有感》，作于1905年东渡日本途中。当年日本与帝俄为争夺朝鲜和中国东北的霸权，爆发了一场罪恶的战争。战争在中国领土上进行，清廷却无耻地宣布中立。这时，作者从一个日本人那里看到日俄战争示意图，感慨时事，作为本篇，抒发了诗人满腔忧国之情和以身许国之志。

首联言诗人正第二次东渡日本，暗用宗悫志在“乘长风破万里浪”之语，表明东渡之意在寻求救国真理。次联写看到日俄战争地图，痛恨于清廷的丧权辱国，使我山河破碎变色，而不忍坐视旁观。三联否定以酒消忧的消极悲观情绪，而呼唤礼赞出群之才，适见作者以天下为己任，亟愿拯救国家人民于水深火热之中的豪情壮怀，是本篇之警句。然有斗争就有牺牲，末联倡言为了挽狂澜于既倒，将国家从危难中拯救出来，中华儿女当不惜牺牲、前仆后继。“拼将十万头颅血”云者，与“把我们的血肉，筑成我们新的长城”同为豪语。

全诗感情激荡，一气呵成，纯写心事，羌无故实。作者后来用生命和鲜血证成了她的这番誓言，其诗亦可以不朽矣。